モフモフ異世界のモブ当主になったら
側近騎士からの愛がすごい3

ヴァン・ド・インセングリム
黄金麦穂団の騎士団長で
ハイイロオオカミ獣人。
代々レイナルド一族に
騎士として仕えてきた
インセングリム家の嫡子。
ピート・ド・タオシェン
白銀魔女団の騎士団長で
ブチハイエナ獣人。
スラム街で育った過去を持ち、
規格外な強さを誇る。
リュカ・ド・レイナルド
RPGゲーム『トップオブビースト』の
世界にフェネックギツネ獣人として
転生した主人公。
ウルデウス王国の国王兼
レイナルド公爵家当主。

イカロス
ピートの仲間であるブチハイエナ獣人。
ハイエナの屋敷で一緒に暮らしていた。
デモリエル
勇者のふりをしていた魔王。
リュカのことが大好き。
サーサ・ド・レイナルド
リュカの叔母でアカギツネ獣人。
リュカに次ぐ魔力の持ち主。
ルーチェ・ド・レイナルド
リュカと同じ遺伝子から作られた
フェネックギツネ獣人。
わがままで甘えん坊だが、
芯が強く優しい性格。

目次

モフモフ異世界のモブ当主になったら
側近騎士からの愛がすごい３

第一章　リュカの長い一日

　ここはウルデウス王国のレイナルド領にある、レイナルド公爵邸。その広い敷地内にある騎士宿舎前の広場では、騎士たちが訓練に励んでいる。

　レイナルド家に所属する騎士たちは国王側近の護衛騎士団をはじめ、一流の剣の腕を持つ者ばかりだ。肉食獣も草食獣もいるが、みな体格に恵まれ、雄々しい強さに溢れている。

　そんな右を見ても左を見ても筋骨隆々《きんこつりゅうりゅう》な騎士たちの中にひとり、もやしのような存在が交じっている。

「てやーっ！」

　木でできた訓練用の短剣を構え、背の高い騎士に突進していくそのもやしこそ、レイナルド公爵家当主でもあり、この国の王であるリュカ・ド・レイナルドだ。

　身長百三十九センチ、大きな瞳が特徴的な愛らしい見た目の彼だが、先月二十三歳になった。立派な成人だ。フェネックギツネの獣人ゆえに、小柄で外見がやたらと可愛いのである。

　実はリュカには前世の記憶がある。日本に生まれた浅草琉夏《あさくさるか》という少年だったのだが、不運な事故で十六歳で早逝し、転生した先はなんと『トップオブビースト』というゲームの世界だった。

大貴族レイナルド公爵家の跡取りとして転生したリュカは、魔王と親友になったり、ゲームに隠された真実を暴いたりといくつもの波乱を乗り越えて、この世界の王となった。

現在は魔物はおらず、戦争もなく、とても平和だ。しかし国王と公爵家当主を兼任しているリュカは非常に多忙である。世界中から届く陳情書、嘆願書、報告書に目を通し、魔法の力で災害を取り除き、謁見や会議で人々の声に耳を傾け、時には自ら町や村の視察に行く。一日が二十四時間では足りないぐらいだ。

そんなリュカの体を気遣い、定期的に運動をしたほうがいいと側近が提言したのが、三ヶ月前のこと。机の前に座りっぱなしで運動不足を感じていたリュカは、週に一度、騎士団の訓練に交ぜてもらうことにしたのだった。

レイナルド家は魔法使いの家系だがやはりある程度は護身術も必要であると、リュカは二十歳で当主の座に就くまでは体術と短剣術を教育係に習っていた。基礎知識はもちろんあるし、魔物がいた頃に戦っていた経験もある。ド素人という訳ではなくそれなりに動けるが、やはり騎士が相手では実力は雲泥《うんでい》の差だ。リュカは側近騎士のヴァンに訓練相手になってもらい、短剣の打ち込みをしていた。

「やぁっ！」

「振りが大きい、左がガラ空きですよ！」

「ていっ！」

「もっと相手をよく見て！」

リュカの短剣を、ヴァンは片手に持った練習用の模擬剣で軽くいなす。

ハイイロオオカミ獣人のヴァンは体格がよく、身長は百八十一センチもある。そんな大きな彼にちょこまかと立ち向かっていくリュカの姿は、子供が駄々を捏ねながら大人に突進しているように周囲の目には映った。

しかし、リュカだけでなくヴァンも真剣だ。実力差が大きいからこそ、リュカに怪我をさせないように細心の注意を払っている。

ヴァン・ド・インセングリム、二十二歳。リュカの側近騎士であり、第一護衛騎士団・黄金麦穂《おうごんばくすい》団《だん》の団長だ。代々騎士としてレイナルド家に仕えてきたインセングリム家の長男である彼は、十歳の頃からリュカに仕えている幼なじみでもあり、たくさんの苦楽を共にしてきた。ヴァン以上にリュカを理解している人物はいないだろう。

ヴァンはリュカを主《あるじ》として尊敬し、生涯の忠誠を誓い、そして愛している。ヴァンは長年リュカへの恋心を募らせていたが三年前に成就し、リュカと恋仲になった。立場上、大っぴらにはできないが、体も心も深く愛し合っている関係だ。

「左、右、左を狙って！」

「えいっ、えいっ、やぁっ！」

ヴァンに言われた通り短剣を振り抜くと、彼の構えている剣にヒットした。確実な手応えだ。もしこれが実戦ならば、敵にダメージを与えられたに違いない。

「お見事です、綺麗な型でしたね」

ヴァンが剣を下ろし、口もとを微《かす》かに緩める。リュカも構えを解き、引き締めていた顔を緩ませた。

「うん、自分でも今のは気持ちいい手応えだった。どうもありがとう」

ハァハァと肩で息をしながら、リュカは汗まみれの額を手の甲で拭う。するとヴァンはすかさず自分のベルトに挟んでいたタオルを取り、リュカの顔を拭いてきた。タオルだけ貸せばいいのに、ヴァンはリュカの顔を拭き、首を拭き、胸元まで拭く。

「しっかり汗を拭いてください。体を冷やしますから」

「わかってるよぉ」

ヴァンはリュカが愛しくて大切でたまらない。それゆえに過保護になってしまい、リュカと口論することもしばしばだが、それも仲のいい証拠だ。

ヴァンは近くにいた部下に大判のタオルを持ってこさせると、それをリュカに羽織らせて広場にあるベンチまで連れていった。

「水分も取ってください」

そう言って渡された水の皮袋に、リュカは口づける。その間もヴァンはリュカの体の汗を拭いていく。人目につきにくい場所に移ったので、今度は服を捲り背中や脇まで拭こうとする始末だ。

「あひゃっ、くすぐったいんだけど！　自分でやるからいいってば」

「私がやります。おとなしくしていてください」

ヴァンはリュカの世話を焼くのが大好きだ。国王であるリュカには身の回りの世話をする従者がいるが、旅などで従者がいないときにはヴァンが代わりをこなす。寝起きの身支度から就寝の準備まで、なんでも来いだ。

「もう大丈夫だって。それよりヴァンこそ自分の汗拭きなよ、風邪ひくよ」

リュカがさっぱりしたのを見て満足したのか、ヴァンはようやく手を放すと持っていたタオルを畳み直し、それで自分の体を拭いた。

名門貴族のお坊ちゃんであるヴァンは少々潔癖気味だ。自他ともに身だしなみや清潔さにうるさいし、自分の物を他人に触られるのも嫌いだ。ましてや何かを共有するなんてあり得ない。

それなのにリュカとだけは、汗を拭いたタオルも共有できるほど平気らしい。むしろ喜んでいる気配すらある。エッチのときには汗まみれの肌を触れ合わせているのだから理屈としてはわからなくもないが、それでもリュカはなんだか複雑な気分になる。

「こっち使いなよ、綺麗だよ」

リュカは自分も腰にタオルを下げていたことを思い出し、それを差し出す。しかしヴァンは「気持ちだけ頂戴します」と言って、受け取らなかった。

(ヴァンってちょっと変態だよな……)

彼の愛を知ってから、リュカは時々そう感じるようになっていた。エッチのとき、彼はリュカの体を隅々まで愛撫したがるし、興奮すると噛みついてくる。リュカを摂取したくてたまらないように思えるのだ。

(いつか俺、ヴァンに食べられちゃうかも)

そんなことを考えながら水を飲んでいると、大きな人影がリュカに近づいてきた。

「調子はどうだ、リュカ様」

「ピート！」

やって来たのは、ブチハイエナ獣人のピートだった。

ピート・ド・タオシェン、二十一歳。ヴァンに負けじと体格のよい身長百八十三センチの青年は、リュカのもうひとりの側近騎士だ。第二護衛騎士団・白銀魔女団《はくぎんまじょだん》の団長でもある。

彼との出会いは十三年前の幼少期だ。当時スラムに住んでいたピートはリュカに命を救われただけでなく、希望をもらった。その恩と憧れを抱いて、三年前、ピートは側近騎士になったのだった。

ピートにとって、リュカは眩しく温かい太陽のような存在だ。強く正しく優しい当主である彼に崇拝の念さえ覚えている。そして同時に、深い愛も抱いているのだ。

ピートもまたリュカの恋人であり、初体験の相手でもある。リュカの性的な経験や快楽はほとんどピートが仕込んだ。男であるリュカに抱かれる悦びを教えたのは、間違いなくピートだろう。育ってきた環境のせいで見た目や言葉遣いはチャラいが、リュカに対する忠誠心と愛は本物だ。

リュカもそんな彼のことを心から信頼している。

「今、短剣の稽古が終わったところなんだ。少しだけ待ってて」

今日は前半に短剣術の、後半に体術の訓練の予定だ。短剣術はヴァンに、体術はピートに教えてもらう。

リュカは残っていた水を飲み干すと、体の熱を冷まそうと襟もとを指で引っ張ってパタパタと扇いだ。それを見ていたヴァンとピートの視線が、少し艶《つや》を帯びたものになる。

普段は首もとまできっちり閉じた長丈の法衣《ほうい》を着ているリュカだが、今は運動のため、半袖のシャツと膝丈の脚衣姿だ。首や腕、脛《すね》をこんなに出すのは珍しく、少し大きいサイズのせいで細い体が余計に華奢《きゃしゃ》に見える。

「あんたのその恰好、なかなか慣れねーな」

そう言ってピートは、リュカが肩にかけていた大判のタオルで首筋を隠す。

「だから私は長袖のシャツと長丈の脚衣を着るべきだと何度も申し上げてるのに、リュカ様は聞き入れてくださらない」

暑いのにタオルで覆われ、ヴァンにブツブツ文句を言われ、リュカは拗ねた気持ちで足をパタパタ動かす。

「また始まった～。もっと部下を信頼してあげなよ。うちの騎士団にそんな不埒《ふらち》なやつはいないよ」

ヴァンとピートはリュカの運動に協力的だが、この恰好については不服だった。露出が多すぎるというのだ。

彼らはリュカが団員からいやらしい目で見られるのを警戒しているが、リュカには理解できない。男性が男性に欲情することがあるというのはわかるが、たかが腕や脛《すね》、首ではないか。リュカの普段の服装が体を隠しすぎているだけで、日常的に出ていておかしくないパーツだ。そんなところに興奮するのはヴァンとピートだけだと思っている。

そもそも騎士団にリュカを性的に見ている者がいるのかさえ謎だ。レイナルド家の騎士団は恋愛も結婚も禁止していない。禁欲的な生活でもないのにわざわざ同性の、しかも主《あるじ》であるリュカに欲情する者がいるのだろうか。

しかしヴァンとピートは声を揃えて、鈍感なだけでリュカは注目されまくっていると言う。レイナルド公爵家の跡取りとして生まれたリュカは常に人目がある人生を歩んできたため、視線に慣れすぎて鈍くなってしまったのだ。敵意のこもった視線ならさすがに気づくが、情欲を隠した好意の視線には気づかない。そしてその鈍感さにリュカは無自覚だ。

しかもリュカは女性以上に可愛い顔立ちをしているのに、本人は無頓着ときている。むしろ可愛い扱いされることを嫌がって『俺、男だし！』と反発するのだから、ヴァンとピートの心労は尽きない。

「いい加減にご自分の容姿を理解してください。こんなことは言いたくありませんが、リュカ様は変態に狙われやすいお姿をしている。騎士団の中にだって、行動に移さないだけでそういった嗜好《しこう》の者はおりますからね」

「変態だけじゃないぜ。ノンケだってリュカ様を可愛いと思ってるやつがほとんどだ。その華奢《きゃしゃ》な首筋や腕を見てムラっときたっておかしくねーからな」

呆れた溜息をついたふたりに、リュカは大きな耳を横に傾けて嘆く。

「あーあ、俺がもっと逞《たくま》しかったらよかったのに。もっとヒゲがモジャモジャで、脛毛《すねげ》もいっぱいで、筋肉モリモリだったらふたりともそんな心配しないでしょ？」

これもフェネック獣人の特性なのか、はたまた個人の体質なのか。リュカは体毛が少ない。腕も脛《すね》もツルツルだし、あまつさえ脇まで生えていない。陰部は一応生えているが、それも申し訳程度だ。しかも二十三歳になってもヒゲが生えてこず、リュカはわりと本気で悩んでいる。そのうえ筋肉が付きづらい体質なのだから嫌になる。

ヒョロヒョロでツルツルな体はもやしみたいで情けなく思っているのに、欲情の対象にされるなどと説教されたら男としての自信が地に落ちてしまう。

すっかり拗ねてしまったリュカを見て、ヴァンとピートは困惑の表情を浮かべた。

「……申し訳ございません。口煩《くちうるさ》く言いすぎました」

「悪かった、もう言わねえよ。リュカ様は好きな恰好しな」

ふたりはリュカの前に屈みながら反省する。リュカの驚異的な可愛さは本人のコンプレックスでもあるのだ。あまり心配しすぎると彼を傷つけてしまう。

反省すると同時に、ヴァンとピートは密《ひそ》かに決意する。リュカがいやらしい目を警戒しないのなら、自分が盾となって守りきればいいのだと。

「さ、機嫌直してそろそろ行こうぜ。ばっちり稽古つけてやるからよ」

ピートが立ち上がってそう言うと、リュカもベンチからピョコンと飛び降りた。

「うん！　よろしくね」

ちょっといじけたものの、リュカは気持ちを切り替える。ふたりの過剰な心配は自分を思ってくれてのことだとわかっているからだ。

リュカは歩きだそうとする前に、両脇のふたりの手を軽く握って上目遣いで見つめた。

「俺こそ、子供っぽい態度取ってごめん。心配してくれてありがと」

恥ずかしそうに、けれど素直に謝罪と礼を告げるリュカに、ヴァンとピートの胸がキュッと締めつけられる。

「あなたが謝ることではありませんよ」

「そうそう、あんたはそのままでいいんだって」

口ではそう言いつつも、ヴァンとピートは心中で頭を抱える。こういうところが天然の魔性なんだよなあ……、と。


リュカは再び広場に戻り、今度はピートと向かい合って構えた。

「さ、どっからでもかかってきな」

「行くよ！」

指で手招きするピートに、リュカは身を低くして突進していく。リュカの非力な腕や脚では、打撃はまず無意味だ。締め技も簡単に外されてしまう。力もなく小柄な者の有効な戦い方は限られている。それは急所を狙うことだ。

リュカはピートの脚の間に滑り込んで後ろを取ると、そのまま掌底《しょうてい》で膝裏を打った。関節ならば、大きくない力でも相手の体勢を崩せる。

ピートはリュカの攻撃に従順に反応し、ガクンと膝を折った。本当はこのくらいなら容易《たやす》く避けられるが、リュカに攻撃の流れを教えるためにセオリー通り動く。

リュカはバランスを崩したピートの肩を掴み、仰向けに倒して喉を狙おうとする。しかし大きな体は思うように倒せず、モタモタしている間にピートに手首を掴まれ、逆に組み敷かれてしまった。

「残念。関節を打ったところで、あんたの体重じゃ俺を引き倒すのは無理だぜ」

「う～……悔しい」

ピートはリュカの両手首を芝生に縫いつけたまま顔を覗き込んで言う。まるでベッドでの行為を思い起こさせるその仕草に、リュカはからかわれているような気がして頬を膨らませた。

「倒すなら、もう一回膝裏を打って前に倒すんだな」

アドバイスしながらピートは立ち上がり、リュカの手を引いて起こす。

「それか金玉狙え。一番確実で手っ取り早え」

あまりにもあけすけなアドバイスに、リュカは悩まし気に顔を曇らせた。

スラム出身のピートは喧嘩の達人だ。どんな手段を使ってでも勝つ術《すべ》に長《た》けている。箱入りで育ったお坊ちゃんのリュカには、その勝ち汚さがない。男の大事な部分を攻撃することにためらいが生まれてしまう。

「金的かぁ……気が引けちゃうんだよなあ。っていうか、訓練でもピートにそんなことできないよ」

「プロテクターつけてるに決まってんだろ。へーきだよ」

「それでもやっぱやだ。気持ちの問題だよ」

フルフルと首を横に振るリュカに、ピートは眉尻を下げて笑う。

「あんたの弱点は優しすぎるとこだな」

相手の痛みをもろに感じてしまう戦い方は、少々ビビりな自分には向いていないなとリュカは思う。願わくは、これからの人生で体術を使う場面に出くわしたくない。

そんなリュカの心境を察したのかピートは、掴まれたときの抜けだし方や隙を作る攻撃の仕方など、最低限の護身術を教えてくれた。


「あ〜、今日はクタクタだよ〜」

その日の夜、執務室で書類の決裁を終えたリュカは椅子から立ち上がって大きく伸びをした。週に一度の運動はリフレッシュになるが、体力も使う。体がいつもより疲れていた。

「お疲れ様です。入浴になさいますか？」

部屋で一緒に書類の整理を手伝っていたヴァンが尋ねる。リュカは凝った首筋を手で押さえながら「そうする」と答えた。

リュカの浴室はレイナルド邸の三階にある。レイナルド邸は一階が広間や謁見室、正餐室などの公務機関で、二階はレイナルド一族傍系の居住区と従者の休憩室、三階は当主とその家族の居住区となっている。

現在、三階にはリュカと次期当主ルーチェが住んでいる。一歳八ヶ月のルーチェは魔王がリュカの遺伝子から作った子供だが、諸事情から神の子ということにしてある。リュカとヴァンとピートはルーチェの父親代わりとなり、屋敷の者の手を借りながらも三人で育てているのだ。

ヴァンが従者に風呂の支度《したく》を命じるために部屋から出ていくと、それと入れ替わりでピートがやって来た。

「ルーチェ、寝かしつけてきたぜ」

「ありがとう、助かるよ」

リュカには二十四時間、側近騎士であるヴァンとピートのどちらかが付いている。日勤と夜勤に分かれるのだが、夜勤担当はルーチェの風呂と寝かしつけを済ませてからリュカの護衛にあたるのが最近の流れだ。

一時期は夜泣きが酷くてリュカたちを悩ませたルーチェだが、一歳半を過ぎた頃から運動量が増え、夜はほとんど起きなくなった。昼間はわんぱくで目が離せないが、そのぶん夜ぐっすり寝てくれることは助かる。寝室も、もうリュカとは別々だ。

リュカは欠伸《あくび》をしながら時計を見る。夜の九時、護衛交代の時間だ。部屋に戻ってきたらヴァンを上がらせようと思う。……ところが。

「入浴の準備が整いました。参りましょう」

どういう訳か、ヴァンはリュカの着替えを手に持って、一緒に浴室へ行こうとするではないか。

「どうしたの？　もう今日は上がっていいよ」

不思議に思い尋ねると、ヴァンはまるで当然とばかりに答えた。

「風邪が流行っているようで、本日は入浴担当の従者が数人休んでいるとのことです。なので、私が代わりを務めます。念のため他の入浴担当の者にも休みを取らせました。すべて私が担いますのでご安心を」

「は？」

リュカは目をパチクリさせた。王であるリュカには入浴時に、髪を洗う者、手足を洗いマッサージする者、尻尾を洗い整える者、入浴後に肌にクリームを塗ったり着替えを手伝ったりする者など何人もの従者がつく。それらをみな休ませ、ヴァンがすべて代わるというのだ。

「そんな、悪いよ。入浴の手伝いはヴァンの仕事じゃないし、そもそもきみの業務時間は終わりだよ」

「お気になさらず。いついかなるときでも、リュカ様に尽くすのが私の務めですから」

「いや、それは騎士としてだよね？」

旅中で従者がいないときならまだしも、屋敷でまでヴァンに面倒を見てもらう必要はない。そもそもリュカは誰の手も借りず、ひとりで入浴できるのだ。従者の手に委ねるのも王の仕事なので任せているが、ないならないで構わない。

すると、ピートが一歩前に進み出てヴァンに向かって口を開いた。てっきりヴァンの過保護を窘めてくれるのかと期待したリュカだったが――

「リュカ様の入浴を手伝うだと？　そんなおもしろそうなことは俺にやらせろ」

「んんん？」

なんだか斜め上の展開になってきて、リュカは目をしばたたかせた。

「これは私の役目だ。貴様はしゃしゃり出てくるんじゃない」

「てめーこそ護衛交代時間は過ぎてんだよ。今は俺とリュカ様の時間だ」

リュカを挟んでヴァンとピートが火花を散らす。このふたりはいつもこうだ。名門貴族出身で厳格な性格のヴァンと、スラム出身で奔放な性格のピートはとても相性が悪い。そのうえリュカを取り合っているのだから、些細なきっかけですぐに争い合う。

「はいはい、喧嘩しない。選択肢はみっつ、じゃんけんで決めるか、ふたりで一緒に手伝うか、どちらの手も借りず俺がひとりで入浴するか。選んで」

この三角関係ももう三年、リュカはふたりの仲裁にもすっかり慣れた。ヴァンとピートにとってリュカは絶対なので、おとなしく言うことに従う。

結局ふたりはじゃんけんをして十七回ほどあいこを繰り返したところで、リュカに「俺、眠くなってきちゃった……もう寝ていい？」と言われてしまい、しぶしぶふたり揃って入浴の手伝いをすることに決めた。


レイナルド邸の浴室は贅沢だ。それは装飾が華美という意味ではなく、温かいお湯がなみなみと溢れているからである。

科学の発達していないこの世界での風呂は、別室で沸かした湯を浴槽に注いで溜めるのだから大変だ。しかし魔法使い一族の住むレイナルド邸は、魔力で水を汲み上げて湯を沸かす給湯機のような装置を備えている。おかげでいつだって温かいシャワーを浴びたり、湯に浸かったりすることができるのだ。

そんな訳で、リュカの浴室のバスタブには程よい温度の湯がたっぷり張られている。洗身用の液体石鹸が入れられており、浴室中いい香りだ。

ヴァンとピートは上着を脱いでシャツの袖を捲ると、まずはリュカの法衣《ほうい》を脱がせた。もちろんリュカはひとりで脱ぐことができるが、従者に手伝わせるのもまた王の務めなのである。

「リュカを脱がせるのは慣れてるけど、これはなんか新鮮だな」

ピートがいらんことを呟《つぶや》く。確かにふたりにはもう数えきれないほど服を脱がされているけど、今日のように業務の一環として脱がされるのは初めてだ。意識してしまうとたちまち恥ずかしくなってくる。

「変なこと言わないでよ、もー……」

頬を赤くしていると、ふたりの手によって下着が下ろされた。今の彼らは入浴を手伝う従者だと思えば思うほど妙な背徳感が湧いてきて、リュカは陰部を晒していることに胸をドキドキさせた。

丸裸になったリュカはバスタブに浸かる。かけ湯をせずに湯に浸かることに抵抗があったのも、転生したばかりの数年だけだった。昔の西洋文化に近いこの世界では、バスタブに浸かったまま全身を洗う。郷に入れば郷に従えということだ。

「はー、気持ちいい」

温かい湯が疲れた体に沁みる。バスタブに寝そべるように凭《もた》れかかっていると、「失礼します」と言ってヴァンがリュカの髪を洗いだした。ヴァンはリュカの大きな耳を避けつつ器用に洗う。長い指が髪を丁寧に擦《こす》り、頭皮を適切な力加減でマッサージする。心地よくなってリュカはうっとりと目を閉じた。

「失礼します」

ピートはリュカの体を洗ってくれる。洗身用のスポンジを使い絶妙な力加減で首筋から肩、腕を擦《こす》っていった。

頭と体を洗ってくれるふたりの手が気持ちよすぎる。心を許している相手だからだろうか、いつもよりリラックスした気分でリュカはウトウトと浅い眠りに落ちた。……すると。

「ひゃっ」

数分ほど眠っていたのだろうか、ふいに下半身にゾクリとする刺激を感じてリュカは目を覚ました。見ればピートが泡立てた手で陰茎を包むように洗っているではないか。

「わ！　わ！　そこはいいよ、自分で洗うから！」

普段から下半身だけは従者の手を借りずに洗っている。相手がピートとはいえ、さすがに股間を洗われるのは恥ずかしい。

しかしピートは「いーから、任せとけ」と手を放さず、リュカのそこを丁寧に洗う。丸々とした小さな睾丸《こうがん》からうぶな色をしている竿の部分まで、指の腹を使って擦っていった。洗身の一環だとわかっていても、体は従順に反応してしまう。しかも硬くなりだした竿の先端に泡をつけクチュクチュと弄るものだから、リュカはたまらず熱い吐息を零した。

「おい。私たちは入浴の手伝いをしているのだぞ。淫《みだ》らなことをするな」

艶《つや》っぽい反応を示すリュカを見かねて、ヴァンが苦言を呈す。だがもちろん、素直に言うことを聞くピートではない。

「してねーよ。俺はリュカ様を洗ってやってるだけだ。大事なとこだから、丁寧にな」

ヴァンはムッとしながら、洗い終えたリュカの髪に手早くタオルを巻く。そして近くに置いてあったワゴンから歯ブラシを取ると、仰向けになっているリュカの顔を上から覗き込んで言った。

「リュカ様。口を開けてください。歯を磨かせていただきます」

「えっ⁉　そこまでやるの⁉」

獣人、特に肉食獣人にとって歯はステイタスのひとつだ。歯並びはもちろん、犬歯は鋭く、顎《あご》が強くなくてはいけない。虫歯なんてもってのほかだ。一般の獣人でも歯を大事にしているのだから、王であるリュカは尚更である。普段の歯磨きに加え、三日に一度は専門の歯科医が点検し、歯を隅々まで磨いてくれる。

しかしまさか、ヴァンがそこまでしてくれるとは予想外だった。今まで色々面倒を見てきてくれた彼だが、歯磨きはさすがに初めてだ。

「歯はいいよ、今日は自分で磨くよ」

口を大きく開けて中を見られるのは、相手がヴァンでも気が引ける。むしろよく知ったヴァンだからこそ、なんだか恥ずかしい。

「どうぞお気になさらず、お任せください。さあ、あーん」

しかしヴァンはまったく引く様子がない。彼の世話焼きもここまで来たか……とリュカはあきらめの境地で、仰向けの体勢のままおとなしく口を開けた。その瞬間、ゴクリとヴァンが唾を飲み込んだ音がしたのは、気のせいだろうか。

片方の頬に手が添えられ、歯にブラシがあてられる。それが小刻みに動きながらシャッシャッという音を立て、リュカの小さな歯は一本ずつ丁寧に磨かれていった。奥に進むにつれて口の中を覗き込むヴァンの顔が近づき、唇の端を指で軽く引っ張られる。

リュカの小さな口の中は健康的なピンク色で、唾液にぬめっている。真っ白な歯が綺麗に並んでおり、左右対称の位置にピョコンと可愛い犬歯が見えた。歯ブラシを避けようとして、小さな舌がピクピクと動いている。

リュカは薄目を開けながら、間近にあるヴァンの顔を窺う。頬が赤く鼻息が荒くなっているように感じるのは気のせいだと思いたい。ピートがヴァンを横目で見て「変態」と呟《つぶや》くのが聞こえた。

しかしそのピートも、陰茎を洗い終えると今度は尻の割れ目へと手を伸ばしてきた。リュカは思わず体を起こしそうになったが、ヴァンの手が顔を押さえているために動けない。

(なんなんだこのシチュエーション)

リュカはヴァンに口の中を磨かれ、ピートに尻の孔《あな》を洗われながら思った。ふたりの指はどんどんリュカの奥へと進んでいく。

「リュカ様、動かないでください。もう少し口を大きく開けて……」

ヴァンは目を爛々《らんらん》とさせながらリュカの口内を覗き込み、奥歯と奥歯の隙間の汚れを丁寧に磨いた。

「脚もうちょっと開きな。中まで綺麗にしてやるから」

ピートはそう言うと孔《あな》の皺をなぞるように洗っていた指をズブズブと埋め、浅い位置で抽挿した。

「っ、あ……ぇあ……」

リュカは尻の刺激に喘《あえ》ぎそうになるが、口を大きく開けている状態では呻くような声しか出せない。体を動かせず、ギュッとバスタブの縁を掴んでこの奇妙な状況に耐える。

「はい、終わりましたよ。うがいをしてください」

やがて歯磨きが終わり、尻からも指が抜かれ、リュカはホッとした。

しかしこのあとはヴァンによる耳掃除とピートによる足の洗浄が待っており、リュカはくすぐったさに死ぬほど耐える羽目になったのだった。

そうして十五分後。全身綺麗になり湯から上がったリュカだが、ふたりのお世話はまだ終わらない。ヴァンはガウンを着て椅子に座ったリュカの尻尾をブラッシングし、ピートはリュカの前に跪《ひざまず》いて手足の爪を切っている。

（なんかいつものお風呂の百倍疲れた……）

羞恥のせいだろうか、やけに気疲れしてリュカは溜息をついた。色々と刺激されてしまったせいか体も疼いているし、目もすっかり冴えてしまった。

「よし、終わった。動いていいぜ」

爪を切り終えたピートがそう言って立ち上がる。ヴァンも尻尾を艶々にし終え、ブラシを置いた。

「ふたりとも、どうもありがとう。すっかり世話になっちゃったね」

彼らから志願したとはいえ、騎士らしからぬ仕事をさせてしまった。少し申し訳なく思いながら礼を告げると、ピートが突然リュカを腕に抱き上げた。

「いいってことよ。自分の食べるものは自分で下ごしらえしねえとな。隅々まで洗ってやった体、たっぷり味わってやるぜ」

やはりこれはエッチの前振りだったのかと、リュカは苦笑する。入浴の手伝いとはいえ、恋人の全裸をいじくり回したのだ。リュカも興奮していたがピートも興奮していて当然だ。そしてもちろん、ヴァンとて同じである。

「味わうのは私だ。貴様は引っ込んでろ」

ピートの肩を掴み、ヴァンが睨みつける。

「あんたが綺麗にしたのはリュカの髪と耳だろ。匂いでも嗅いでシコってな」

「ならば貴様はリュカ様の顔を見ることも口づけすることも許さん。リュカ様の顔を洗い、歯を磨いたのは私なのだからな」

そういう独占欲の競い方もあるのかと、リュカは感心してしまう。そして再び、じゃんけんで決めるか、ふたり一緒にエッチするか選択肢を与えた。ヴァンもピートもかなり性欲が高まっていたのだろう、じゃんけんのリスクを取るより三人でのプレイを選んだ。

……しかし。寝室までピートに抱えられながらリュカは思う。

（最近、三人ですることが多いな……）

国王になってからのリュカは多忙だ。時間も体力もいくらあっても足りない。せっかくルーチェの夜泣きがなくなったというのに、仕事の忙しさと疲れから、一対一でゆっくりエッチをする頻度が激減していた。三人でするときは大抵、ヴァンもピートも一回ずつしか射精していない。リュカの体を気遣ってのことだ。

これはよくないな、とリュカは思う。これではまるで性欲発散のためだけのセックスではないか。しかもヴァンとピートはきっと満足していない。

考えだすとリュカはたちまち不安に襲われる。ふたりが深く愛してくれるものだから、少し慢心していたかもしれない。

(もっとそれぞれとの時間を大切にしよう。……って今より時間を作るとなると、睡眠を削るしかないんだけど……うーん、週一、二くらいなら……)

そんなことを考えているうちに寝室に着き、ベッドの上に降ろされた。ハッとしたリュカに、すかさずヴァンがキスをする。

「ん、ん……っ」

普段より執拗《しつよう》に歯列や口腔を舐めてくるのは、やはり歯磨きに興奮していたからだろうか。

先にキスを奪われたピートが舌打ちして、リュカのガウンをはだけさせる。あらわになった臍《へそ》に口づけ、そのまま唇を辿《たど》らせて陰茎を口に含んだ。

「んっ、は……あ」

性的な刺激にリュカが体を捩ろうとしたときだった。

「――痛っ!」

右手にピキッとした痛みが走った。その声を聞いたヴァンとピートが驚いて、咄嗟《とっさ》に組み敷いていた体を離す。

「どうした？　どこが痛いんだ？」

「大丈夫か？　またオオカミ野郎に噛まれたのか？」

「私は噛んでいない！」

リュカは体を起こすと、右手を目の前で軽く動かしながら話した。

「手が……右手がちょっと痛いみたい」

「『右手？』」

ヴァンとピートはすかさずリュカの右手と手首を掴む。そして傷はないか、腫れていないか、マジマジと見つめた。

「寝かせるときに捻ったのか？」

「うぅん」

「もしかして今日の訓練で痛めてたのか？」

「違うよ、そうじゃなく……」

真剣に心配するふたりを前に、リュカは手を軽く開閉させながら困ったように小声で言った。

「……最近、たまに痛くなるんだ。先週も痛みを感じたから回復魔法をかけたんだけど……治ってなかったみたい」

その言葉を聞いて、ヴァンとピートの顔色が変わった。

リュカは創造神ウルデウスから森羅万象《しんらばんしょう》の力と悠久の命を授かっている。しかし悠久の命はヴァンとピートに分け与えたために不完全になり、不死ではなく長命になった。それでも神から授かった命は強く、怪我の回復力や病気に対する免疫力は常人にくらべ桁外れに高くなっている。命を分け与えられたヴァンとピートも同じだ。

そんなリュカが手の痛みを繰り返しているのだ。しかも回復魔法をかけたのに治癒していないとは、どういうことか。

「なぜ早く言わないんだ！　ただことではないぞ！」

「すぐ医者に診てもらえ。ボンザール先生、叩き起こしてくる」

甘い雰囲気は吹き飛んで、ヴァンとピートは険しい顔に隠しようのない不安を滲《にじ》ませる。リュカは乱れたガウンを整え直しながらしょんぼりと耳を垂らした。

「ごめん……。最初はちょっと捻っただけだと思ったんだ。大したことないって思ってたんだけど……」

「～っ、馬鹿！　もっと王としての自覚を持てと何度言わせれば気が済むんだ！　お前の体は私にとって……この世界にとって、何より大切なんだぞ！」

吠えるようなヴァンの叱責が胸に痛い。自分の体を軽視していたせいでとんでもない心配をかけてしまったと反省する。

（本当に俺ってば情けない。仕事にばっかりかまけて、恋人の時間も自分の体もないがしろにしてた。それで結局迷惑かけちゃうんだから、駄目駄目駄目だ）

耳を垂らし尻尾を丸めすっかり意気消沈していると、侍医のアカシカ獣人ボンザールがピートに連れられて寝室にやって来た。騒ぎを聞きつけたのか、侍従長のシェパード獣人ジェトラも一緒だ。ふたりとも床《とこ》に就いていたのだろう、寝巻の上に白衣と執事のコートを着ている。それを見てリュカはますます申し訳なさが募った。

「手が痛いとのことですな。ふむ……」

ボンザールはリュカの右手を握ったり揉《も》んだり曲げたりして、じっくりと触診した。

「ボンザール先生、どうなんだよリュカ様の手は」

「何か骨や神経に異常があるのですか」

ピートとヴァンがハラハラした面持ちで尋ねる。するとボンザールは確信を得たように深く頷《うなず》いてから口を開いた。

「腱鞘炎《けんしょうえん》ですな」

「けんしょう……えん？」

「手指を使いすぎることによって発症する炎症です」

重大な異常ではなかったことに「なーんだ」と安堵《あんど》の息を吐いたのは、リュカのみだった。ヴァンとピートだけでなく、ボンザールからも厳しい目を向けられる。

「『なーんだ』じゃございませんよ、リュカ様。神のご加護を授かっておられるお体で腱鞘炎《けんしょうえん》が起きているということは、常人ならばとっくに手が使いものにならなくなっているということです。並大抵の疲労の蓄積じゃありません。しかも回復魔法をかけたのに、再発症したというではありませんか。腱鞘炎《けんしょうえん》はしっかり治さないと腱が硬くなり、繰り返すクセがつきます。これはもうクセになりかけているということですよ」

ボンザールに説明され、リュカは自分の手を見つめる。回復魔法で根治しないとは、意外に厄介だ。

「要は働きすぎってことだな。毎日ウン百枚って書類にサインしてるもんな」

「最近は肩が凝っているような仕草もよくされていますね。以前は凝るようなタイプじゃなかったのに」

ピートとヴァンも口々に言う。さらにはジェトラが指を折って考えながら口を開いた。

「リュカ様、まともにお休みを取られたのは八年前ではございませんか？」

その言葉に、ヴァンもピートもボンザールも、そしてさすがにリュカも目を見開いた。

「え……まさか。そんなことないと思うけど」

リュカにだって休日はある。週に一度の安息日は王の仕事も当主の仕事も一応は休みだ。

しかし思い返してみれば、なんだかんだと休日も働いている。祭典や儀式などは安息日に行われることが多いし、自然災害は休日なんかお構いなしに起きる。平日に忙しすぎて手が回らなかった仕事を片付けることもあるし、半日ゆっくりできればいいほうだろう。

さらにリュカにはルーチェの育児がある。手の空いた時間はなるべくルーチェと過ごし親子の絆を深めたいリュカに、ひとりでのんびりする時間はない。

丸一日自由に過ごしたのも、ましてや連休など取ったのも、ここ数年一度もなかった。最後に休日らしい休日を過ごしたのは、おそらく八年前、魔王が出現し十五歳だったリュカが次期当主として公務に携わるようになる前だ。

「……俺、働きすぎじゃない？」

今更ながら、リュカは自分が異常かもしれないと気づいた。

「働きすぎにもほどがあんだろ……」

ピートはもはや狼狽《うろた》えた声で言う。

「……私の失態です。リュカ様を休ませるのも私の役目だというのに」

ヴァンは額を押さえて項垂《うなだ》れた。ふたりとも、いや、ジェトラやボンザールもリュカがここまで働きづめだとは思っていなかった。休日労働のあとはどこかで休みを調整していたと、てっきり思い込んでいたのだ。スケジュールをリュカ自身で管理していたのがいけなかった。

ボンザールは深く呆れた溜息をついてリュカを見る。

「決まりですな。リュカ様、お休みを取ってください。できれば一週間くらい」

「幸い今はどこの地域でも大きな災害は起きておりませぬ。森羅万象《しんらばんしょう》のお力が必要な案件以外なら、一週間ぐらい我々や大臣でなんとかします。安心して休息を取ってください」

ジェトラも休暇を勧め、その言葉にヴァンもピートもウンウンと頷《うなず》く。

「い……いいのかな、お休みなんかもらっちゃって」

リュカは嬉しいより先に、戸惑いの気持ちが湧いてくる。何せ八年ぶりのまともな休みだ。

「いいに決まってんじゃねえか。今までが働きすぎだったんだ、思いっきり羽伸ばしてこいよ。旅行でも行ってきたらどうだ。屋敷とルーチェのことは俺たちに任せておけ」

「旅行……！　お忍びで行ってもいいのかな。普通に観光とかしたり、地元の屋台とかでご飯食べちゃったりして」

「確かに、お忍びのほうがリュカ様はくつろげそうですね。……まあ今は外敵もおりませんし、最低限の護衛でも大丈夫でしょう。休暇の邪魔にならないよう、少数の護衛隊を編成いたします」

するとジェトラがふたりを振り返って意外なことを口にした。

「両団長殿。ちょうどいい機会だから、あなたたちも休暇を取るといい。リュカ様ほどではないが、おふたりもずっと忙しくしていたでしょう」

思いも寄らぬ提案に、今度はヴァンとピートが目を丸くした。確かにふたりも側近に就任以来、多忙な日々を過ごしている。それでも週に一度の休みはもちろん、リュカが気を遣い時々は二〜三日の連休を取らせたりもしていたが、有事の際には業務時間を超えることも休みがなくなることもざらだった。

「どちらにしろ、休暇中でもリュカ様には護衛が必要だ。三日ずつ、休みを兼ねてリュカ様に付き添われてはどうか。団長殿がそばにおれば他に護衛をつけなくとも大丈夫でしょう」

「つまり三日ずつ……」

「リュカ様とふたりきりでプライベートを過ごせる、と……」

ジェトラの提案に、リュカは目を輝かせて顔をパァッと綻《ほころ》ばせた。

「それいい！　賛成！」

ついさっき、それぞれとの時間をもっと持ちたいと思っていたところなのだ。これは願ってもないチャンスだ。連休がもらえるだけでなく、まさか恋人とふたりきりでゆっくり過ごせる日が来るなんて思ってもいなかった。リュカは嬉しくなって、すっかり興奮してしまった。

そしてまた、ヴァンとピートも隠しきれない喜びを瞳や口もとに滲《にじ》ませている。

「よろしいのですか……？」

ヴァンが聞けば、リュカは満面の笑みでうんうんと頷《うなず》く。

「ふたりが嫌じゃなかったら、俺と一緒に過ごしてよ」

ヴァンもピートも、最愛の恋人のいじらしいお願いを断る気などこれっぽっちもない。

「では、決まりですな」

三人の様子を見ていたジェトラが呟《つぶや》く。

こうして翌月に建国一周年を控えた四月、国王リュカはなんと八年ぶりの休暇を取ることが決まったのであった。

第二章　オオカミの恋人

「それでは、いってらっしゃいませ。リュカ様、ヴァン団長」

レイナルド邸の正門の前で、黄金麦穂団の団員がベッセル副団長を中心にずらりと並ぶ。その脇にはジェトラと叔母のサーサ、それにルーチェを抱いたピートが立っていた。お忍びの旅行なので、見送りは彼らだけだ。

「それじゃあみんな、屋敷のことを頼むね」

いつもの法衣《ほうい》姿ではなく、ケープを羽織った旅装束姿のリュカがみんなの顔を見て言う。そしてピートに抱かれたルーチェのほっぺを手で揉《も》み、「お利口にしててね」と微笑みかけた。

「ユア、あっこ」

お留守番を察したのか、ルーチェが涙目になって手を伸ばす。リュカが焦ると、ピートがルーチェを抱き直し、揺らしてあやしながら片手を振った。

「大丈夫だ、ルーチェのことは心配すんな。早く行きな」

彼の心遣いに感謝し、リュカは微笑んで頷《うなず》くと踵《きびす》を返してヴァンの隣に並んで歩きだす。

「いってきまーす」

振り返り、リュカは見送りの者たちに大きく手を振った。

「リュカ様も兄上も、国のために人一倍働かれているお方だ。この休暇で癒されるとよいですね」

胸の前で手を振っていたベッセルが、リュカたちを見つめながら言う。

「そのためにゃ万が一にでもリュカ様が呼び戻される事態にならねーように、俺たちがしっかり留守を預からねーとな」

隣に立つピートがルーチェをあやしながら返せば、ベッセルと団員たちの表情が引き締まった。

「もちろんです！」

しかし、団員たちが気合を入れている横で、サーサは眉尻を下げ不安そうな表情を浮かべている。

「リュカ様がご不在の間、何事も起きないといいのですけど。私は代理で書類にサインすることはできても、騎士団に指示したり不測の事態には対応できませんからね。ああ神様、無事にこの一週間過ごせますように」

サーサはリュカの叔母で、レイナルド公爵位の継承権第二位を持っている。ルーチェがまだ幼い現在、有事のときにリュカの代理を務めるのは彼女だ。今までもリュカが魔王に攫《さら》われたときや、敵に監禁されたときなど、当主代理を務めさせられた。しかしリュカと違い平凡な能力のサーサには、当主代理の荷は重すぎるのだ。

そのたびに彼女の白髪が増えてしまっていることを知っているピートは苦笑しつつ、空を仰ぐ。

「まあ一週間ぐらいなんとかなんだろ。なんたってリュカ様にはウルデウス様のご加護があるからな。神様もたまにゃリュカ様を休ませてくれんじゃねーの」

よく晴れた春の空は絵の具で描いたように水色で、ヒツジのような雲がふわふわと浮かんでいた。

まるで平和を絵に描いたような空に、サーサの不安もグズっていたルーチェの顔も、少し晴れたのであった。

リュカの休暇は一週間。最初の三日間をヴァンと、後半の三日間をピートと過ごすことに決めた。残りの一日は魔王デモリエルのところへ遊びにいく予定だ。

旅行の行き先は、それぞれヴァンとピートが決めた。どうやらふたりは、どちらがリュカの喜ぶデートプランを立てられるかで競っているようだ。

何はともあれ、今日からはヴァンと旅行だ。お忍びなので家紋を外した地味な馬車に乗っていく。目的地はお楽しみということで、まだ教えてもらっていない。

「ヴァンのそういう恰好、初めて見た気がする」

馬車の席で向かい合って座りながら、リュカはヴァンの姿をマジマジと見て言う。

今日の彼は白いシャツの上に茶色いベストを着て、大きなストールをゆったりとマントのように体に巻きつけている。クラヴァットを巻いていないのも、飾り気のないシンプルなシャツも、ラフな素材のベストも、彼が着ているのを初めて見た。細身の脚衣につけている剣帯も騎士団のものと違い、宝石のワンポイントが入っている。

十歳の初対面のときから、リュカの前ではいつだってきっちりした恰好しか見せなかったヴァンにしては、かなりくつろいだ服装だ。いわゆる私服という感じがして、リュカは嬉しくなる。

「一応、休暇だからな。お前だって今まで見たことのない恰好をしてるじゃないか」

そう返されたリュカも、今日は珍しい服装だ。襟に刺繍《ししゅう》の入った紺色のシャツにリボンタイを結び、膝丈の脚衣にはガーターベルトで留めたソックスを組み合わせている。その上に着ているのはフードのついたキャメル色のケープだ。

「へへ。だって初めてのデートだし。張り切ってコーディネートしちゃった」

リュカは自分の恰好を見て恥ずかしそうに笑う。

実はリュカはあまり私服を持っていない。子供の頃は色々持っていたはずなのに、いつの間にかクローゼットの中は法衣《ほうい》ばかりになっていた。こんなところにも八年間仕事漬けだったことが窺える。

今回ヴァンとピートとそれぞれ旅行に行けると決まって、リュカはウキウキと服を新調した。考えてみれば、ふたりきりで出かけることなど今までなかった。つまりこれが初めてのデートなのだ。気合も入るというものである。……本当はもう少し大人っぽい恰好がしたかったが滑稽なほどに似合わず、少年向けのデザインから選んだことは胸にしまっておく。

リュカの言葉にヴァンはほんのり頬を染めると、柔らかに目を細めた。

「……私もだ」

そのひと言に、リュカの胸がキュッと締めつけられる。あの真面目なヴァンが自分と同じく初デートを喜び、コーディネートに悩んだのかと思うと、くすぐったいような嬉しさが込み上がってくる。

「へへっ、えへへへ」

この嬉しさをうまく言葉にできなくて、リュカは肩を竦《すく》めて笑う。よく知った幼なじみなのに、目の前の彼にとても新鮮なときめきが湧く。照れくさくて顔を見ることができない。そんなリュカを愛おしさのこもった眼差しで見つめ、ヴァンは手を伸ばすとその頬に触れた。

「リュカ」

呼びかけられて、唇を重ねられる。

(俺、今、恋人とデートしてるんだなあ)

そんな思いがしみじみと全身を巡り、リュカは甘い気持ちに浸った。

馬車を二時間ほど走らせた頃、窓から外の風景を見ていたリュカは目的地に心当たりが出てきた。延々と続く麦畑、その合間に建つ風車小屋、一見どこにでもある風景だが、リュカの遠い記憶を呼び起こす。

「もしかして、この先って……」

「シペタの村だ。今日は祭りがある」

自分の予想が合っていたことに、リュカは顔を輝かせた。

リュカとヴァンの付き合いは十歳の頃からだが、ヴァンがリュカを友達だと認めてくれたのはそれから二年後のことだ。そのとき初めてふたりでお忍びで遊びにいったのが、シペタの村の祭りだったのだ。

懐かしいけれど色褪せない思い出がリュカの胸に花開く。こんな粋なデートコースを決めたヴァンに、思わず抱きつきたくなるほどだった。

それから三十分ほど馬車は走って、村から少し離れた木陰に停まった。ここからは歩いていく。

「どうする？　フードを被っていくか？」

先に馬車を下りたヴァンが手を差し伸べながら尋ねる。

この世界でただひとりの王であるリュカは、世界一の有名人だ。水晶を使って世界中に言葉を届けているので、リュカの顔を知らない者はいない。いくらお忍びでの旅行とはいえ、姿を見せれば大騒ぎになることは間違いなかった。

しかしリュカはヴァンの手を取りタラップをピョンと飛び降りると、首を横に振ってから口角を上げてみせた。なんだか得意げな笑顔だ。

「実は今日のためにとっておきの魔法を用意しました！　じゃーん！」

おどけた口調で言って、リュカは胸の前で手を組んだ。そして、「見てて！」と、爪先立ちでヒラリと一回転する。その回転に合わせて煌めく粒子がリュカの体を包み、軽やかに弾けた。

「どう？」

光の中から出てきたリュカは、なんとウサギ獣人になっていた。フェネックの特徴的な大きな耳は白く長いものに、自慢のモフモフ尻尾は小さな丸い尾になっている。

ヴァンは呆気に取られながら、マジマジとリュカの耳と尾を見つめた。

「変身の魔法を覚えたのか……」

「便利でしょ。これなら俺が王様だってバレなくない？」

リュカはキツネ族の中でもなかなか珍しいフェネックギツネ獣人だ。おそらく今の大陸にリュカ以外には存在しない。特徴的な大きな耳と尻尾は目立つし、その外見こそがリュカをリュカたらしめんとする所以《ゆえん》だ。つまり逆を言えば、フェネックでなくなれば顔が似ていても誰もリュカだとは思わないのである。

「これね、実は変身じゃなくて視認の魔法なんだ。うすーい魔法の霧で覆ってるだけで、本当はもとの耳も尻尾もここにあるんだよ」

そう言ってリュカはヴァンの手を掴むと、自分の尻の近くの空間を触らせた。何も見えないのに確かに手に感じるモフモフに、ヴァンは目をまん丸くする。

「魔法の霧を出しっぱなしにしなくちゃいけないから、結構魔力を消費するんだ。だから前までは使えなかったんだけど、ウルデウス様の力を受け継いだ今ならできるかなと思って」

視認の魔法は単純に見えてなかなか高度だ。眠ったり気を抜きすぎたりすると、魔法の霧が消えてしまう。魔力の消費量といい、リュカ以外に使えるものはいないだろう。

「大したものだな」

感心するヴァンに、リュカは上目遣いに微笑みかける。

「今日の俺はウサギのリュカだよ。行こう、オオカミさん」

キュッと手を繋いできたリュカに、ヴァンは口もとに浅く弧を描いて頷《うなず》き歩きだす。

「その魔法を使えばどんな姿にもなれるのか？」

「うん。有翼でも爬虫類でも、海獣でもなんにでもなれるよ。明日はペンギン獣人になってみせようか？」

「お前の好きにしろ。私はなんでも構わない」

「じゃあヴァンとお揃いのハイイロオオカミになっちゃおうかな」

のんびりとした会話を交わしながら、ふたりは手を繋いで村の入口まで歩いていった。

シペタの村は春を迎える祭りで大いに賑わっていた。大道芸人や民族団が音楽をかき鳴らし、若い娘たちが薄手の衣装をヒラヒラさせながら花を撒《ま》いている。

「わぁ……あの頃とおんなじだ」

昔と変わらぬその光景に、リュカは胸をワクワクと弾ませる。

「あのときは屋台で色々食べたよね。覚えてる？」

「もちろんだ。お前がいい匂いにつられてチョロチョロするものだから、目が離せなかった」

「あはは、そうだったね」

笑い合いながら、繋いだ手に互いに力がこもる。子供の頃もふたりはこうして手を繋いで一緒に屋台を巡った。固く握り合った小さな手はあれから長い時間を経て、二度とほどけない絆に成長した。昔と変わらぬ風景を見ていると、そのことを強く実感する。

「ね、せっかくだからなんか食べよう。俺、肉の串焼き食べたい」

リュカは大通りに建ち並ぶ屋台を指さして言った。ヴァンの返事を待たずに手を引いてそのまま走りだす。羊肉にスパイスをまぶし香ばしく焼いている屋台に並び、マレーグマの店員に「二本ちょうだい」と銅貨を渡す。

店員はリュカを見ていかつい顔を綻《ほころ》ばせると、肉の串の先にソーセージを刺してから渡してくれた。

「カップルかい？　お嬢ちゃん可愛いねえ、ほら、おまけだよ」

リュカはポカンとしたあと、口をパクパクさせながら顔を真っ赤にした。ヴァンはそんなリュカを見てクツクツと笑いながら串を受け取る。

「お、女の子と間違えられた！」

店から少し離れた場所で、リュカは悔しそうに頬を膨らませて小声で嘆いた。しかし、いつもならリュカが性別を間違われたら『不敬だ！』と怒るヴァンが、今日はおかしそうに目を細めている。

「それだけお前の魔法が完璧だということだろう。誰も今のお前を国王だと認識していない、いいことじゃないか」

「それはそうだけど〜」

リュカはヴァンから串を受け取りカプッと口をつける。おまけしてもらったソーセージはおいしかった。

それからふたりはチーズとジャムを包んだ薄パンを買い、広場の噴水の縁に座って食べた。ポカポカと日差しが暖かく、子供たちが辺りを元気に走り回っている。少し離れたところから祭りの音楽が聞こえ、なんとも平和でのどかだ。

薄パンを食べるヴァンの横顔を見ながら、リュカは思う。以前来たときには、潔癖気味なヴァンはいちいち屋台の食べ物に抵抗感を抱いていたのだ。潔癖気味な性格自体は変わっていないが、こうして屋台の食べ物を抵抗なく食べられるようになったのを見ると、随分柔軟になったなと感じる。

「どうかしたか？」

ジッと見すぎていたせいか、ヴァンが視線に気づいてリュカのほうを振り向く。

「ううん、なんでもない」

リュカは慌てて視線を逸《そ》らしたが、今度はヴァンがジッとリュカを見つめる。そして「ついてる」とリュカの唇の端についていたジャムを拭おうと手を伸ばしかけ……そのまま顎《あご》をすくい、舌で舐め取った。

「……っ⁉」

リュカは驚いて目を白黒させる。まさか堅物なヴァンが人目のある場所でこんな大胆なことをしてくるとは、夢にも思わなかった。

ヴァンは微《かす》かに口角を上げ、悪戯《いたずら》っ子のような笑みを浮かべている。初めて見る表情だった。

初デートで浮かれているのか、それとも主従という枠が外れたヴァンは案外気さくなのかもしれない。初めて知る恋人の一面に、リュカは嬉しくなってパタパタと見えない尻尾を振った。

「ヴァンのえっち。こんな目立つところでキスした〜」

「キスじゃない。お前の顔を綺麗にしてやっただけだ」

キャッキャとからかいながらリュカがふざけてヴァンに凭《もた》れかかれば、そのまま肩を抱き寄せられて唇を重ねられる。

「キスとはこういうことだ」

頬を染めながらも得意そうに微笑むヴァンに、リュカは笑いを零すと今度は自分から唇を重ねた。

それからふたりは手を繋いで歩きながら、祭りを楽しんだ。音楽を奏でる民族の若者に交じって一緒に踊ったり、曲芸団の芸を楽しんで銅貨を投げたり、踊り子の投げる花をヴァンがキャッチしてそれをリュカの髪に飾ってくれたりした。途中で迷子を見つけ、母親を捜してあげるというハプニングもあった。

そして楽しい一日はあっという間に過ぎ、日が沈む頃、村ではフィナーレの花火が上がった。

「わあ、綺麗。花火なんてやってたんだね。知らなかった」

「前に来たときは夕方までいられなかったからな」

大通りの隅に立ち止まり、ふたり並んで空を見上げる。仲睦まじく手を繋いでいるその姿は、きっとただのカップルにしか見えないだろう。……リュカが女の子に間違われている可能性は高いが。

「今日、すっごく楽しかった！　こんなに長い時間、自由に行動したのって初めてだよ。王様でも当主でもない、ただのリュカになった気がする」

リュカは当主の立場も王様の立場も嫌ではない。苦労も多いが、重荷だと感じたことは一度もない。けれど人目を気にせず好きに振る舞う楽しさを、今日は思い出せた気がする。

〝ただのリュカ〟。たまにはそんな日があってもいい。そして何より思う存分ヴァンと手を繋いで笑い合えて、リュカはたまらなく幸せだと思った。

色とりどりの花火の光に照らされた顔で、リュカは満面の笑みを浮かべている。ヴァンは愛おしそうな目でそれを見つめ、腰を屈めてリュカのつむじにキスをした。

「私たちが主従でなくただの幼なじみだったら……こんな毎日を送っていたのかもしれないな」

リュカは考える。もし自分たちが主従でなかったらと想像して、思わずクスクスと噴き出した。

「どうした？」

「あのね、想像してみたんだけど、主従じゃなくてもヴァンはやっぱり俺の世話をしたがるし、俺は頼りなくてヴァンの手を焼いてたと思う。あんま変わんないかも！」

もし立場が逆転してヴァンが主《あるじ》でリュカが従者だったとしても同じだろう。甲斐甲斐《かいがい》しく従者リュカの世話を焼きたがる当主ヴァンの姿を想像して、リュカはおかしくなってしまった。

「それは言えてる」

ヴァンもつられたように肩を揺らして笑う。そしてひとしきり笑ってから、リュカは繋いだ手に指を絡めた。

「愛してるよ、ヴァン。主従でも、そうじゃなくても、きっとどんな立場だったとしても」

リュカの大きな瞳に、花火の彩に照らされたヴァンが映る。ときめく胸の奥に、何かが一瞬よぎった気がする。忘れている遠い記憶。従者ではない顔をした彼――

「リュカ」

ヴァンの金色の瞳が、リュカを映して揺れる。何かを言おうとして開かれた唇は一度閉じられ、それからリュカにしか聞こえない声で囁《ささや》いた。

「愛してる」

村には一軒しか宿がなかったが、一番いい部屋をヴァンが予約してくれていた。

「リュカ、リュカ」

「あっ、あ……ヴァン……」

部屋に入るなり、ふたりはベッドにもつれ込む。旅の汗を流す余裕すらないのは、今日の開放的な雰囲気のせいだろう。ずっと手を繋ぎ堂々と恋人として振る舞っていたのだ、いつもより気分が昂《たかぶ》るのも当然だった。

ヴァンはリュカを組み敷き、顔や首筋にキスの雨を降らせながら服を脱がせる。ケープは外したものの、シャツのボタンを外すのはもどかしかったようで、捲り上げてリュカの乳首を舐めた。

「ん、ぅ……っ、あぁッ」

ヴァンの舌が、唇が、手が、触れたところが熱い。もっとたくさん、深く触れてほしくて、リュカは無意識に腰を揺らす。

「ヴァン、キスして。いっぱいキスしてほしい……」

リュカがおねだりすれば、ヴァンは瞳により一層情欲の色を滲《にじ》ませる。片手でリュカの頭を抱えるように撫《な》でながら深く唇を重ね、もう片方の手でせわしなくリュカの脚衣を脱がせた。

「リュカ、私の可愛いリュカ」

熱心にリュカの唇を甘噛みし、歯列をねぶり、舌を吸うヴァンは、本当にリュカのことを食べてしまいそうだ。呼吸も荒く、今にも理性が飛びそうになるのをかろうじて耐えている。

ヴァンはリュカに口づけながら自分の服を脱ぎ捨てようとした。しかしそれすらもじれったかったのか、ストールと剣帯を外しただけで、着衣のまま脚衣の前をくつろがせた。隆起している雄茎がブルンと飛び出し、ヴァンはすかさずそれをリュカの陰茎と触れ合わせる。

「な……、あ、あぁっ」

ふたりの肉竿が密着し擦り合わされる刺激に、リュカは喉を反らせて嘆息した。動くたびに先走りの露でぬめった先端がヌチヌチと淫《みだ》らな音を立てる。ヴァンが片手でふたりの竿を握ってしごくと、リュカはさらに呼吸を荒くした。

「……ん？」

ヴァンは目をしばたたかせた。長く白かったリュカの耳が霧散するように消え、もとの大きなフェネックの耳に戻っていく。ふと腰のあたりに目をやると、尻尾も同じだった。淡く光る粒子がスッと消え、大きな黄金色の尻尾が現れる。そういえば気を抜きすぎると戻るとリュカが言っていたことを思い出して、小さく笑った。

「まったく。お前のすることは何もかも可愛すぎるな」

ヴァンは両方の手で竿を握りながら、指先でリュカのピンク色の先端を弄った。敏感な場所を攻められ、靴下を履いたままのリュカの爪先に力がこもる。

「そこ……っ、だめ……！」

赤い顔をして射精に耐えているリュカを見て、ヴァンはうっとりと舌なめずりをする。

ヴァンの世話焼き気質は、渦巻く情欲と背中合わせだ。忠誠や親切の気持ちもあるが、根底にはリュカのすべてを知り委ねられたいという欲がある。その究極はきっとこれだと思いながら、ヴァンは手を動かし続けた。

（リュカの……リュカ様のすべてを委ねられたい。食事も着替えも入浴も……自慰も）

少年の頃から密《ひそ》かに抱いていた、決して口には出せない願望。自分の手で主《あるじ》の性を導くという妄想を何度もした。それが今現実となっている目の前の光景に、ヴァンは興奮を抑えきれない。

「も……っ、出ちゃうよぉ」

「いいぞ、出せ。私の手で果てるといい」

竿をしごくヴァンの手が早くなる。リュカはギュッとシーツを握りしめ内腿《もも》を痙攣《けいれん》させると、

「……っ！」と唇を噛みしめて射精した。服を汚さないようにヴァンが咄嗟《とっさ》に手で鈴口を覆ったせいで、その手のひらと指にはたっぷりとリュカの白濁液がまとわりついた。

息を荒らげてぐったりとしたリュカの目に映ったのは、指に絡んだ精液を舌で舐め取るヴァンの姿だ。彼の瞳は興奮で赤みを帯びていて、口角は薄く上がっている。その姿を見てリュカは、ヴァンの理性が完全に崩れ去ったのを察した。

何にも縛られない特別な日。夜はまだまだ長い。ひと組の恋人が延々と愛し合うのを、空高く昇った月だけが見ていた。

翌朝。リュカの体には二十以上のキスマークと十以上の歯形が残っていた。もはや愛の証を超えて獣の捕食から命からがら逃げだした痕《あと》みたいになっている姿を鏡に映し、リュカは力なく笑う。

日が昇り始めるまで抱き潰されたリュカは、意識のないままヴァンに風呂に入れられ、短い睡眠のあと半分眠ったままの状態で、朝食と身支度を彼の手によって済まされた。

「次の目的地まで少しかかるから、馬車で仮眠を取るといい」

リュカと自分の分の荷物を肩にかけながら、ヴァンがにこやかに言う。ほとんど寝ていないはずなのに、彼の肌艶《つや》は最高だ。血色がよくピカピカしている。そしてもちろん上機嫌だ。

（ヴァンの体力どうなってんの……）

彼との旅行の時点で夜が激しいだろうことは覚悟していたが、それでも慄《おのの》いてしまう。リュカは酷使しすぎた尻にこっそり回復魔法をかけたが、どうにも違和感が消えない。未だに尻に何か挟まっているように錯覚する。今日の夜が怖いなと思いつつも、リュカは差し出されたヴァンの手を笑顔で握った。そして魔法で耳と尻尾を変える。

「今日もよろしくね、オオカミさん」

夜が激しすぎるのはさておき、やはり恋人関係を堪能できるのは嬉しい。ヴァンは目を細めると腰を屈め、返事の代わりにチュッとキスをした。

恋人旅行二日目。

次にヴァンが連れてきてくれたデートコースは、あまりに意外な場所だった。

「……山？」

馬車を下りたリュカはキョトンとする。目の前はうっそうとした森だ。しかしチラホラ人が出入りしていて、そのほとんどが子供のグループや親子だった。

ヴァンは森の手前で何かを売っている者のもとへ行き、買った物を手にして戻ってきた。

「ほら」

そう言って差し出されたのは、虫かごと網だった。リュカは目をパチクリとさせる。

「お前はそういうのが好きだろう。今日は気の済むまで遊べ」

ようやくヴァンがこの森へ連れてきてくれた意味を理解して、リュカは感激のあまり声を震わせる。

「……ヴァン！　ありがとう！　やっぱ俺を一番わかってくれてるのはヴァンだよ！」

リュカは昆虫やカエルなどの生き物が好きだ。前世では入院生活のせいで外に出ることが叶わず、ずっと虫取りなどの遊びに憧れていたからだろう。今世でも公子として生まれたリュカは粗野な虫取り遊びなどをさせてもらえなかった。せいぜい庭で蝶やカエルやトカゲを捕まえるくらいで、それすらもヴァンや教育係に叱られて飼うことは叶わなかった。

大人になってからはさすがに虫取りをしたいと口にすることはなかったが、時々昆虫図鑑などを眺めていたのをヴァンは知っていたのだろう。

デートコースに虫取りとはあまりにムードがないが、リュカの夢を叶えたいというヴァンの気持ちが、リュカはこのうえなく嬉しかった。むしろどんなロマンチックなデートより愛を感じる。しかも――

「でもいいの？　ヴァンは虫とかカエルとか苦手でしょ」

潔癖気味のヴァンは昆虫の類が苦手だ。トンボでさえ近づくと顔をしかめる。昔はリュカがこっそり机でカエルを飼っているのを見つけて卒倒しかけたほどだ。それなのにヴァンは手に虫かごを持ち、笑ってみせる。

「大丈夫だ。騎士になってから野営で慣れた。それに今日はリュカに思いきり好きなことをさせると決めている。私の心配は無用だ」

あまりに懐《ふところ》の深い彼の愛に、リュカは目を潤ませ「好き！」と勢いよく抱きつかずにはいられなかった。恋人というよりいささか子供と保護者みたいになっているが、これもまたリュカとヴァンの愛の形である。

前世からの夢が叶ったリュカは、意気揚々《いきようよう》と網を構えて森に入っていった。後ろから虫かごを持ったヴァンがついてくる。どうやらここは昆虫採集の有名なスポットらしく、辺りは子供だらけだ。リュカは今日ほど自分の幼い容姿に感謝したことはない。虫取り少年と付き添いのお兄さんにしか見えないふたりは、子供の集団や親子に交じってもまったく違和感がなかった。

森は緑豊かで、虫だけでなく自然の生き物の姿がたくさん見えた。水辺にはカエルが跳ね、木の間をリスが走り、野生の鳥があちらこちらで巣を作っている。

リュカは自然の風景を満喫しながら、初めての虫取りに興じた。クワガタを追いかけ、カブトムシを探し、蝶々を二匹捕まえた。地面の穴を覗いてヘビに驚き、木の穴を覗いてモモンガの親子を見つけた。

小さな泉のほとりでヴァンが用意した昼食を食べ、日が傾く前に森をあとにした。

「楽しかったー！」

馬車の中でリュカはすっかり上機嫌だ。童心に帰った気がする。捕まえた蝶々は帰る前に森へ逃がしたが、代わりにキヅタの葉っぱを記念に拾ってきた。屋敷に帰ったら本に挟んで押し葉にしようと思う。

ヴァンは向かいの席でそんなリュカを満足そうに眺めている。リュカは肩を竦《すく》め小首を傾げて聞いた。

「俺ばっかり楽しんでない？　大丈夫？」

するとヴァンは席を立ち、リュカの隣に座り直して肩を抱き寄せた。

「私が楽しんでないように見えるか？　はしゃぐお前を独り占めしているんだ、こんなに楽しいことはない」

リュカはヴァンの体に凭《もた》れかかり「へへっ」とはにかんで笑う。そして見えない尻尾を動かし、ヴァンの尻尾と重ね合わせた。

空に一番星が光る頃、馬車は次の目的地に着いた。さっきの虫取りの森とは対極に、今度は大人のムード溢れる場所である。

地方都市の一角にあるそこは、広い敷地を携えた高級宿だ。清潔な芝生を敷き詰めた庭には真っ白なテーブルと椅子が並び、屋外レストランになっている。高価な魔石を使ったランプがあちらこちらに飾られ、ロマンチックな明かりを灯していた。

ヴァンはもちろんレストランの一番いい席を予約していた。周囲より一段高くなっているそこは背の高いバラの植え込みに囲まれており、周りの目を気にすることなく食事ができる。

シペタの村や昆虫採集の森と違い、ここは貴族が多い。リュカを直接知っている者もいる可能性がある。いくら耳と尻尾を誤魔化しても、さすがに知り合いが相手では正体がバレかねないだろう。そういう点でも、この席を用意してくれたヴァンは気が利くなとリュカは思った。

淡く発泡するスパークリングワインで乾杯し、宿自慢の美しく繊細な料理を味わう。今までリュカの好きそうな場所にばかり連れていってくれたヴァンだが、やはり彼にはこういった上品な場所が似合う。グラスを傾ける姿は上流階級の貴公子そのものだ。もちろんリュカは、そんな彼の姿も嫌いではない。

「カッコいいね、ヴァンは」

思わず見惚れて、リュカはしみじみと呟《つぶや》く。急に褒められたヴァンは驚いた様子で眉を上げたが、尻尾が嬉しそうに左右に揺れていた。

「顔も綺麗だし、背も高いし、所作も上品だし。もし俺が女の子だったら、きっと好きになっちゃってただろうなあって昔はよく思ってた。……実際は男でも好きになっちゃったけど」

リュカは頬を染めて恥ずかし気に話したが、聞いていたヴァンはもっと顔を赤く染めてソワソワとしながらナプキンを口で拭う。

「あまり煽《あお》るな……」

照れている彼がなんだか可愛くてニコニコと眺めていると、視線に耐えられなくなったのか、ヴァンは「手洗いへ」と席を立って行ってしまった。

それを温かい目で見送って、リュカはスパークリングワインをひと口飲む。ワインはアルコールが強くなくさっぱりと甘くて好みの味だ。ヴァンは芳醇で熟成したワインが好きなのに、何もかもリュカを優先して選んでくれていることを改めて感じる。

（俺にはもったいないくらいの彼氏だな……）

ふと、そんな思いがよぎった。主従を抜きにしたときに、自分はヴァンにいったい何を与えられるのだろうか。

そのとき、少し賑やかな声が聞こえてきて、リュカは植え込みの隙間からそちらのほうを覗く。ヴァンが着飾ったイヌ族の令嬢たちに話しかけられているのが見えて、リュカはドキリとした。知り合いに会うかもという懸念は的中した。ただし、リュカではなくヴァンだったけれども。聞きたくないのに彼女たちの声が聞こえてきて、リュカは自分の大きな耳を恨んだ。

ヴァンは挨拶《あいさつ》だけしてその場を去ろうとしているようだが、令嬢たちがなかなかそうさせてくれない。彼女たちはヴァンに偶然会えたことを喜び、珍しい彼の私服姿を褒めそやしている。頬をピンク色に染めて尻尾を振って話しかける令嬢たちの姿に、リュカはモヤっとした気持ちを抱いた。

ヴァンが女性にモテるなどわかっている。独身宣言をしたにもかかわらず彼への結婚の申し込みは尽きないし、リュカの護衛で共に舞踏会へ行けばリュカそっちのけで女性の視線を集めることも日常茶飯事だ。それなのに今日に限って複雑な気持ちを抱いてしまうのは、きっとデートの最中だからに違いない。

（今日のヴァンは俺だけのヴァンなのに……）

そんないじけた気持ちが湧いてきて、リュカは慌てて頭を振った。

(男の嫉妬はみっともないぞ！)

気持ちを切り替えて食事を再開させるが、大きな耳は勝手にピクピクと動いてヴァンたちの声を拾ってしまう。すると、やけに神妙な雰囲気で話す声が聞こえてきた。

「ご挨拶《あいさつ》したいだけですのに、お連れ様に会わせていただけないということは……秘めたいお相手でいらっしゃるのね」

「今日は完全なプライベートで来ています。親も家も関係ありません、挨拶《あいさつ》は不要です」

どうやら家絡みの知り合いがいたようだ。踏み込んでこようとする相手にヴァンは迷惑そうだが、あまり無碍《むげ》にもできないのだろう。

「やはりあの噂は本当ですのね。ヴァン様は結婚できない身分違いの女性を愛し、その方と添い遂げるために一生独身でいると宣言したと」

リュカは仰天した。そんな噂が流れていたなんてまったく知らなかった。しかも大体は的を射ている。さすがに相手が同性、しかもリュカだとは見当もついていないようだが。

「……これ以上話すことはございません。失礼」

そう言ってヴァンは立ち去ろうとするが、令嬢は彼の腕を掴んで声を荒らげる。

「そんな方を選んで本当に後悔していませんの!? 誰にも祝福されず、人目を忍び続けなくてはならないなんて！　わたくしなら……わたくしならヴァン様になんでも与えてあげられますのに！祝福も温かい家庭も、インセングリム家を継ぐ子供だって！」

悲痛な令嬢の訴えは、リュカの胸を不快に苦しくさせた。自分の中でとっくに呑み下していたと思っていた何かが、喉もとにせり上がってくる。

「キファ令嬢。婚姻話の破棄のことは申し訳ないと思っています。だがもう終わったことです。両家の間で話し合いは済み、あなたも承知してくれた。これ以上あなたに私の人生をとやかく言う資格はない」

ヴァンのその言葉を聞いて、リュカは理解した。相手は以前ヴァンが婚姻話を進めていた令嬢だ。ヴァンが一生リュカを愛すると心に誓ったため、結局その話は白紙になった。婚約まで至らなかった関係だが、解消の際にはなかなか揉《も》めたと聞いている。家族間では解決しても、令嬢は未だにヴァンのことが好きなのだろう。

リュカは手に持っていたフォークを置き、項垂《うなだ》れてしまった。自分の腹部をそっと撫《な》でる。脂肪の薄いペタンとした下腹。華奢《きゃしゃ》で女の子に間違われることもある体型なのに、やはり異性のそれとは絶対的に違うのだ。

(俺も子供を産めればよかったのに)

馬鹿馬鹿しい考えが頭に浮かぶ。男同士の恋愛も、ヴァンが家督継承を捨てリュカへの愛を誓ったことも、全部受け入れたはずだった。けれど令嬢の叫んだ言葉に、責められている気がしてしまう。

(俺は恋人としてヴァンに何も与えてあげられてないや)

俯いたままブラブラと足を揺らす。主従でなくともヴァンは尽くし、たくさんのものを与えてくれるのに、自分は何も返せていない。己の不甲斐なさにリュカは泣きたい気持ちになってきた。

項垂《うなだ》れたまま足を揺らし続けていると令嬢たちの声が遠のき、やがて足音が近づいて席の後ろにヴァンが立った気配がした。

「……すまない。つまらないものを聞かせた」

リュカがフォークを置いて項垂《うなだ》れているのを見て、会話を聞かれていたことを察したのだろう。ヴァンは椅子の脇に回りしゃがみ込むと、下からリュカの顔を覗き込んで尋ねた。

「部屋へ行こうか。食事の続きは部屋でしよう」

腿《もも》の上に乗せていた手に、ヴァンが手を重ねる。馴染み深いその温かさに、ますます涙腺が緩みそうになった。

黙って頷《うなず》くと、ヴァンはリュカの体を両腕に抱えて立ち上がった。リュカの顔が見られないように胸に押しつけ、そのまま宿の部屋まで移動する。先ほどの令嬢たちに呼び止められたらどうしようとリュカは思ったが、誰も声をかけてこなかったのは運がよかったのか、はたまたヴァンの冷たい眼差しが周囲を威嚇していたからかもしれない。

宿の四階にある部屋の前まで着き、ヴァンが鍵を開けようとしているのを見てリュカは彼の腕から降りた。そのとき。

「あーぅ」

可愛らしい声と共に、小さな何かがポテンとリュカの脚にぶつかってきた。見ると、レッサーパンダ獣人の子供だった。どうやら同じ階の子供が部屋から脱走してしまったらしい。すぐに父親らしき男性が駆けつけてきて、リュカたちに頭を下げながら子供を抱えていった。

慌ただしく起きたその出来事にリュカがポカンとしていると、隣に立つヴァンがククッと笑いだした。

「ルーチェ様と同い年ぐらいか。あれくらいの年齢は目が離せないのはどこも一緒だな。脱走といえば、この間も遊戯室でサーサ様が一瞬目を離した隙にルーチェ様の姿が見えなくなって大騒ぎをして……あれは傑作だった。従者総出で屋敷中捜したというのに、遊戯室のテーブルの下で眠っていたのだからな」

そう語るヴァンは本当に楽しそうだ。柔らかな表情は、今ここにいないルーチェへの愛に満ちているように、リュカの目には映った。

「ヴァンは……ルーチェが可愛くて仕方ないんだね」

彼の顔を見ていたら、思わずそんな言葉が口を衝いた。ヴァンは一度パチクリと瞬きをすると、腰を屈めリュカと額を合わせて瞳を見つめる。

「当然だろう。お前と私の息子だ。……そうだろう？」

リュカの遺伝子でできているルーチェは、当然ヴァンと血の繋がりはない。けれどルーチェを育てると決めたとき、リュカはヴァンとピートに言ったのだ『この子のお父さんになってよ』と。

「リュカ」

リュカの頬を大きな手が優しく包む。

「私はお前を主《あるじ》で、恋人で、……家族だと思っている。たとえ誰にも言えなくとも、お前が私の人生のすべてだ。私がこの世に生まれてきた理由も、この命がある意味も、全部お前が与えてくれた。これ以上もう、他に何もいらない。リュカ。私は幸せ者だ」

リュカはうっかり泣きそうになり唇を噛みしめると、ギュッとヴァンに抱きついた。

「ヴァン……」

なかなか言葉が出てこないリュカの背中を、ヴァンの手が優しく撫《な》でる。リュカは一度鼻をすると体を離し、潤んでいる目でヴァンを見つめ眉を吊り上げた。

「ヴァンは俺のことを甘やかしすぎ！　もっとわがまま言ってよ。俺はきみからもっともっと与えられてる。ずっと与えられてきた。だから他に何もいらないなんて言わないで。俺はもっとヴァンを幸せにしたい……」

威勢よく口を開いたものの、やはり涙が出そうになって声が掠れる。リュカは顔を隠すように再びヴァンに抱きついた。気持ちが昂《たかぶ》っているからか、耳と尻尾の変身がとけていってしまう。

「好きだよ、ヴァン。大好き。愛してる」

ヴァンとの恋は時々苦しい。彼が自分をどれほど大切に想ってくれているか、わかりすぎているからだ。リュカも心から愛しているが、きっと一生彼の想いには敵わない気がする。そのことが苦しくて、もどかしくて、切ない。

ヴァンはリュカの体を腕に抱き上げると、部屋に入って扉を閉めた。灯りもつけないままベッドへ向かい、口づけながらリュカの体を組み敷いた。

「ならば生きてそばにいてくれ。それだけが私の望みだ」

仄《ほの》かな月明かりが頼りの薄闇の中で、ヴァンは偽りのない幸福の笑みを浮かべる。

普段はピートを追い出せと口煩《くちうるさ》いのに、こんなときはそれを望まないのがずるい。リュカの幸福を最優先して己の願いすらないがしろにする。なのに彼は幸せなのだ。

ピートと愛を分け合うことも、名門インセングリム家の家督継承を放棄したことも、誰からも祝福されないことも、自身の子も普通の家族も持てないことも、リュカを手に入れるためならヴァンは喜んで呑み込む。他に何もいらないと言うのは大袈裟でも詭弁《きべん》でもない。

「ヴァンの意地悪。頑固者。もっとわがまま言ってってば……」

ヴァンはリュカの目尻に浮かんだ雫《しずく》を舐め取り、駄々を捏ねる口をキスで塞いだ。

ふたりきりの静かな夜の中、ヴァンに何度も抱かれながらリュカは思う。自分は強欲だと。この世界で誰より偉大な力と権力を持ち、ヴァン自身も他に何もいらないと言っているのに、リュカは彼に何も与えられない自分の無力さに泣きたくなる。きっと力を授けてくれたウルデウス様も呆れているだろう。

(どれだけ高望みすれば気が済むんだ、俺は。そのうちバチがあたるよ)

ヴァンが三回目の精を放ったあと、リュカは体力の尽きそうな体をフラフラと起こしてヴァンを押し倒し、その上に跨《また》がった。

「今度は俺がしてあげるから、ヴァンは動かないで」

三度精を放ってもまだ萎えていないヴァンの雄茎を尻にあて、リュカはゆっくりと腰を沈ませる。自分から挿入するのは初めてで少し怖い。

ヴァンは、いつも受け身のリュカが主導権を取ったことに驚いて目を丸くしている。しかし慣れない騎乗位でぎこちないリュカの動きに耐えられず、思わず腰を突き上げた。

「んあッ‼」

いきなり奥深くまで肉杭を穿たれて、リュカは背をしならせる。何度もイカされて敏感になっていた体は、その刺激だけで中イキしてしまった。

「う……ッ、動かないでって言ったじゃ、ん……っ」

「無茶を言うな。お前に跨《また》がられているだけでも興奮するのに、そんなじれったい動きをされたら拷問だ」

「俺が、アッ……き、気持ちよくしてあげたいの！」

「もう十分気持ちよくしてもらっている」

ヴァンはガバッと身を起こすと、そのままリュカを抱きしめて対面座位の姿勢で腰を揺り動かした。

「あっ、あッ、あぁあッ！　も、もうっ！　ヴァンの馬鹿ぁっ」

結局ヴァンに主導権を奪われ、リュカは快感に翻弄されながら力の入らない手でポカポカと彼の胸を叩いた。ヴァンはそんなリュカをギュッと抱きしめ「可愛い」と繰り返しながら抽挿を続ける。

ヴァンが四度目の精を放ったときには、リュカは彼の腕の中でクタクタだった。

（ほらね、俺は何もしてあげられない）

そんな自嘲を心の中で呟《つぶや》いた恋人を、ヴァンはこのうえない愛しさをこめて抱きしめ続けた。

翌朝。リュカたちは知り合いと鉢合わせないように早めに宿を出た。

デートも今日で最終日だ。名残惜《なごり》しいのか、馬車の中でヴァンはリュカの隣に座り、ピタリと体を寄り添わせている。

「右手の調子はどうだ」

ヴァンがリュカの手を取って包むように撫《な》でながら問う。もともと腱鞘炎《けんしょうえん》の緩和のために取った休み、しかしこの三日間、手はちっとも痛まなかった。

「そういえば全然痛くない。腱鞘炎《けんしょうえん》だったこと忘れてたや」

「それはよかった」

あらかじめ侍医のボンザールが塗ってくれていた薬が効いたのか、それとも手の疲労は心因的なものもあったのか。なんにせよ、この三日間は療養という意味でも成功だった。

「俺、今まで知らないうちに結構疲れてたのかも。これからは適度に休みを取るようにするよ」

リュカはこれまでの無茶な働き方を反省する。そしてヴァンの手をキュッと握り返すと、笑みを向けて言った。

「だからまたデートしよう。今度は俺がデートコースを考えるね。ヴァンが好きそうなところへ連れていってあげる！」

ひと晩経って朝を迎えたせいか、リュカは少し前向きに考えられるようになっていた。

人生は長い。ましてやリュカとヴァンとピートはウルデウスの悠久の命を分かち合ったせいで、普通の獣人より長命だ。ならば焦らなくたっていい。いつかヴァンがリュカに何かを求めたとき、与えられるように成長していこうと思う。

「楽しみにしている」

リュカの言葉に、ヴァンは嬉しそうに微笑んだ。リュカは幸福を湛えた彼の瞳を見つめながら、顔を寄せて告げる。

「あのね……昨日の言葉、嬉しかった。俺もヴァンを大切な側近騎士で、恋人で、家族だと思ってる。きみの人生を俺にくれて、どうもありがとう」

ヴァンは刹那《せつな》動きを止めたあと、甘えるようにリュカの頭に顔を擦り寄せる。そして握ったリュカの手を大切に両手で包んだ。

「お前は馬鹿だな。人生をくれたのはお互い様だろう。私とピートのせいでお前は妻《めと》を娶る気をなくしてしまったじゃないか。お前のほうがはるかに立場が重いというのに。それともやはり祝福される普通の結婚がしたかったと後悔しているか？」

「まさか！」

リュカは間髪容れず答えた。そして確かにお互い様だと気づきプッと噴き出す。

「じゃあ俺が申し訳なく思うのは、ルーチェをレイナルド家の跡継ぎにしちゃったことかな。せめてもうひとり子供がいたら、インセングリム家の跡継ぎにできたのに」

「うちには弟がいる。跡継ぎはベッセルが頑張ってくれるから悪く思う必要もないさ」

「あはは、そうだね。じゃあベッセルに感謝をこめて、途中の町でお土産《みやげ》でも買っていこうか。もちろんお留守番してくれてるルーチェにも」

ようやく晴れた笑顔を見せるリュカをヴァンは抱き寄せ、髪を撫《な》でる。リュカが素直に彼の胸に寄りかかったときだった。

馬車の窓から風が一陣舞い込み、春の花の花びらを降らせていく。

「わ……びっくりした」

一瞬のことだった。しかし馬車の中にはピンク色の花びらがヒラヒラと舞い、リュカとヴァンの頭の上に落ちてくる。リュカはそれを一枚手に取って、目を細めた。

「祝福されてるみたいだね」

森羅万象《しんらばんしょう》の力を持つリュカには、世界の、自然の声が聞こえる。それは人の言語のように意味のある言葉ではないけれど、リュカに味方であることを伝え続けている。今この瞬間に舞い込んだ風も。

リュカは思った。これから何十年、もしかしたら百年を超えて生きる中で、獣人社会もきっと変わっていく。今は誰にも言えない関係でも、いつか誰からも祝福される日が来るかもしれない。世界がリュカに優しいように。

「……ヴァン？」

ヴァンは大きく目を見開いていた。リュカが小首を傾げて顔を覗き込むと、彼はハッとしたように瞬きをしてから顔を微笑ませた。

「そうだな」

ヴァンも風が連れてきた花吹雪に、心が和らぐような温かさを感じていた。

――それから、春の花の下で眩しい笑顔を見せるリュカに、奇妙な懐かしさも。


リュカとヴァンは馬車でレイナルド邸へ向かいながら、途中で町に寄り休憩を取った。

初めて訪れる場所だったが、文化と芸術の都として有名な町だ。大通りを歩くと書店やアトリエ、音楽館などが多く見られた。

「昼食の前におもしろいものを観ていこう」

そうヴァンに誘われて連れていかれたのは、演劇用の小さなホールだった。リュカは観劇が好きだ。客人をもてなすために役者を招きレイナルド邸で上演してもらうこともあるし、首都にある大ホールに招待されて行くこともある。しかしこういったこぢんまりとした劇場は初めてだった。

ヴァンが庶民的な劇場に誘うなど意外だなと思いつつ観覧席に着いたリュカは、幕が上がってから彼の意図を理解する。

（え、えぇ～～。何これぇ……）

なんと演目は『偉大なる我らの王・リュカ』というものだった。リュカとは似ても似つかない高身長の美丈夫がリュカ役を演じ、事実とはかけ離れたストーリーで魔王を倒し、神の力を得るという内容だ。リュカ役の美丈夫が朗々と歌い愛を語るたびにリュカは顔を真っ赤にし、謎の美女が出てきてリュカ役と熱い抱擁《ほうよう》やキスシーンを繰り広げると、リュカは耐えきれず両手で顔を覆ってしまった。

「俺って世間ではあんなイメージなの……」

芝居が終わりホールから出たリュカは、すっかり熱くなった頭をクラクラさせながら小声で言った。ヴァンは愉快そうに口もとを押さえ、ずっと肩を揺らしている。

「いいことじゃないか。それだけお前の偉業が人々に崇《あが》められているということだ」

「いや、気持ちは嬉しいけどね？　俺は翼を生やして半裸で剣を振り回しながら愛を歌ったこともないし、メリーなんて女の人と愛を誓ったこともないよ……誰？　あとウルデウス様が女神になってた……びっくりだよ」

「その辺は芝居を盛り上げるための演出だ。目を瞑ってやれ」

過剰演出に目を瞑れというなら、開幕から閉幕まで目を閉じていなければいけない気がする。リュカはもう笑うしかなかった。

しかしヴァンは満更でもない顔をしている。

「多少の脚色はあるが、人々がリュカの偉業をこれほどまでに神聖視し、感謝しているということだ。誇れ」

それを聞いて、リュカはヴァンがこの芝居を自分に見せたかった意味を理解した。リュカはさっきとは違う面映ゆい気持ちで「うん」と頷《うなず》き、ヴァンと手を繋いで歩きだす。

（劇で演じてもらえるくらいには、民に好かれてると思っていいのかな）

八年間まともな休みも取らずに頑張ってきたことが報われたような気がして、リュカの口もとが自然と綻《ほころ》ぶ。国王や当主のままでは知り得なかった、民の本音を垣間見たようで嬉しい。……しかし、ホールの外で売っていた『偉大なる我らの王・リュカ』の手描きブロマイドや絵皿を見たときには、心から（勘弁して）と顔を真っ赤にしたが。

それからリュカとヴァンはレストランで食事をし、市場通りを歩いてお土産《みやげ》を買った。

「ルーチェにはこれにしよう」

芸術家の町だけあって、店には木彫りの商品がたくさんあった。ルーチェへのお土産《みやげ》は木彫りのパズルと車輪のついた木馬だ。きっと喜んでくれるに違いない。

他にも留守番を担ってくれている屋敷の者と騎士団員たちに、絵画や胸像を模した形のおもしろい焼き菓子を買っていくことにした。

お土産《みやげ》を選ぶのは楽しいが、旅の終わりが近づいていることを感じて少し淋しい気持ちになる。

すると、そんなリュカの目に一軒の工房が留まった。

「ねえ、ヴァン。あそこ行ってもいい？」

リュカが指さした工房には『木彫り体験』の看板が出ている。どうやら観光客相手に木彫り人形を作らせてくれるようだ。ヴァンは少し意外そうな顔をしたが、快くリュカの誘いに頷《うなず》いた。

工房でリュカとヴァンは手のひら大の木片と彫刻刀を受け取り、基礎の説明を受けて黙々と制作に取り組んだ。リュカは木工など生まれて初めてだ。思ったように彫れず「あれっ」「わ、削りすぎた」などと呟《つぶや》きながら、手を動かす。

一方のヴァンも木工は初体験らしく、彼の珍しい苦戦姿が見られた。

「できた！　……って、ちょーっとビミョーな感じだけど」

作業すること三十分。リュカは初めての木像を完成させた。それは顔の長いカバに見えなくもない獣の小さな置物だった。

リュカの彫った獣が何かわからずヴァンは首を傾げたが、リュカがそれを手で包み魔力をこめたのを見て理解する。

「はい。ヴァンにあげる。初めてのデートの記念品……なんちゃって」

魔力をこめられた獣の像は、瞳を金色に光らせていた。ヴァンと同じ瞳の色だ。リュカがヴァンを想って作ったオオカミの像である。

ヴァンはそれを受け取り、一瞬無防備な表情を浮かべる。そして普段の厳格な彼からは想像もつかないような無邪気な笑みを浮かべ、「嬉しい」と素直な気持ちを零した。

その笑顔を見て、リュカの胸がときめく。ヴァンがこんなふうに笑うのを初めて見た気がした。

「私も……あまりうまくないが、リュカを彫った。受け取ってくれ」

考えることは同じなのか、ヴァンはフェネックギツネの像を彫っていた。リュカと同じく初めての木工のはずなのにそれは上出来で、とても可愛らしくできている。リュカは彼の手先の器用さに感心した。

ふたりは互いに作った小さな像を今日の記念に贈り合った。なんだか恋人らしいことをしたなと、リュカは満足する。しかもヴァンはよほど嬉しかったようで、馬車に戻ってもずっと上機嫌で度々像を取り出しては眺めていた。

——こうして、ヴァンとの初デート旅行は幕を閉じた。

三日間を振り返って、なんて幸せで満たされた時間だったのだろうとリュカは胸を熱くする。

ヴァンとの付き合いももう十三年。彼のことは大方知り尽くしたと思っていたのに、この三日間で見たことのない表情を何度も見た。主従を抜きにした恋人のヴァンはひたすらリュカに甘く優しく、いつもより少し朗らかだった。

そして彼が人生のすべてをリュカに捧げていることを、改めて知った。『家族だと思ってる』と言ってくれたことが、嬉しかった。

レイナルド邸の私室に戻ったリュカは、森で拾ったキヅタの葉を大切に本に挟んだ。

それからヴァンにもらった木彫りのフェネックギツネを、日がよく差し込む明るい窓辺に飾った。

第三章　ハイエナの恋人

リュカの連休四日目。

今日から三日間はピートとのデートだ。前回と同じく出発のときには、サーサやルーチェやジェトラ、そして騎士団が見送りに揃った。

「楽しんできてくださいね！　お土産《みやげ》、楽しみにしてます！」

ニコニコとそう言うのは、白銀魔女団のロイだ。ちゃっかりしている彼をヴァンは横目でにらんだが、リュカとピートは上機嫌に笑っている。

「うん。楽しみに待ってて」

「ったく、しょーがねーな。その代わり留守は頼んだからな」

「はい！」

気前のよい主《あるじ》と団長に、ロイをはじめ第二護衛騎士団の団員たちは威勢よく返事する。

「じゃあいってくるね、ルーチェ」

そう言って、リュカはヴァンの抱いているルーチェの頬を突っついた。前回はお留守番が嫌でベソをかいていたルーチェだが、今回はケロッとしている。それどころかソワソワしてリュカを見ていない。なぜなら昨日リュカとヴァンが買ってきたお土産《みやげ》のおもちゃに夢中だからだ。早く部屋に戻って木馬で遊びたいと顔に書いてある。

安心したような少し淋しいような気分で苦笑を零すと、小さな咳払いが聞こえた。

「リュカ様、休暇とはいえ羽目を外しすぎませんように。もし何かあったらすぐに私に伝言鳥を飛ばしてください。それからどこへ行こうとあなたは高貴な御身なのですから、あまり下々の者と交わりすぎないよう――」

「あーうん、わかった。だいじょぶ、だいじょぶ」

クドクドと始まったヴァンの注意に、リュカは耳を後ろに伏せてコクコクと頷《うなず》く。昨日まではあんなに寛容でリュカを甘やかしまくりだったのに、側近騎士に戻った途端これである。厳格で過保護で生粋の騎士であるヴァンらしいと、リュカは骨身に沁みる。

しかしヴァンと三日も離れることなど、魔王に攫《さら》われたのを除けば、子供のとき以来なかったことだ。彼の過保護が加速するのも仕方ないだろう。

「こいつの話聞いてたら夜になっちまう。さっさと行こーぜ」

「う、うん」

呆れた顔をしたピートに肩を抱かれ、リュカは歩きだす。ヴァンはまだ言い足りなさそうだったが、主《あるじ》の楽しい休暇に水を差すのもいけないと思ったのか、口を噤《つぐ》んだ。

「それじゃあ、いってきまーす！」

リュカが元気に手を振れば、ヴァンと白銀魔女団の団員たちが「いってらっしゃいませ」と折り目正しくお辞儀する。サーサは相変わらず不安そうに眉を下げて、「なるべく早くお帰りを～」と手を振っていた。

本日も空は快晴。春らしい暖かい陽気だ。ウキウキと尻尾を振って歩くリュカの後ろ姿はなんとも牧歌的で、過剰な心配をしていたヴァンも、騎士団も、サーサでさえもが頬を緩めた。


「えへへっ」

屋敷から続く道を歩き人目のないところまで来ると、リュカはピートと手を繋いだ。もちろんピートがそれを嫌がるはずもなく、すぐに指を絡める。

「今日のピート、超カッコいいね」

今日のピートの服装は、とても彼らしいスタイルだ。ハイネックの黒いシャツに革のジャケットを羽織り、同じく革の細身の脚衣を履いている。バングルとネックレスはシルバーで、剣帯の装飾も派手な銀細工が施されている。薄手の黒いシャツからは彼のセクシーな筋肉のシルエットが窺えて、ワイルドなコーディネートにすさまじい色気を添えていた。

リュカはピートの自分にない部分に強く惹かれている。自由で野性的で色気漂う彼をたまらなくカッコいいと思うし、見ているると胸がドキドキしてしまうのだ。

デートコーデを褒められたピートは嬉しそうに牙を覗かせて笑うと、繋いだ手を悪戯《いたずら》っぽく揉《も》んだ。

「あんたもエロ可愛くて最高じゃん」

本日のリュカのデートコーデは、なかなか大胆だ。チョーカーのついた白のホルターネックシャツに、黒のショートパンツと黒のショートブーツを合わせている。さすがに腕も脚も丸出しではまだ寒いし恥ずかしいので、ゆったりとしたアームカバーと白のタイツも身につけている。チョーカーとベルト、それにアームカバーのベルトは少しゴツめなデザインだ。

もちろん今日の服もデートに合わせて新調したものだ。体のラインがこんなに出るデザインも、太い革ベルトなどワイルドな装飾も、リュカは生まれて初めて着た。なぜ慣れない系統の服にチャレンジしたかといえば、ピートのコーディネートと合わせたかったからだ。

リュカはピートの私服を見たことがある。白銀魔女団の入団テストのときや、リュカとお忍びでカジノへ行くときなど、彼はわかりやすく派手でワイルドな恰好をしていた。

そんなピートのファッションと合わせようと、リュカはそれはそれは頭を悩ませたのだ。何せこの手の男らしい服装は、女顔で小柄なリュカには壊滅的に似合わない。途方に暮れつつも服屋のカタログを何冊も漁り、そうしてようやく自分にも似合いそうなデザインを見つけて仕立て屋に依頼したのだった。

……しかし、リュカは気づいていない。ホルターネックとショートパンツとタイツのこのデザインが、女性向けだということを。

仕立て屋はわかっていたが、リュカが悩み抜いた末に選んだものだったので黙っておいた。というか、おそらく女性向けを除いたらこの系統でリュカに似合う服はないとわかっていた。言わない優しさである。

そんな訳で仕立て屋は、女性向けのデザインではあるが、なるべく男性的な形に整えて仕上げてくれたのだった。世の中、知らないところで誰かの親切に救われていたりするものである。

「ピート、こういう恰好好きかなって思って……」

はにかみながらリュカがそう言えば、ピートは恋慕の色を濃く浮かべた瞳でリュカを見つめた。

「ああ、大好きだ」

腰を屈めたピートが四十四センチ差を埋め、リュカの唇を奪う。

まだデートは始まったばかりだというのに、早速の口づけにリュカは胸を高鳴らせる。

うららかな春の空の下で、恋人と甘く舌をねぶり合う。森の近くの小道は人の気配はなかったが、どこからか小鳥の囀《さえず》りが聞こえ、すぐそばを二匹の蝶々と花の香りを運ぶ風が通り過ぎていく。

リュカはピートと舌を絡めながら、甘すぎる幸福と春の陽気に頭が溶けそうだと思った。


屋敷を出てから徒歩でやって来たのは、近くの森だった。

リュカはまだ今日のデートプランを聞いていない。馬車を使わずこんなところへやって来て、いったいどんな計画を立てているのか見当もつかずワクワクする。

「今日のためにとっておきのモノを用意しといたんだ」

そう言ってピートが案内した大きな樫《かし》の木まで来て、リュカは目を丸くする。

「これって……羽馬⁉」

樫《かし》の木に繋がれて草を食んでいたのは、真っ白な馬体に大きな翼を持つ馬だった。ピートは得意そうに腕を組み、ニヤリと頷《うなず》く。

「いいだろ、これでどこへでもひとっ飛びだぜ」

羽馬は魔物の一種だ。三年前、デモリエルは魔物を地上から撤退させたが、ぼんやりとしてゲヘナへ帰りそびれてしまった魔物が一部残っていたりする。有害なものは大体駆除されたが、人に害をなさない魔物は捕獲され、マニアの間で売買されていた。そもそもの個体数が少ないので高値が付き、買うのは金持ちばかりだ。

特に羽馬は希少なうえに美しくて移動にも使えるということで超人気だと、リュカは耳にしたことがある。大規模なオークションでも滅多に出品されないらしいが、ピートはいったいどこでどうやって買いつけたのだろうか。

「綺麗……、初めて見たよ」

リュカが手を伸ばし鼻面を撫《な》でると、羽馬はおとなしくされるがままに瞼《まぶた》を閉じた。

「魔王のとこにもいないのか？」

「見たことないなあ」

リュカはデモリエルに連れられて入ったゲヘナ城の地下室を思い出す。そこでは回収した魔物たちが水晶の中に収容されていたが、羽馬の姿はなかった。もともと希少種だったから撤退時にはほとんど残っておらず絶滅したか、あるいは回収したあと、デモリエルが遺伝子を弄って改造してしまったのかもしれない。そう考えるとこの羽馬の価値は、さらにすごいものに思えた。

「魔王でも持ってない魔物を持ってるって、ピートすごいね。いったいどうやって手に入れたの」

しかしピートは羽馬に繋いでいた縄をほどきながらケロッとして話す。

「まあな。あんたと遠出するのにちょうどいい乗り物がほしかったから、ちょっと地下でな」

「地下？」

「闇オークションのことだ」

その言葉にリュカはびっくりして耳をピンと立てた。いわゆる〝表には出せないシロモノ〟を扱う秘密のオークション。珍品や希少品だけでなく法に抵触する品も多くあるので参加資格が厳しく、普通の獣人ではその存在すら知ることができないという。そんな闇オークションにピートが精通していたことにも、間違いなくすさまじい競り合いがあったであろう羽馬を入手できたことにも驚きだ。

「は～……きみはすごいなあ」

リュカは心の底から感心してしまった。ピートは本当におもしろい。リュカは世界を掌握する森《しん》羅《ら》万《ばん》象《しょう》の力を有しているというのに、そのリュカの目の届かないところまで彼は網羅しているのだ。

ピートはハハッと笑うと羽馬の背にひらりと飛び乗り、手を差し出した。

「ただの足代わりだ。大したことじゃねえって。さ、あんたも乗りな」

リュカはその手を取ろうとして、ハッと大事なことを思い出した。

「あ、ちょっと待って。このままじゃお忍びにならないから」

ヴァンの前でやったのと同じように、リュカは自分に視認の魔法をかける。大きな黄金色の耳は白く長い耳に、モフモフの尻尾は小さな丸い尾に変わった。それを見てピートがヒュウッと口笛を吹く。

「やるじゃん。変身魔法を覚えたのか。マジもんのウサギ獣人になっちまったな」

ピートと屋敷を抜けだしてこっそりカジノへ遊びにいくとき、リュカは大きなフード付きマントで耳と尻尾を隠してウサギ獣人のふりをしている。それが今日はふりではなく本当に変身してしまったのを見て、ピートは愉快そうに眉を跳ね上げた。

「うん。正確には変身じゃなくて視認の魔法なんだけどね。ほら、触ってみて」

リュカのウサ耳を触ろうとして手を伸ばしたピートは、何もない空間に大きなフェネックの耳があるのを感じて目を丸くする。そして仕組みを理解して納得したように「なるほどな」と頷《うなず》いた。

「ま、とにかく今日のあんたは王サマじゃなく、ウサギのリュカちゃんってことだな。行こうぜ、可愛いウサギちゃん」

再び差し伸べられた手に掴まり、「よいしょ」と羽馬の背に乗る。ピートの前に座ったが彼が手綱を握っているので、リュカは後ろから抱きすくめられているみたいだ。

「そんじゃ行くぜ」

ピートが軽く羽馬の腹を蹴ると、羽馬は一度いなないてから翼をはためかせた。まるで見えない階段があるようにグングン空を昇っていく感覚に、リュカは感動で目を輝かせる。

「すごーい！　何これ、めちゃくちゃ楽しい！」

リュカは空を飛ぶのは初めてではない。飛翔の魔法を使ったことがあるし、魔王に攫《さら》われたときも空を移動した。しかしそのどちらのときも景色を楽しむ余裕などなく、ましてや緊迫した状況でワクワクどころではなかった。恋人と美しい羽馬に乗って悠々と空を駆ける今の状況は、爽快感が段違いだ。

羽馬はあっという間に森のはるか上空まで昇ると、東に向かって駆けだした。地上では空に羽馬を見つけた人たちが、目も口も大きく開いて天を仰いでいる。大陸には有翼の鳥人もいるので、空を移動する者は少なくない。けれど、ここまでの高度と速度で空を駆ける生物は他にいないだろう。

「風が気持ちいいね！」

風になびく髪を片手で押さえていると、ピートが左腕をリュカの体に回し抱き寄せてきた。

「寒くないか？」

「うん、平気！」

振り返り微笑んだリュカの剥き出しの肩に、ピートはチュッと口づける。くすぐったさに一瞬体がビクリとしたけれど、しっかりと逞《たくま》しい腕が支えていてくれた。

「マジでエロイな、この恰好。肩も背中も丸見えで、舐めたくてたまらなくなる」

ピートは手綱を握りながらも器用に顔を傾け、リュカの肩や首にキスをした。馬のたてがみに掴まっていたリュカは脱力して手を放しそうになってしまう。

「ピート駄目だよ、危ないから……」

「ちゃんと支えてる。落っこちるときは一緒だ」

「もー、えっち！」

クスクスと笑って肩を竦《すく》めれば、ピートは「えっちなのはどっちだか」と笑ってつむじにキスをしてから顔を離した。

町を越え森を越え川を越え、数十分ほど走らせたところでピートは手綱を引き羽馬を地上に下ろした。着陸したのは辺りに人気《ひとけ》のない麦畑の、風車小屋の陰だ。

「ここからはちょっと歩くぜ。一旦ワープゲートを使うからな」

そう言ってピートはリュカと一緒に馬の背から降りたあと、羽馬の翼が見えないようにマントをかけた。ワープゲートの周囲には人も多いし役人もいる。あまり目立たないほうがいいだろうという配慮だ。

麦畑に囲まれた道をしばらく歩くと大きな街道に合流した。さらに進むと段々と道行く人が増え、進行方向に馬車や旅人が集まって列を成しているのが見えた。

大陸には遠方の地域を結ぶ魔法のワープゲートがいくつかある。もちろんその管轄はリュカにあり、運営は魔法の使えるレイナルド一族だ。創るのには大きな労力がいるし、魔力の供給を絶やせないから管理も大変なので数はあまり多くない。しかし隊商や旅人にとってはなくてはならない重要な機関だ。

羽馬を連れたピートとリュカは、列の最後尾に並ぶ。普段は事前に連絡すれば顔パスどころか大仰な出迎えを持ってゲートをくぐれるが、今日は公務ではなく休暇だ。プライベートで王様の権力を振りかざすようなことはせず、きちんと一般の民に交じって順番を待つ。

「ここって大陸の極東に出るゲートだよね。ヴェリシェレン領の端っこのほう。あの辺に何かあるの？」

そこがデートの目的地なのかと気になってリュカが尋ねると、ピートは「秘密」と口角を上げてニッと笑った。

「え～気になる」

「焦んな。お楽しみだ」

「もう、ピートはすぐに焦《じ》らすんだから」

「ククッ、それってベッドでのことか？」

そんなふうにイチャイチャしているうちに、もうすぐリュカたちの番になった。並んでいる者たちはゲートの前に立つ役人に身分証を提示し、通行税を払う。それを見てリュカは「あ」と声を上げた。

「ピート、どうしよう。俺、身分証がないや」

リュカには身分を証明する書類がない。彼の存在そのものが、この世で唯一の王である証明なのだ。所属や身分など聞くのは無意味もいいところである。そもそも世界を司《つかさど》っているリュカが許可を得なくては通れない場所などどこにもない。

「変身をとけばリュカだってわかってもらえるかな」

「んなことしなくても俺がいるんだから平気だろ」

焦っていたリュカは、それもそうだと落ち着いた。リュカはもちろんだが、ピートだって王の側近という最高峰の上位身分のひとりなのだ。ウサギ獣人に変身しているとはいえ、ピートの連れで顔がそっくりの少年を見れば、役人ならば察しがつくだろう。

そう思ってリュカがホッとしたときだった。

「さっさと歩け！　モタモタするな！」

男の怒声が聞こえてきて、リュカとピートは顔を上げる。流浪の民らしき集団がゲートを通っているのだが、後方の老婆や子供の歩調が遅いのを中年の役人が怒鳴っているようだった。その男が責任者なのか、周囲の役人は眉をひそめながらも口を噤《つぐ》んでいる。

目つきの悪いチベットスナギツネ獣人の役人は、手にしている槍の背で老婆を急き立てるように突いた。

「貴重な魔力を使ってゲートを開いてやってるんだ！　時間をかけるな、とっとと通れ！」

背を押された老婆がよろけ、あやうく転びそうになったとき。

「大丈夫ですか？」

咄嗟《とっさ》に彼女の体を支えたのはリュカだった。

「ああ……どうもすみません」

「いいえ。慌てないで、ゆっくり通ってください。きみたちもね」

リュカは老婆の手を取りゲートの前まで連れていくと、役人に怯《おび》えていた子供たちに笑みを向け誘導する。それを見ていた中年の役人は怒鳴りながらリュカに向かって近づいてきた。

「なんだお前は！　列を乱すんじゃない！」

しかしピートに腕を掴まれて軽く捻り上げられ、その場から動けなくなってしまう。

「あいたたたた！　放せ、ならず者！　おい、こいつを捕まえろ！」

ギャアギャアと喚く中年の役人を助けようと、他の役人が槍を構える。しかしピートが振り返ると、彼らは驚きに目を瞠り槍をすぐさま引っ込めた。

「は、白銀魔女団の団長殿……？」

役人たちは王国の公務執行人である。要は護衛騎士団と同業だ。国王側近騎士という、同業で最高峰の職に就いているピートの顔を知らないはずがない。

当然彼らはピートを捕らえる訳にもいかず、その場でオロオロと狼狽《うろた》える。容赦なく腕を捻り上げている怖いお兄さんが名高き白銀魔女団団長だと気づいていないのは、痛みに喚いている中年の役人だけだ。

そんな騒ぎに動じずリュカは流浪の民の一族を誘導し、全員がゲートをくぐり終えるまで見届ける。そしてピートに掴みあげられている役人のもとまで行くと、掴まれていないほうの彼の手をそっと取り、そこへ魔力を注入した。

「……な、なんだ？」

疲れていた体にみるみる魔力が漲《みなぎ》っていくのを感じ、役人は目を白黒させて驚いた。リュカは隈のできている彼の顔をじっと見ると、眉尻を下げて笑いかける。

「お疲れ様。ここは人手が足りていないんだね、早めに人員を補充するように大臣に伝えておく。それまでもう少しだけ苦労をかけるけどよろしくね。それから、民には親切にしてあげて。魔力はウルデウス様から授かった御力。民を愛するウルデウス様の御心を忘れちゃ駄目だよ」

ウサギ獣人に魔力を与えられてポカンとしていた役人だったが、やがて目の前の少年が誰なのかを察してみるみる顔色を変えた。

「リュ……ッ、リュカさ――」

「シーッ」

リュカは慌てて彼の口を押さえると、ウインクをして人差し指を口の前に立てる。

「今日は休暇だから、内緒、ね？」

役人はコクコク頷《うなず》いたものの握られていた手をパッと引き、米つきバッタのようにペコペコと頭を下げた。

「も、申し訳ございません……！　お見苦しいところをお見せしたうえに、このようなご慈悲まで」

「やめてやめて、みんな見てる。今日は目立ちなくないからやめて」

周囲の注目を浴びてリュカはアワアワしながら顔を上げさせると、「じゃあ、頑張ってね」とそそくさと彼から離れた。そして他の役人たちにもこっそりと魔力を分け与えて回った。


「ごめんね、時間食っちゃって」

ゲートをくぐって再び羽馬の背に乗ったリュカは、後ろで支えてくれているピートに謝る。あれからゲートにいた役人全員に魔力を分け与えていたら二十分近くかかってしまった。せっかくの貴重なデート時間を消費してしまって申し訳なく思う。

しかしピートはリュカの頭を撫《な》でて言ってくれた。

「気にすんなよ。旅は色々あったほうがおもしれーしな。それにあんたのそーいう性格が俺は好きなんだよ」

彼の優しい言葉を聞いて、リュカの頬が緩む。

（俺こそ、ピートのそういうとこが大好きなんだよなあ）

甘えるよう懐《ふところ》に凭《もた》れかかれば、ピートはリュカを片腕で抱きしめて話を続けた。

「けどよ、あーいう横柄な態度を取ってる役人はあそこだけじゃないぜ。たまに抜き打ちでチェックしにいったほうがいいかもな」

「そうだね。定期的に巡回する組織を作ったほうがいいかも」

どうやって人員を選出すべきかリュカは唸《うな》って悩む。すると「ちげーよ」とピートに後ろから耳をクイクイと引っ張られてしまった。

「あんたが行くんだよ。今日みたいに変身してこっそりと」

悪戯《いたずら》っ子の顔をしているピートを見て、リュカはようやく彼の言葉を理解しておかしそうに破顔した。

「あははっ、それいい！　採用！　大陸各地のゲートまで王を運ぶ役目は、側近騎士ピートを任命する！」

「謹んでお受けいたします」

ふたりは羽馬の背でキャッキャと笑い合った。公務をしつつふたりきりで旅もできるなんて、ピートは楽しいことを考える天才だとリュカは思う。

（ピートといると俺は一生退屈しないな）

笑顔のまま彼の懐《ふところ》に寄りかかって、リュカはそんなことをしみじみと感じた。

大陸の極東。海岸沿いまで羽馬を走らせて到着したのは、巨大な遊覧船が停泊する港だった。五本のマストを携えた立派な船。舳先には、この地に伝わる海の精の船首像が飾られている。船体は大きく、四百人くらいは余裕で収容できそうだ。

「大型遊覧船だ！　大きいー！」

リュカは大型船を生まれて初めて間近で見る。その迫力に目をキラキラさせ、ハッとしてピートを振り返った。

「もしかして……？」

遊覧船を指さしたリュカに、ピートはしたり顔で頷《うなず》く。途端にリュカは興奮で頬を赤くし、ピートに抱きついた。

「最高だよ、ピート！」

実はリュカは王でありながら船に乗ったことがない。というのも、この世界は海洋に対する探索と研究が驚くほど進んでいないからだ。

これは『トップオブビースト』のマップの都合としか言いようがないのだが、現在この世界に人が住む場所は、リュカたちがいるこの大陸ひとつしか確認されていない。大海には、濃霧《のうむ》が漂い船を進められない海域があるので未知の部分もあるのだが、現状外海との交流はないということだ。

船といえば近海にしか出ない漁船がほとんどで、あとは小島で植物や生物の研究をする学者がちらほらいる程度である。

そんな中、海獣人の多いヴェリシェレン領では実に珍しい遊覧船の開発が進んでいる。初の大型遊覧船の進水式が行われたのは六十年前。そのときのレイナルド家当主だったリュカの祖父は、式に招待されて遊覧船に乗船したらしいが、以降はそんな機会もなく、リュカもとりたてて船に関心を持つことはなかった。

そのような理由から海や船とは無縁なリュカにとって、遊覧船のデートはあまりに想定外、そして未知だった。

「うわ～カッコいいなあ」

砦のように大きな船体を見上げていると、羽馬を客用厩舎《きゅうしゃ》に預けてきたピートに「こっちだ」と肩を抱かれた。乗船口へと向かい、タラップを上がって甲板に出ると大海原《おおうなばら》が目の前に広がる。どこまでも続く果てしない海面は春の日差しにキラキラと光っており、穏やかな白波を立てていた。海から吹く風が独特の潮の香りを運んでくる。

辺りにはリュカと同じように海を眺めている客と、忙しそうに動き回る水夫たちがいた。客は貴族らしき中年夫婦が多かったが、意外と若い男女もいる。もしかしたらちょっと贅沢なデートとして人気のスポットなのかもしれない。

リュカたちが最後の客だったようで、乗船してから少しすると出港の合図の銅鑼《どら》が鳴り、帆が張られて船が動きだした。動力は主に風力だが、魔力をこめた石を使って櫂《かい》を動かして微調整をしているらしい。魔力に敏感なリュカは足もとのほうから微《かす》かな力を感じた。

船が海を割って進む様がおもしろくて海面をずっと眺めていると、ピートにポンと肩を叩かれた。

「お楽しみは景色だけじゃないぜ。ほら、中に行くぞ」

そう言われてリュカはキョトンとしながら、船内へ通じる階段を下りていく。すると驚くことに中は豪華な大広間になっていた。魔石のシャンデリアが室内を明るく照らし、足もとには赤い絨毯《じゅうたん》が敷いてある。中央のステージでは楽団が音楽を奏でていて、客たちは設置されたテーブルの料理を立食形式で思い思いに楽しんでいた。

「すごーい！　船の中なのにパーティーみたいだ！」

遊覧船がこんなに発達していたとは知らず、リュカは思わず驚きの声を上げる。すると近くにいた年配の夫婦らしき客が、初々しい子供を見るような目でクスクスと笑っていた。

「あらあら、可愛らしいこと」

赤くなって肩を竦《すく》めたリュカに、ピートもおかしそうに目を細めると、ウサギ耳に顔を近づけて小声で言う。

「あんたが一番新鮮な反応してるぜ、森羅万象《しんらばんしょう》を司るウサギちゃん」

からかわれたリュカは恥ずかしそうに「だって」と、上目遣いにピートを見つめる。

「森羅万象《しんらばんしょう》の力を持ってたって建物内とか船内とかを覗いたりはできないよ、プライベートの侵害だし。それに遊覧船の情報は概要しか知らなかったんだもん。実物がこんなにすごいなんて思わなかった」

世界を把握する立場にあっても、まだまだ知らないことだらけだとリュカは痛感する。

「そんじゃ、うぶなウサギちゃんにはもっと驚いてもらおうか」

ピートはリュカの手を引くと、広間の端にある階段を下りていった。下の階に出て一番近くにある厚い扉を開くと、上の広間とは趣の違った音楽が流れてくる。

「カジノまであるの⁉」

そこは乗船客のための遊技場だった。なかなかの広さで、いくつもあるルーレットやカードゲームのテーブルではすでに客たちが盛り上がりを見せている。酒場も兼ねており、部屋を囲むように置かれているテーブルでは酒と歓談を楽しんでいる者もいた。

海の上だとは思えない光景にリュカが圧倒されていると、露出の高いドレスを着た給仕係の女性が「どうぞ」とウェルカムドリンクを差し出してくれた。

「サンキュー」

それをふたつ受け取ったピートが、ひとつをリュカに手渡す。

「サングリアだ、飲めるよな？」

「うん」

白ワインにたっぷりのフルーツを漬け込んだそれは爽やかな甘さで、アルコールの口当たりがリュカのいい気分をますます高めてくれた。

「せっかくだ、少し遊んでいくか」

ピートの誘いにリュカはもちろん喜んで頷《うなず》く。カジノはピートが何度か連れていってくれたことがあるので、遊び方はわかっている。リュカたちはルーレットの席に着き、いつものように勝ったり負けたりを繰り返して楽しい時間を過ごした。

「はー……海の上でもツキはあんま変わんないや」

ルーレットとポーカーでしばらく遊んだあと、少し休憩を取ろうとテーブル席へ移動した。ギャンブルの勝率は四割～五割。大勝も大損もしないのが、いつものリュカの運といったところだ。

対して運の良し悪しに波があるピートは、今日は絶好調だ。途中からは他の客たちまでテーブルを覗きにくるほどチップを積んでいた。彼曰《いわ》く「初デートでカッコ悪いとこ見せらんねーからな」とのことで、実際豪運の彼に他の女性客たちが熱い視線を向けている。

(ピートって〝雄〟って感じだよなあ。すっごくモテそう)

何をしていても強者感が漂う彼には、服従し侍りたくなるようなオーラがある。もし野生動物の群れだったら、彼は間違いなくハーレムを築いていただろう。

リュカがそんなことを考えていると、オーダーの酒とつまみを運んできた給仕係のシャムネコ種の女性がさっそく艶めかしい視線をピートに送ってきた。そしてドリンクを彼の前に置くとき、さりげなくメモをグラスの下に滑り込ませる。おそらく彼女の船室番号が書かれているのだろう。つまり夜のお誘いだ。

それを目の前で見てしまったリュカは、色気のある大人のやり取りに顔を赤くしてしまう。こんな映画みたいな誘い方が本当にあるのかという驚きと共に、少しだけ胸がざわつく。

(何も俺の前でそんなことしなくても……)

リュカの目があるのに堂々とピートを誘うということは、恋人同士に見えていないのだろうか。

それともリュカより魅力が勝るという自信があるから、あえて奪うような真似をするのだろうか。どちらにしてもリュカはちょっぴりいじけた気分になる。

するとメモに気づいたピートがそれを見て、女性を指で手招きした。期待に目を輝かせた女性が身を屈めて顔を近づかせると、ピートはなんとメモを彼女の露出した胸の谷間に乱暴にねじ込んだ。

「おい、つまんねーマネすんな。こっちはせっかくいいムードなのに邪魔してんじゃねえよ。男が欲しいなら他をあたりな」

リュカもポカンとしていたが、誘いをすげなく断られた女性はもっとポカンとしている。そしてみるみる顔を赤くさせると、メモを挟んだままの胸を押さえて足早に去っていってしまった。

あの女性は気の毒だけど、一切の手加減もなく突き放したピートをリュカはカッコいいと思ってしまう。さっきまでのいじけた気持ちなど、綺麗さっぱりどこかへ吹き飛んでいった。

すると突然ピートの手がリュカの体をヒョイと抱き上げ、腿《もも》の上に乗せた。座っているピートに横向きに抱きかかえられるような姿勢になり、リュカはにわかに辺りの注目を浴びる。

「えっ、あの……何？」

「こうしときゃ余計なやつも寄ってこねーだろ」

どうやらリュカを恋人だと周囲にアピールするつもりのようだ。目をパチクリさせているリュカにピートはチュッと軽くキスをすると、先ほど運ばれてきたつまみの中からチョコをひとつ取りリュカの口に入れた。小さな丸いチョコが舌の上で溶け、中に閉じ込められていた芳醇なウイスキーシロップが流れ出す。甘さの中にあるアルコールのスパイシーさはミスマッチのように思えて、癖になるような刺激だ。

誰かさんに似ているそのチョコをゆっくりと味わい、今度はリュカからピートにキスをした。

「俺、さっきちょっと妬《や》いちゃった」

素直に嫉妬の気持ちを零せば、ピートは「知ってる」とキスを返す。

「モテる恋人を持つと大変だよ」

「悪かったな、カッコよすぎて」

体を寄せ合ってむつみ合うふたりに、邪魔しようとする者はもういない。ピートに熱い視線を送っていた女性たちはリュカを羨ましそうに見つめたあと、残念そうに彼らから目を逸《そ》らした。


夕方になり、リュカとピートは再び甲板にやって来た。遊覧船の醍醐味のひとつ、サンセットの時間だ。水平線の向こうに大きな太陽が沈んでいき、海一面を茜色に染め上げている。神々しいほどの美しさにリュカは感動さえ覚える。

「綺麗だね……」

目を閉じると、海の声が聞こえた。森羅万象《しんらばんしょう》の力を持つリュカには自然の声が聞こえる。海の声はすべてを包み込むように大きく優しいが、気を許しすぎるとすべてを呑み込まれそうな恐怖もあった。

少し怖くなって瞼《まぶた》を開いたリュカの肩を、ピートの手が抱き寄せる。その温かさと強さに心がホッと和らいだ。

以前、リュカが森羅万象《しんらばんしょう》の力を暴走させそうになったときも、救ってくれたのは彼のぬくもりだった。リュカは自分の抱える力が時々恐ろしくなる。もしピートやヴァンがそばにいなかったら、力に呑み込まれてしまっていたかもしれない。

(隣にいてくれてありがとう)

彼の存在に改めて感謝の念が湧き、肩を抱いていた手に自分の手を重ねる。ピートはリュカがそんなことを考えていたとは思わなかったのだろう、小首を傾げて尋ねた。

「寒いか？」

「平気。ピートがいるからあったかい」

そう微笑んだとき、マストの帆が一斉に畳まれて甲板の後方から花火が上がった。あまり大きなものではないが、色とりどりの花たちが暗くなり始めた海面に映って二重に咲いていく。

乗船客たちがそれに見入っていると、甲板に賑やかな音楽が流れだし、次々に料理と飲み物が運ばれてきた。

「すごいね、この船は一日中パーティーだ」

ピートが今日のデートに遊覧船を選んだ理由がわかった気がする。この船の上はずっと非日常だ。陸を離れ延々と続く海の上での音楽と美味しい食事と酒は絶えず、人々は夢を見ているように笑みを浮かべている。きっとピートは八年間も仕事漬けだったリュカに、日常を忘れさせようとしてくれているのだろう。

リュカとピートは甲板で花火を眺めながら料理とお酒を楽しんだ。茜色だった空は徐々に紫色に染まり、星屑《くず》を散らしながら紺色に変わっていく。花火が終わる頃には空はすっかり夜になっていた。海は数メートル先さえ見えないほど真っ暗だが、船はマストから下げた魔石のランプが煌々と辺りを照らしていて明るい。

やがて楽団の音楽もやみ、人々は思い思いに過ごし始めた。船内に戻る者もいたが、甲板に残って空を眺めたりお喋りに興じたりしている者はまだまだ多い。酒が回ってきたのか、大きな笑い声を上げ歌を歌っている者の姿もあった。

「みんな楽しそうだね」

甲板を散歩しながらリュカは目を細める。平和そのものの光景が嬉しい。

するとピートが「ちょっと待ってな」とリュカの肩を叩き、どこかへ行ってしまった。甲板の奥で誰かと話しすぐに戻ってきたが、その手にはリュートを持っている。どうやら楽団員に借りてきたようだ。

「えっ、もしかして弾けるの？」

驚いて尋ねると、ピートは口角を上げて近くにあった木箱に腰を下ろした。

「少しな」

それだけ言って指慣らしに軽く弦をはじく。リュカは、ピートはなんでもできるなあと感心したが、多くを語らなかったのを見て少し切なくなった。楽器の演奏もまた、幼かった彼が生きるために習得したすべのひとつかもしれないと気づいて。

リュートの弦が高く澄んだ音を夜空に響かせる。やがて勘を取り戻したのか、ピートはメロディを奏でだした。

それは古くから大衆に親しまれてきた愛の歌。酒場などで歌姫が歌う定番の曲でもあり、リュカもカジノで耳にしたことがあった。アップテンポな前奏をかき鳴らし、ピートはリュートの音色に合わせて歌いだす。

(う……うまっ!!)

初めて聴いたピートの歌声に、リュカは耳から尻尾の先まで痺れるような感覚を覚えた。少しハスキーがかっているが低すぎない彼の声をいい声だとはずっと思っていたし、時々聞く鼻歌が調子外れでないことからも音痴ではないとわかっていた。しかし彼の歌声がこんなにも素晴らしいだなんて、あまりにも予想外だった。

ピートは調子を外すことなく、感情をこめて歌い上げた。アップテンポのところは楽し気に、艶《つや》っぽいサビでは吐息交じりの甘い声で、最後は男らしく朗々と。あまりに魅力的な歌声に周囲には続々と人が集まり、カジノでピートを気にしていた女性たちも頬を染めて再び彼に注目している。

歌い終え、リュートの最後の音が夜空に吸い込まれるように消えると、辺りからはいっせいに拍手が起こった。隣に座っていたリュカも、手が腫れそうなほど拍手を繰り返す。

「す……っごいよ、ピート! 超カッコいい! こんなに歌がうまいだなんて、どうして今まで教えてくれなかったの?」

リュカの見えない尻尾は、まだ毛が逆立っている。衝撃の余韻がいつまでも抜けない。

「こんなのただのお遊びだ。わざわざ言うことでもないだろ」

大勢の拍手に囲まれても、ピートはなんてことのないように笑って木箱から立ち上がる。そして歌を聴きにきていた楽団員に礼を言ってリュートを返した。

「もう返しちゃうの？　もっと聴きたい！」

リュカが駄々を捏ねると、囲んでいた人たちからも「もう一曲！」という声があがった。しかしピートは肩を竦《すく》めると、リュカの腕を引いて立たせた。

「俺たちは寝る。もうおしまいだ、ほら解散、解散」

辺りの人たちをシッシと散らして、ピートはリュカの手を掴んだまま船内に戻る。リュカが残念に思っていると、ピートはクルリと振り向き耳に顔を寄せて囁《ささや》いた。

「あとはベッドでな。あんたのために特別に歌ってやるよ」

その言葉と甘く低い声の心地に、リュカの体がまたしても尻尾まで痺れる。それどころか腰まで砕けてしまいそうだ。心臓が痛いほどドキンドキンと脈打って、リュカはたまらずピートの服をギュッと掴んだ。

(俺、もしかして声フェチなのかも)

誰かの声や歌にこんなにときめくなんて、今世はもちろん前世でもなかったことだ。新たな自分のフェチと新たなピートの魅力を知ってしまい、リュカは頭も体も熱くてたまらなかった。


「あ……～っ、あ、あ……」

「ほら、ちゃんと聴けよ？　あんただけのために歌ってやってるんだぜ」

リュカは対面座位の姿勢でピートにしがみつく。頭は朦朧《もうろう》としていて、もう何も考えられない。

あれからリュカとピートは客室に戻り、ベッドになだれ込んだ。たっぷりのキスと前戯をしたところまではいつもと変わりなかったが、挿入してからピートは徹底的にリュカをとろけさせた。

対面座位の姿勢で激しい抽挿はせず、ピートはリュカの前立腺を雄茎でゆるゆると擦り続ける。体を優しく撫《な》でながら耳もとで低く囁《ささや》くように歌われ、リュカはビクビクと体を震わせて何度も甘イキをしてしまった。

全身が敏感になって、体のどこを触られても性感帯のように感じてしまう。リュカの陰茎からは精液がトロトロと溢れ続けていて、こんなことは初めてだった。

とっくに変身のとけた尻尾は、今もずっと毛が逆立ちっぱなしだ。尻尾だけではない、体には鳥肌が立っているし、乳首も痛いほど勃っている。

「……か、からだ……おかし、く……」

頭が朦朧《もうろう》として、もう快感のことしか考えられない。トロンとした目でリュカが言えば、ピートはよしよしと背中を撫《な》でさすってくれた。

「イキすぎて体だけじゃなく頭の中までイッちまったな。脳が勝手に媚薬を作ってるようなもんだ。こうなるともう気持ちいいのが止まらないだろ」

リュカはすでにその言葉すら理解が追いつかない。ただ彼の声が聞こえるだけで、大きな耳が敏感に震えた。

「キス、して……」

おねだりをすれば、ピートは優しく唇を重ねてくれる。もどかしいくらいに優しいキス。唇を合わせ、労わるように舌で舐められただけなのに、リュカは涙が出るほど甘くて幸せな気持ちになる。

「好き、ピート、好き、ぃ……っ」

体温も、匂いも、声も、肌の質感も、息遣いさえ、愛している。このまま溶けてしまえば、ピートとひとつになれるだろうか。リキュールの入ったチョコレートのように、甘さとほろ苦さとスパイシーさが溶け合ってしまえばいい。

「俺のことそんなに好きか？」

「大好き……」

「俺がいなきゃ生きてけないか？」

「生きてけない……」

「あんたは俺のものだと思っていいか？」

「いい……俺、ピートのものになる……ぅ」

唇をねぶり合いながら聞かれる問いに、リュカはオウム返しのように答えた。意味をうまく考えられなかったが、嘘ではない。リュカはもうピートがいなければ生きていけないし、恋人のときは彼に独占されても構わない。むしろ彼のものの証として、マーキングしてもらいたいぐらいだ。

従順に答えたリュカにピートは満足そうに嘆息すると、情欲を燃やした瞳でリュカを射た。

「あんた、可愛すぎだ」

背を撫《な》でていた手が腰に添えられ、ゆるゆるとしていた抽挿がいきなり激しさを増す。

「あぁあっッ!?」

あまりの刺激に、リュカは目の前に火花が散ったかと思った。全身がジンジンと痺れ、もう何がなんだかわからない。

ピートが吐精するまでリュカは悲鳴のような喘《あえ》ぎ声を上げ、肉塊を抜かれたあとも体は快感が引かずに震え続けた。ピートの言った通り、頭の中から媚薬が溢れ続けて止められなくなってしまったみたいだ。

「ど、しよ……、気持ちい、いの止まらないよぉ……」

汗と涙と体液でグズグズになったリュカを、ピートは優しく抱きしめ続ける。

「大丈夫だ、もっともっと気持ちよくしてやる。今夜はあんたが壊れるまで抱くからな」

すでに硬くなっている雄茎を、ピートは再びリュカの中へ埋めていく。熱く柔らかい中はヒクヒクと痙攣《けいれん》し続け、まるでピートの竿に吸い付いてくるみたいだ。

この夜、リュカは快感という快感を知り尽くし、体も頭も壊れてもう戻らないかと思った。ピートもひと晩かけてリュカを存分に堪能し、彼の最高射精回数を更新した。

そうして翌朝、リュカは足腰が立たないどころか敏感な感覚が戻らず、身支度にさえ苦労したのだった。


夜の間に船は移動し、近くの小島に着船していたようだ。リュカたちが朝食を終え甲板に出ると、目の前には真っ白な砂浜が広がっていた。

遊覧船ツアー二日目。今日は一日、無人島での停泊となる。客たちは船とビーチを自由に出入りでき、夜には浜でバーベキューが振る舞われるそうだ。

「わあ、綺麗な砂浜だね」

リュカはさっそくタイツとブーツを脱ぎ、素足で白い砂の上に点々と足跡をつける。泳ぐにはまだ少し寒いが、波打ち際で足を浸すくらいならばちょうどいい。はしゃいでピョコピョコと歩くリュカのあとを、同じく裸足になったピートがのんびりと追いかける。

先を歩いていたリュカはクルリと振り返るとピートのもとまで駆けていき、ふたつ並んだ足跡を見て笑った。

「あはは、足の大きさ全然違う」

砂に残る子供のようなリュカの足跡と、大柄なピートの足跡。大きさも歩幅も違いすぎて、リュカはなんだかおかしくなってしまった。ピートも、リュカのご機嫌が伝わってくるような小さな足跡を見てフッと笑う。

「そういや、初めて会ったときもあんたは裸足だったな。雪の上にこうやって足跡つけて遊んでた」

遠くて眩しい光景を眺めるような眼差しで、ピートが言う。リュカも懐かしい気持ちが湧きあがり、白い砂浜と遠い雪の日の光景を重ねた。

「あのとき、あんたにもらったブーツとマフラーはあったかかったな。ブーツは足が入らなくなるまで履いたあと仲間のチビにお下がりでやっちまったが、マフラーはずっと大事にしまってた。……今も持ってる」

「今も？」

驚いてピートを見上げると、彼は少し恥ずかしそうに微笑んだ。

「俺の宝物だ」

はにかんだ笑顔に、リュカの胸がキュウッと締めつけられる。

十三年前の出会いを、思い出を、マフラーを、ピートはずっとずっと大切に抱きしめ続けていた。そのことが切なくなるほど嬉しくて、リュカは彼の手を握る。

ピートの右手の薬指には〝騎士の指輪〟が嵌まっている。側近騎士しかつけられない、リュカに永遠の忠誠を誓った証だ。

雪の日に結んだ絆をピートがずっと守り続けてくれたから、ふたりは未来永劫共にいられる。彼の強固な想いを改めて感じて、リュカは感激に打ち震えた。

「ピート……」

恋人への愛おしさが胸に溢れだした、そのときだった。

「～っ……!?　えっ？　え？」

リュカの腰にゾクゾクとした快感が走り、お尻が軽くイッてしまった。キュンキュンと切なく孔《あな》が疼くのを感じ、リュカは顔を真っ赤にする。

「どうした？」

いきなりおかしな反応をしたリュカを心配して、ピートが顔を近づけてきた。彼の瞳や唇を近くで見ただけで、体の中の甘い熱が高まる。

「ピ、ピート……、俺ヤバイ……」

リュカは内腿《もも》をギュッと閉じ、息を荒らげて俯く。

「大丈夫か？　具合でも悪くなったか？」

そう言って肩に手を置かれた刺激にさえ、快感を覚えてしまう。リュカは涙目でピートを見つめると、声を震わせながら言った。

「まだ頭と体壊れっぱなしみたい……。ピートのこと好きって思うと、体が勝手に気持ちよくなっちゃうんだけど……どうしよ……」

性的な愉悦を享受しすぎると、悦びを司る脳の器官がエラーを起こすことが極稀にある。リュカはどうやらその状態に陥ってしまったようだ。コントロールできない快楽と動揺のせいで、変身までとけてしまってきている。

さすがにこれにはピートもびっくりして、すかさずリュカを腕に抱き上げた。

「あッ！　あぁ～ッ！　触らないで、ぇ……っ」

「とりあえず人目のつかないところに行くぞ」

ピートの腕の中で、リュカはまた軽くイッてしまった。もう耳も尻尾もフェネックのものに戻っているリュカを人目の多い船へ戻すのは難しく、ピートはひとまず人気《ひとけ》のない森の中へと向かった。

島は歩いて二時間足らずで一周できるほど小さな無人島で、緑豊かな森を砂浜がぐるりと囲む形になっている。森は日の光が差し込んで明るく暖かく、中央の小山から小さな滝が流れていた。

体の火照りを冷ましたほうがいいだろうと考え、ピートはリュカを滝のほとりへ寝かせる。ハンカチを濡らして頬にあててみたが、リュカはその刺激にさえ敏感に反応した。

「悪い、ゆうべはちょっとヤリすぎたな」

リュカの体をエッチに開発してきたピートにとって、今の状態は開発者冥利に尽きるものだが、さすがにこれでは不便だし可哀想な気がした。

「まあしばらくすれば治んだろ。休んでな。昨日あんま寝れなかったし、寝とけ」

そう言ってピートはリュカの隣に腰を下ろす。どうせ今日はビーチでのんびりするつもりだったのだ、場所が少々ズレただけで大した違いはない。

ピートは欠伸《あくび》をひとつ零すと、リュカの隣に寝そべった。暖かい日差しと滝の水音が心地よくて眠くなってくる。……ところが。

「ピート……ちょっとだけ、しちゃダメ？」

なんと寝そべったピートの体の上に、リュカが跨《また》ってくるではないか。ピートは目を見開いてガバッと上半身を起こす。

「いやいや駄目だろ。今やったら、もっと戻らなくなるぞ」

「でもせっかくのデートなのに、ただ昼寝なんて嫌だよ」

「そりゃそうだけど……じゃあその辺散歩でもするか？」

「俺、ちんちん勃っちゃって動けない。っていうかもう体が疼いて仕方ないんだけど。ピートのせいなんだから責任取って！」

焦れたように言うと、リュカは唐突に服を脱ぎだした。明るい日差しの下でシミひとつない白い肌が露わになる。さっきから甘イキをしていた体はほんのり桜色に染まり、陰茎はすでに上向いて雫《しずく》を垂らしている。ハァハァと乱れる息を零す唇は血色よく艶《つや》めき、大きな瞳は切なく潤んでいた。

そんなリュカの淫靡《いんび》な姿を見て、ピートが当然我慢できる訳がない。前髪を掻き上げて小さく笑うと、挑発的な眼差しでリュカを見据えた。

「ヤッてヤッてヤリまくれば精も根も尽きるかもな。とりあえずあんたの玉からっぽにして勃たなくさせてやるよ」

色気がカンストしているピートの視線に射られて、リュカは尻尾をゾワゾワとさせる。

ピートはリュカの小さな背中を強く抱き寄せると深く唇を重ねた。ピアスのついた舌で満遍なく口腔をねぶると、リュカの体がビクビクと震える。まだ昨夜の余韻が残る尻の孔《あな》はピートの指を悦んで呑み込み、もっと欲しいとばかりに中をうねらせた。

「すっかりエロいケツになったな。あんたのここ、狭いのに柔らかくて熱くて最高だ。大陸で一番の名器じゃねーの」

「あっ、あ……ピ、ピートが、俺のお尻そんなふうにしちゃったんじゃないか、あ、ぁあッ！」

体を抱き寄せられたまま片手で孔《あな》を弄られ、リュカは背をしならせて喘《あえ》ぐ。真っ白で滑らかな肌はますます赤みが差し、浮いてきた汗の玉に日の光がキラキラと反射した。

森の中で、華奢《きゃしゃ》でしなやかな体を晒すリュカは無垢な妖精のようだ。それなのにしていることはひたすらに淫《みだ》らで、ピートはそのギャップにゴクリと喉を鳴らす。

「公明正大、清廉潔白なリュカ様がこんなとこですっぽんぽんになってケツ振っていいのか？誰かに見られるかもしんねーぞ」

「いいよもう、なんでも……！　それより早く抱いて……！」

ずっと体の熱を持て余しているリュカは限界を迎え、身も蓋もなくはしたないおねだりをする。ピートは口角を上げると、脚衣から出した隆起している肉竿をリュカの尻にうずめていった。待ち望んでいた悦楽に、リュカは全身を震わせて昇天する。

「あぁぁあッツ……！　ピート……好き、ぃ……っ」

ピートの宣言通り、ふたりはとことん互いの体に溺れ合った。後半にもなるとリュカはもう射精できず、勃っていない陰茎から潮を噴くしかなかった。リュカは何度も意識を飛ばしながら、朝から夕方近くまで耐久戦のように連続で交わり続け、最後はさすがのピートもくたびれて全裸のまま大の字に寝そべった。

「ここまでヤリ続けたのは初めてだ。アレがヒリヒリするぜ」

「……死ぬ……」

体力も精力も強靭なピートが音を上げたのだ。当然彼より弱いリュカは瀕死の状態である。もはや快楽が何かもわからなくなるほどイかされたうえに、体力が尽き果てて命の危機を感じる。今はもう抱かれるよりも、水と食料と睡眠が欲しかった。

「大丈夫か。ほら、水分摂りな。体の水全部出ちまっただろ」

ピートが汲んできてくれた滝の水を受け取り、リュカはそれを飲み干す。冷たい水が全身にいきわたり、ようやく体の熱が落ち着いた気がした。

「ごめん……結局今日ずっとエッチばっかりになっちゃったね」

体がおかしかったとはいえ、半ばリュカから襲ってしまったようなものだ。せっかくの素晴らしいビーチを楽しめず日が暮れてきてしまったことに、リュカは申し訳なさを覚える。

しかしピートはリュカの肩を抱き寄せると、おでこにキスをして言った。

「謝ることか？　俺はすげー楽しかったけど、あんたは楽しくなかったか？」

「……楽しかった」

「だろ？　大自然に囲まれて一日中あんたを抱いてたなんて、最高のデートだ」

言われてみると、それもそうかもしれない。こんな体験は他にまずないだろう。

「それにまだ今日は終わっちゃいないぜ。遊び足りないんならたっぷり遊んでやる」

ピートは木々の合間から見える夕日に目を凝らして立ち上がると、手を差し伸べてリュカのことも立たせた。その瞬間、リュカのお腹がグ～と鳴る。恥ずかしそうにリュカが照れ笑いを浮かべると、ピートは「まずはメシだな」と愉快そうに笑った。

滝の水で体を綺麗にして服を着てから、ふたりは砂浜へ戻ってきた。とはいっても、リュカは足腰がガクガクなのでピートに抱きかかえられてきたのだが。

砂浜ではすでに遊覧船の調理人たちがバーベキューの用意をしている。木枠を組み火を焚いて燻し焼きにした肉はいい香りで、リュカのお腹はますます鳴った。

「おいしい……！　こんなにおいしい肉、初めて食べた」

切り分けられ、お皿に乗せてソースをかけられた肉にかぶりついて、リュカはあまりのおいしさに打ち震える。精も根も尽きた体にボリュームたっぷりのたんぱく質は、まるで細胞に浸みるような味わいだ。そんな事情を露ほども知らない調理人たちは、可愛いお客さんが絶賛してくれたことに嬉しそうにしている。

「確かにうめーな。そういや俺たち昼メシも食ってなかったか。どうりで腹ペコな訳だ」

ピートも豪快な食べっぷりで、三人前はある肉とパンとワインをぺろりとたいらげた。

そうしてお腹が満たされたふたりはしばらくくつろいでから、リュカの足腰が回復してきたのを見計らって砂浜を散歩した。

辺りは沈む間際の夕日に照らされ、オレンジ色に染まっている。

「なんかすごいの落ちてる！」

昼間は少ししか散策できなかった浜辺を歩いて、リュカは波打ち際に変なものを見つけた。まるで水の塊のような丸いものが、ポテンと置いてある。思わず指で突っつこうとして、ピートに止められた。

「クラゲだぞ、それ。刺されたら腫れるぞ」

「クラゲ……」

本で読んだり見聞きしたりして概要は知っていたが、実際のクラゲを見るのは初めてだ。こんなに透明で水の塊みたいだとは思わなかった。ついマジマジと観察してしまう。

「なんでこんなに透明なんだろ。スライムだってもっと濁ってるのに。内臓どこ行っちゃったのかな」

「さあな。てか、あんたクラゲ好きだな」

「んー。別に好きな訳じゃないけど……」

「前に温泉入ったとき、タオルでクラゲ作ってただろ」

「あれは湯船入ったときのお約束だから」

リュカはクラゲのプニプニを確かめてみたい欲求に耐えられず、魔法で毒を消してから触ろうという暴挙に出る。しかし脆い体を持つクラゲは浄化魔法をかけた途端、なんとボロボロに崩れてしまった。リュカは大変びっくりしたあげく、罪悪感で半泣きになったのだった。

「クラゲに悪いことしちゃった……」

しょんぼりとウサ耳を垂らして歩くリュカの背を、ピートがポンポンと叩いて慰める。

「砂浜に打ち上げられてたってことは、もともと死んでたんじゃねーの。てか、やっぱあんたクラゲ大好きだろ？」

「こんなことしちゃって嫌いなんて言ったらクラゲに祟られるよ。今日から好きってことにしとく」

そんな会話を交わしながら波打ち際を歩いていると、今度は砂の中にキラキラと光るものを見つけた。

「貝殻いっぱい落ちてる。綺麗だね」

リュカはその場にしゃがみ込むと、足もとに埋まっている貝殻を掘り出した。

「見て、ちっちゃくて真っ白。あはは、可愛い」

見つけたのは小指の先くらいの大きさしかないシロネズミガイだ。丸くて愛らしく、部分的に透けて見えるほど見事な純白をしている。

リュカの隣にしゃがみ、ピートがそれを見て笑う。

「ははっ。なんかあんたに似てるな」

「そうかな？」

「ちっちゃくて丸くて綺麗で、似てるよ」

柔らかな表情でそう言われて、リュカの胸がふいにときめく。夕日があたって陰影が濃いせいか、ピートの顔がいつもより叙情的に見えた。

「なあ、それくれよ。これやるからさ」

いつの間に掘ったのか、ピートは手のひらに載せた一枚の貝殻を差し出してきた。それは鮮やかなピンク色のグラデーションが入ったサクラガイだった。艶《つや》があり、まるで宝石のように美しい。

「わあ、綺麗だね！　いいよ、交換しよ！」

リュカは交換した貝殻を両手で持って見つめる。形も綺麗で、なんだかハート型みたいだ。

「思い出の貝殻だね。俺、ずっと大事にする」

初デートのロマンチックな宝物ができたことに、リュカは頬を染めて微笑む。ピートも小さな貝をそっと手で包むと、愛おしそうに目を煌めかせた。

互いに自然と見つめ合い、軽く唇を重ねる。さざ波の音が、海の声が、リュカとピートを優しく包んでくれる。日常から離れた島で紡ぐ愛は、あまりにも鮮烈で優しくて美しいとリュカは思った。

さすがにこの日の夜は体を重ねることなく眠った。昨夜もあまり寝ていなかったうえ、朝から夕方までヤリまくったのだ。このときばかりはふたりとも、性欲より睡眠欲が凌駕した。

しかし、疲れていたって相手を恋しく想う気持ちは変わらない。同じベッドで身を寄せ合って眠っていれば尚更だ。

翌朝、リュカの目覚めはピートからのキスの雨によってもたらされた。

「おはよ。よく眠れたか？」

起きて一番最初に目に映るのが恋人の顔というのは、幸せなことだ。リュカはまだ少し寝ぼけながらへにゃっと笑みを浮かべ、顔を覗き込んでいるピートに「おはよ～」と抱きつく。

就寝時のピートは上半身裸だ。彼の素肌の胸や肩にスリスリと顔を擦りつけているうちに、なんともいえない甘ったるい気持ちが湧いてきた。そしてそれはピートも同じようだった。

「するか？」

リュカの髪をサラサラと指先で弄びながらピートが尋ねる。

「へへっ。えっち」

肩を竦《すく》めて笑いながらも、リュカは彼の素肌の胸にチュッチュと口づけていった。

さすがに今日は帰りの旅もあるので疲れすぎる訳にもいかず、ほどほどに留めておいた。それでも朝からまぐわう自分たちはなんて性欲旺盛なのかと、リュカは密《ひそ》かに苦笑する。

一戦終え、身支度を整えてから甲板に出た。早朝に島を出た船はすでに大海原《おおうなばら》の上で、空には澄み渡る青色が広がっていた。

「あー、朝日が眩しいなあ」

潮風に髪を靡《なび》かせ、リュカは大きく伸びをする。サンライズの時間は過ぎていたが太陽はまだ東の空を昇っている途中で、朝独特の白く明るい光を放っていた。

リュカは柵に頬杖をつき、大陸に続く海を眺める。この二日間は本当に楽しかった。だからこそ三日目の寂寥《せきりょう》感が拭えない。

「……船が着いたら、あとは帰るだけになっちゃうね」

レイナルド邸ではリュカの帰りをみんなが待っている。いや、レイナルド邸だけではない。大陸中の民たちすべてが、リュカが王の座について大陸を日夜平穏に治めてくれることを願っているのだ。

帰るべき場所があることは幸せだ。ましてやリュカを快く送り出し、無事を祈り、待ってくれている人がいるなど、幸せの極みでさえある。そのありがたさも、責任も、リュカはわかりすぎるほどわかっている。……けれど、それでも。

「……帰りたくないな……」

聞こえないくらい小さな声で呟《つぶや》いて、リュカは隣に立つピートの服の裾を掴んだ。

本気でレイナルド邸に帰りたくない訳ではない。ただ、この時間が終わってしまうのが惜しいのだ。

鼻を赤くして俯いているリュカの肩を、ピートが抱き寄せる。

「じゃあふたりでこのまま逃げちまうか。さっきの島に戻って小屋でも建てて、そこでふたりでジジイになるまで暮らすのも悪くねーな」

明るく冗談めかして言ったピートに、リュカは小さく笑う。センチメンタルな寂寥《せきりょう》感を笑って吹き飛ばしてくれる彼の心遣いがありがたい。

リュカの心がいくらか和らいだときだった。ピートは軽く腰を屈めると、リュカと額を合わせまっすぐに視線を絡ませる。

「――リュカが望むなら、俺はどこまでも一緒だ」

ああ、自分は恋をしている。とリュカは心の底から思った。嬉しくて切なくて胸が苦しくて、涙がひと粒零れた。涙ごと顔を彼の胸に押しつけて、リュカはくぐもった声で言う。

「どこまでも一緒に逃げてくれる？」

「ああ」

「俺が王様でも当主でもなくなっちゃっても？」

「ああ」

「……そんなことしない」

「そうだな。あんたはしない」

リュカはパッと顔を上げて、赤くなった鼻を啜る。ピートは眉尻を下げて笑いながら、リュカの目と鼻をハンカチで拭いてくれた。

もしもリュカが王と当主の座を捨てて逃げてしまっても、ピートは変わらぬ愛を捧げ続けてくれるだろう。けれどピートにそこまでの愛と忠誠心をもたらしたのは、当主リュカだ。彼の深すぎる想いに応えるためにも、王で当主であり続けなければとリュカは思う。

「……ピートはさ、もし俺がレイナルドの当主じゃなかったら好きにならなかった？」

彼の体に抱きついたまま駄々っ子のように聞けば、ピートは少し考えてから真剣な声音で答えた。

「ならなかったかもしれねーな。今の俺があるのは全部リュカのおかげだからな。あんたが当主じゃなけりゃ俺は未だにスラムのチンピラで、まともに人を愛せたかどうかもわかんねーよ」

至極まっとうな答えだった。十三年前の出会いがなければ彼はまったく違う人生を歩み、きっと性格すらも今とは違っていただろう。そこにこんな穏やかな愛が芽生えたかは不明だ。

リュカが納得したような複雑な気持ちでいると、「けど」とピートが言葉を続けた。

「いつか俺もあんたも死んで〝転生〟ってやつをしたら、俺はあんたが何者になっていようと絶対に捜し出してまた愛してみせる。たとえ男じゃなくたっていい、どっちかが女でも、女同士だったとしても。身分や種族が違っても、ジジイと赤ん坊でも、物乞いと神様でも。俺は絶対にあんたを見つけて、また恋をする」

その言葉を聞いた途端、リュカの脳裏に何かがほとばしった。遠い記憶の中で埋もれていた大切なものが、微《かす》かに息づいた気がする。

「俺も……きっときみを見つける。何回生まれ変わろうとも」

リュカは半ば呆然としながらそう告げた。

これは約束、誓い――いつか見た夢の結末……？

海に優しい風が吹き抜ける。水面に波が立ち、朝の光をキラキラと揺らした。ピートは愛おしそうにリュカを見つめ、少しだけ泣きそうな笑みを浮かべる。

「あんたと出会えてよかった」

リュカは微笑む。今ここに彼といられる喜びを噛みしめて。

朝の空の下で笑うリュカはまるで明るい未来を約束する希望の光みたいで、やっぱり彼は太陽だとピートは思った。

――いつかの懐かしい朝に、同じときめきを覚えた。そんなおぼろげな記憶と共に。


船が港に着くと、リュカとピートは港町でお土産《みやげ》を買い、再び羽馬に乗ってレイナルド邸まで帰った。ふたりの帰りを待ち侘びていた人々に迎えられ、リュカは日常に帰ってきたと実感する。

それはちょっぴりの淋しさと、大きな幸福だった。

お土産《みやげ》を心待ちにしていたロイたちは海の幸を使った珍しい菓子に喜び、ルーチェは海の生き物の絵本と大きなクラゲのぬいぐるみをもらってご満悦だ。

リュカの部屋の窓辺には、ヴァンのくれた木彫りのフェネックギツネの隣に、磨かれたサクラガイの貝殻が置かれた。ときめく恋のような色をしたそれは、今日も朝日を浴びてキラキラと輝いている。

第四章　今更の機能

「もう全然痛くないよ」

連休最終日の朝。リュカは腱鞘炎《けんしょうえん》の具合を診にきた侍医のボンザールにそう言って、手首を軽く振って見せた。ボンザールは注意深くリュカの手を触診し、不思議そうに小首を傾げる。

「随分と回復されたみたいですね。あまり手を使わずにいたことが功を奏したのでしょうが……」

「な、何？　何か変？」

「多少炎症が引いたとしても、腱鞘炎《けんしょうえん》はすぐに完治するものではございません。しかしどうも……すっかり治っているようにお見受けします。何か特別な回復魔法でも使われたのですか？」

思ってもいなかった診断に、リュカは目を丸くする。完治したのは嬉しいが、理由もなく速攻で治っていたのはさすがになんだか薄気味悪い。

「今回は回復魔法は使ってないけど……」

「不思議ですね。……まあ、リュカ様は神の御力を授かった御身体ですから、我々には理解が及ばない奇跡があったのかもしれません。なんにせよ完治したのですからよかったです。けど、これからも無理はなさいませんように」

「はい……」

診療鞄を抱えて部屋から出ていくボンザールに礼を言い、リュカはひとりになった部屋で自分の手をニギニギと開閉してみる。まったく痛みもない、絶好調だ。

「ウルデウス様の御力のおかげなのかな」

改めて神の命の強さに感心するが、少々腑に落ちない。それほどの回復力があるなら、なぜ前回の腱鞘炎《けんしょうえん》は完治しなかったのだろうか。そこまで考えてリュカはふと、おとといのことを思い出した。

夜も朝も昼もピートとエッチをしてとことん体力が尽きたのに、水を飲んで食事を摂ったあとはわりと早く回復したのだ。力が入らなくなってガクガクしていた足腰も、擦られすぎてふっくら腫れてしまっていた孔《あな》だって、すぐに戻った。それどころか、翌朝にはエッチができたぐらい精力だって回復していた。むしろ昨日の帰路ではピートのほうが少し腰が痛そうだった。

リュカは服の上からペタペタと自分の体を触る。特に異変はない……が、どことなく魔力が漲《みなぎ》っているのを感じる。

（もしかして生命力と魔力が強くなってる？）

身に覚えはないが、ひょっとしたらレベルが上がったのではないかとリュカは考えた。

その影響で最大マジックポイントと最大ヒットポイントが増えたのかもしれない。しかし体感だけでは確実とは言えないのがもどかしい。数値が目に見えたらいいのにと思ったリュカは、『トップオブビースト』の操作を思い出し、なんとなく呟《つぶや》いてみた。

「ステータスオープン！　……なんてね」

冗談のつもりでヘラリと苦笑したリュカだったが……目の前に緑色に光るエレクトリックな枠と数字が出現したのを見て度肝を抜かした。

「出るのかよ⁉」

誰もいない部屋でリュカは盛大にツッコんでしまった。いやこれはツッコまずにはいられない。こんな便利すぎる機能が備わっていたことに、二十三年間も気づかずに生きてきたのだから。

もしもっと早くこの機能に気づいていたら、デモリエルに攫《さら》われたときも、三大公爵家と対峙《たいじ》したときも、あんなに苦労しなかっただろう。

「早く言ってよ‼　てかチュートリアルつけてよウルデウス様！」

思わず膝を折り床をバンバンと叩いてしまった。やるせない憤りをどこにぶつけていいかわからない。すると騒ぎを聞きつけたヴァンとピートが、揃って部屋に飛び込んできた。

「どうしました、リュカ様！」

「なんの騒ぎだ⁉」

ふたりは特に代わり映えのない部屋でリュカが床に座り込み、涙目になっているのを見て困惑する。

「……何かあったのですか？」

「悩み事があるなら相談に乗るぜ？」

リュカがピンチになると石が光る〝騎士の指輪〟が、ふたりの右手で光っている。少々取り乱しすぎたと反省し、リュカは立ち上がると「なんでもないよ」と冷静に微笑んだ。

ヴァンとピートは怪訝《けげん》そうな顔をしていたが、壁かけ時計の十時の合図を聞き表情を戻した。

「お時間ですね。ゲートまでお送りいたします」

「ルーチェの支度《したく》は済んでるぜ。今連れてくる」

「ああ、うん。ありがとう」

連休最終日の今日は、ルーチェを連れてデモリエルのところへ遊びにいく予定だ。いつもなら一、二時間で切り上げてしまうが今日は長く滞在できるので、デモリエルも楽しみにしている。

ちなみに本日のリュカの恰好は法衣《ほうい》だ。デートコーデには気合を入れたが、気合を入れて選びすぎて今日の服までは手が回らなかった。服の一着すらサクッと選べないのは、八年間私服を買ってこなかった弊害だろう。斜めがけの鞄にはルーチェのオムツやおもちゃ、おやつのバナナなどが入っている。子連れの荷造りにもすっかり慣れたものだ。

リュカは廊下を歩きながら、小声で再び「ステータスオープン」と唱える。すると自分のステータスウィンドウだけでなく、後ろを歩くヴァンとピート、それにピートに抱っこされているルーチェのものまで表示された。

（うわ、おもしろ……）

さっきは便利機能に今更気づいたことに愕然としてしまったリュカだが、改めて見てみるとステータスは実に興味深いものだった。

表示されているのは名前に職業、種族、レベル、ヒットポイントにマジックポイント、攻撃力、防御力、物理耐性に魔法耐性、素早さ、ダメージ回避率、攻撃命中率、体力、知力、器用さ、運の良さ。それに所属やスキル、使える魔法一覧、装備やアイテムまで。

リュカのレベルは42。職業は国王になっている。ヒットポイントや体力、攻撃力などフィジカル面はあまり高くないが、魔法耐性や知力はかなり高い。一番驚いたのはマジックポイントが無限大マークになってチカチカと点滅していたことだ。試したことはなかったが、森羅万象《しんらばんしょう》の力を授かってからは魔力が尽きないということなのだろうか。そのほかにもスキルに『自動回復』がある。いつからあるのかわからないが、おそらくこれが腱鞘炎《けんしょうえん》完治や早々な体力回復の原因なら、つい最近付加されたものではないかとリュカは考えた。

ヴァンとピートはおおよその予想通りだった。レベルはふたりとも37。職業は国王側近騎士。能力的に多少の差はあるが、トータルするとほぼ互角。おもしろいのはふたりのスキルだ。ヴァンには『遠吠え』、ピートには『2ターン攻撃』がある。

『遠吠え』というのは実際に吠えるのではなく、黄金麦穂団にかける号令の名称だろう。オオカミはリーダーの遠吠えを合図に狩りをする。ゲーム的にいえばヴァンが『遠吠え』スキルを使うことで、団員の攻撃力や命中率がアップするといったところか。

ピートの『2ターン攻撃』はわかりやすい。彼は剣の他に補助武器のナイフを装備している。素早い彼はナイフで攪乱してから剣で叩き切るのが常套手段なので、ゲーム的に見ればそれが『2ターン攻撃』なのだろう。

ルーチェのステータスはなんだか可愛かった。レベルはまだ1。誰とも戦ったことがないので当然だ。職業はレイナルド公爵家次期当主。ヒットポイントはたったの15。リュカのヒットポイントが130で、ヴァンとピートが800を超えていることを思うと、一歳児の弱々しさが際立つ。もちろん攻撃力も防御力も2や3といった数値で低いのだが、運の良さは356もあった。これはヴァンとピートよりも高い。運の良さに年齢は関係ないとはいえ、なかなか驚異的な数値だ。魔法やスキルの欄はまだ空白なのが、無限の可能性を秘めているようで却《かえ》って期待値が高い。

(能力を数値化すると個性がこんなにはっきりするんだ。おもしろいなあ)

すっかり楽しくなってきたリュカは、廊下ですれ違った侍従や騎士のステータスもこっそり覗いてみた。本人も気づいていないだろう意外な長所が浮き彫りになったりして、とても興味深い。

そして誰と比べても、リュカとヴァンとピートの数値が突出していることにも気づき驚かされた。ヒットポイントなどみんな大体二桁台なのに、三人のヒットポイントは三桁を超えており文字通り桁違いである。ウルデウスの命を受け継いだからだろうか。

(黄金麦穂団と白銀魔女団の団員の数値も見てみたいなあ。あとサーサ叔母様とかうちの血縁関係者のマジックポイントも見てみたいや)

あまりに色々な人のステータスを覗いているものだから、ヴァンとピートはリュカが落ち着きなくキョロキョロしていることに再び怪訝《けげん》そうな表情を浮かべた。

「……リュカ様。さっきからいったい何をされているのです？」

「今日のあんた、やっぱ変だぜ。もう一回ボンザール先生呼んでくるから、部屋に戻って寝てな」

リュカは自分が挙動不審になっていたことに気づいて焦る。慌てて説明しようとしたが、思い留まって口を噤《つぐ》んだ。

ふたりにステータスのことを話せば当然自分たちの数値を知りたがるだろう。そして彼らはきっと自分のほうがこの数値が高い、お前のほうがこの数字が低いと張り合い始めるのだ。いらん喧嘩の火種が増えるうえに、なまじっか能力の優劣がはっきりしてしまう分、いつまでも尾を引いてしまう気がする。

ふたりにステータスの説明をしたところでいいことがないなと考え、リュカは言わないことに決めた。かといって挙動不審を誤魔化すのも却《かえ》って怪しい気がするので開き直ることにする。

「気にしないで。俺は時々変なことをするんだ」

堂々と変人宣言をしたリュカに、ヴァンもピートも言葉をなくし「……そうですか」「お、おう。わかった……」と狼狽《うろた》えた返事をするしかなかった。

何やら恋人たちとの間に微妙な溝ができた気がしないでもないが、変人としての免罪符を手に入れたリュカは外に出るまでキョロキョロと色々な人のステータスを見て回ったのだった。

魔王デモリエルのいるゲヘナ城へのゲートは、レイナルド邸の敷地の一角にある。以前は森の中に隠していたのだが、三大公爵家の騒動のときに封じられたうえに、リュカがデモリエルと逢瀬をしていることが大々的に知られてしまったので隠すのはやめたのだ。

魔王とリュカが会っていることに眉をひそめる民がいない訳ではないが、ほとんどの民はリュカが魔王暴走の抑止力になっていると理解している。そもそも魔王と結託しなくても、森羅万象《しんらばんしょう》の力があればリュカひとりで大陸をどうにでもできるのだ。わざわざ悪巧みする意味もない。

そんな訳で今やゲヘナ訪問は、国王の重要な公務のひとつである。もっとも、今日はプライベートで遊びにいくのだが。

ゲヘナへのゲートは祠《ほこら》を立てその地下に収めてある。他の者が入れないように結界が張られ、見張りの兵も立ち、管理は厳重だ。リュカがルーチェを抱いてやって来ると、見張りの兵たちが一礼して入口の扉を開いた。

「それじゃあ、行ってくるね。帰りは夕方……五時頃になると思うから」

リュカは振り返り、ヴァンとピートに向かって告げる。

「「どうぞお気をつけて。無事のお帰りをお待ちしております」」

ふたりは揃って頭を下げ、主《あるじ》のお出かけを見送った。祠《ほこら》の扉が閉まり、リュカは自分だけが通れる結界をくぐり抜けてゲートに足を踏み入れる。異空間を抜ければそこは地の底、常闇《とこやみ》の世界ゲヘナにある城の入口だ。

「こんにちはー。デモリエル、来たよー」

中に入って声をかける。普段ならこれでデモリエルがすっ飛んで迎えにくるのだが……今日は少し様子が違った。岩肌の床に黒い影が浮かんだかと思うと、それはたちまち大きくなり、なんとサイクロプスへと姿を変えた。

「あれ？　新しいモンスター？」

リュカは目をパチクリさせる。今やモンスターのほとんどはデモリエルが城の地下へと封じ込めた。残っているのはデモリエルの世話をする賢い種族と、おとなしい種族が城の外をうろついているだけだ。その中にサイクロプスは見たことがなかったので、リュカは少し驚いた。

しかし悠長に驚いている場合ではなく、サイクロプスがこぶしを振り上げリュカに襲いかかってくるではないか。

「え？　は？　何何何⁉」

突然の敵襲にリュカはアワアワし、片手でルーチェを抱えたまま腰帯から錫杖《しゃくじょう》を抜く。そして攻撃呪文で撃退しようとしたときだった。

クシャッという音がして目の前でサイクロプスの体が潰れる。あまり見せたくない光景にリュカが慌ててルーチェに目隠しすると、廊下の奥からデモリエルがこちらへ向かってくるのが見えた。

「リュカ、大丈夫？」

彼は目の前までやって来ると、リュカに怪我がないか全身をペタペタ触って確かめた。

「大丈夫だよ。でもこれ、どうしちゃったの？」

リュカが尋ねると、デモリエルは潰れたサイクロプスをいまいましそうに踏みつけて口を開いた。

「なんか昨日辺りからおかしくて……。次元の壁が薄くなって、僕のいた世界とこの世界が繋がりやすくなってるみたい。あっちこっちから野良《のら》モンスターが溢れてくるんだ」

「えぇっ！　それって一大事じゃない⁉」

とんでもない事態だと、リュカは青ざめた顔で叫ぶ。デモリエルの制御下ではない野良《のら》モンスターが溢れたら、当然世界はまた混沌《こんとん》に陥ってしまう。魔王を懐柔したり三大公爵家の陰謀を退けたりしてやっと平和を掴んだのに、いい加減にしてほしい。

デモリエルも困っているようで、悩まし気に眉を下げた。

「こんなのは初めてで僕も訳がわからない。何か原因があるとは思うけど――」

そこまで話したデモリエルは突然何かに気づいたように鼻をヒクヒクさせると、顔を思いっきりしかめて飛びすさった。

「くっっっさ!!!!」

あまりのリアクションに、リュカは唖然《あぜん》とする。恐る恐る自分を指さして「……俺?」と尋ねると、デモリエルは鼻を両手で押さえたままコクコクと頷《うなず》いた。

「リュカ、なんなのそれ……？　魔力が尋常じゃない増え方してる。増えすぎて濃縮されたあげく体に収まりきれなくなって漏れ出ちゃってる。くさいなんてもんじゃない」

「え？　え？　そうなの？」

魔力が強くなったとは実感していたけど、そこまでだとは思わなかった。もしかしてこれがマジックポイント無限大の状態なのだろうか。

それにしても、デモリエルが嫌いな魔力を匂いにたとえることはわかっているが、鼻を摘まれイヤ～な顔をされるとなんだか複雑な気分だった。体臭ではないとわかっていても、リュカは自分の体をクンクンしてしまう。

「次元の壁がおかしくなってる原因も多分それだ。リュカの魔力はこの世界と共鳴してるから不安定になってるんだ」

「モンスターが出てくるの、俺が原因なの!?」

「それ、なんとかしないとこの世界ぶっ壊れるよ」

「はぁぁあああ!?」

まさか自分のせいで世界に混沌《こんとん》と破滅をもたらすなど、いきなりの大ピンチにリュカは動揺するしかない。オロオロと左右にさまよってみたけど解決どころか気持ちが落ち着くこともなく、その場にへたり込み涙目になってデモリエルに訴えた。

「ど、どうしよう～。俺やだよお。かつての救世主が新シリーズの破壊神だなんて、そんな少年漫画みたいな展開やだ～」

ベソをかいてしまったリュカを見て、デモリエルは少し離れた位置にしゃがんで小首を傾げる。

「泣かないで。魔力が増えた心当たりはない？　たぶんここ最近のことだと思うけど」

「ここ最近って……。八年ぶりに休暇を取っていっぱい遊んだけど……関係ある？」

まさか遊んだことで魔力が無尽蔵に増えてしまうのだろうか。もしそうだとしたらこの先一生休暇など取れないのではないかと想像して、リュカはますます悲嘆する。

ベソベソしているリュカが心配なのか、ルーチェが小さな手を伸ばして頭を撫《な》でてくれた。しかしすぐに飽きて、リュカの持っていた鞄を勝手に漁っておやつのバナナを食べだした。

デモリエルは嫌そうにしながらも鼻をヒクヒクさせて魔力を嗅ぎ、少し考えてから口を開いた。

「たぶん無意識に魔力を吸収してきたんだと思う。リュカの魔力はこの世界の命そのものだから、無防備なままあっちこっち行ってるうちに、世界が発する魔力が体に入り込んだんじゃないかな」

「魔力が勝手に体に入り込むの？」

「リュカは魔力に好かれてるみたいだから。隙があると寄ってきちゃうんだよ」

そう言われてみると、少し納得した。山や森や海など、自然が溢れる場所で思いっきりくつろいできたのだ。もし自然に心があってリュカのことが好きならば、リラックスして警戒心のない状態のリュカに入り込んできてしまうかもしれない。好いてくれているのに申し訳ないが、霊に憑りつかれたみたいでちょっと怖かった。

「どうすればいいのかな」

リュカは膝を抱えて座り直す。ルーチェの食べ散らかしたバナナの皮はちゃんと鞄にしまった。

「そんなの簡単。リュカのほうが世界を司る立場なんだから、勝手に入ってこないように厳しくすればいい」

厳しくというのは心を強く持てということだろうか。自然相手にも油断できないとなると気が抜けないなと思う。

「今のこの魔力は減らすことができるかな。てか減らさないとまずいよね、もう世界に異変が起きてるんだから」

一番の問題はそれだ。このままではリュカは破壊神になってしまう。

「これ以上増やさないようにしながら発散させるしか――」

デモリエルがそこまで言いかけたときだった。ふたりが互いに違うところに注目してハッとする。

「ルーチェ、勝手にウロウロしちゃ駄目だよ！」

リュカはルーチェを見ていた。バナナを食べ終えたルーチェはおやつのおかわりを求めてヨチヨチとデモリエルのほうへ向かう。いつもお茶菓子を用意してリュカを出迎えてくれる彼は、ルーチェにとっておやつをいっぱいくれる人という認識なのだ。

「メレレレル、バニャニャちょーらい」

上手な二語文でおねだりしながら、ルーチェはデモリエルに向かって歩いていく。

デモリエルが見ていたのは、地面に浮かび上がった黒い影だ。これはモンスターが湧き出る前兆である。

そしてふたりは同時に、黒い影がルーチェの足もとで広がっていったのに気づいた。

「ルーチェ危ない！」

「退いて」

リュカはルーチェに向かって、デモリエルは影に向かって手を伸ばす。その瞬間——触れ合ったふたりの手の間に目も眩むような閃光が起きた。

「なっ……!?」

「マズい！」

まるで巨大な静電気が起きたみたいだった。火花を散らしながらバチッと跳ねた閃光は一瞬で辺りを真っ白に染めた。

巨大すぎる魔力同士の接触による爆発。

制御しきれていないリュカの魔力と性質の異なるデモリエルの魔力の衝突の威力はすさまじく、刹那《せつな》、世界を歪ませてしまった。

世界にとって幸いだったのは、リュカとデモリエルが咄嗟《とっさ》にその爆発を抑え込んだこと。そのおかげで世界が壊れることはなかったが……すべての衝撃を受けとめたふたりは亜空間に呑み込まれ、閃光が消えたゲヘナ城の廊下にはルーチェがぽつんと座っているだけだった。

第五章　モフモフ異世界のモブになったら

（うぅ……目がまだチカチカする）

リュカは閉じた瞼《まぶた》の裏で光が点滅するのを感じ、グッと眉間に力をこめた。そして二、三度瞬きしてから改めてゆっくりと目を開く。間近で魔力の閃光を見てしまったせいだろう、視界はしばらく白と黒の点滅に遮られていたが、やがて徐々に視力を取り戻していった。

そして視界に映った景色に、リュカは驚愕する。

「えっ!?　あれ？　ここ、どこ？」

土埃《つちぼこり》だらけの石畳、薄暗い影を落とす汚れた土壁、乱雑に置かれた木箱。周囲には誰もいないが顔を上げると、少し先の道を人が行き交うのが見えた。どうやらここは、どこかの町の路地裏らしい。

「なんで外に？　俺、ゲヘナ城にいたはずだよね……って、ルーチェ！　ルーチェどこ!?」

リュカは勢いよく立ち上がり、キョロキョロと辺りを見回す。ルーチェの姿がない。デモリエルもだ。血の気が引く思いで周囲を捜し回るが、どこにもいる気配がない。

「そんな……。ルーチェ……！」

リュカはいったん落ち着こうと深呼吸して、まず何が起きたのか思い返してみる。

ゲヘナ城にいたことは確かで、ルーチェを助けようと伸ばした手がデモリエルと触れ合い、魔力の爆発を起こした。その爆発を抑え込もうとしたら空間に裂け目ができて、呑み込まれてしまい……

「まさか……どこかの別世界に飛ばされた？」

デモリエルが次元の壁が薄くなっていると言っていた。もしかしたら別次元、あるいは異世界に飛ばされてしまったのだろうか。

リュカは慌てて人が行き交う道まで出てみた。歩いているのは、みな獣人だ。言語も変わっていないし、町並みや人々の服装にも特に変わりはない。どうやら別次元や異世界ではないようで、少しホッとする。

（じゃあここはいったいどこなんだろう……）

なんとなく見覚えのある町だなと思ってキョロキョロしていたリュカは、視界の端に映ったものに気づいて「んん⁉」と二度見した。

それは自分が纏っている質素な服だった。今日は法衣《ほうい》を着ていたはずだ。それなのにどういう訳か、今は色の褪せた茶色いシャツとベージュのズボン、それに木の皮で編まれたサンダルを履いている。もちろん腰帯に差していた錫杖《しゃくじょう》もなければ、肩からかけていた鞄もなくなっていた。

「なんだこれ？」

まるで庶民の恰好だ。いや、庶民の中でも貧しい服装だろう。リュカは当然こんな服は持っていないし、着たこともない。

まさか姿形も変わってしまったのだろうかと焦ったが、近くの窓ガラスに姿を映してみたところ、服装以外は何も変わっていなかった。安心したものの、ならばなぜ恰好が変わってしまったのかわからない。

（服のことはまあ、いいや。とにかく急いでゲヘナ城へ戻らなくっちゃ。きっとルーチェが置き去りになってる）

次元の裂け目に落ちたとき、ルーチェはすぐ近くにいたものの、廊下に座ったままだった記憶がある。多分、落ちたのは自分とデモリエルだけだ。早く戻ってあげなくてはと焦る。デモリエルのことも気がかりだが、彼の魔力があればそうそう困った事態には陥らないだろう。

リュカは再び人気《ひとけ》のない路地裏に戻ると空を見上げ、意識を集中させて呟《つぶや》いた。

「飛翔」

うまくコントロールの利かない飛翔魔法だが、ヴァンとピートの気配なら寸分違わず追える。ひとまず彼らの気配を頼りにレイナルド邸に戻り、再びゲヘナへのワープゲートを通ろうと思った。

……ところが。

「……あれ？」

空を駆けるどころか、自分の体がウンともスンとも浮いていない事態に、リュカは目を丸くする。もう一度精神を集中させ「飛翔」と唱えたが、やはり何も起きない。

「なんで？　魔法が封じられてる？」

リュカはどこかに魔封じの呪文が刻まれていないか、辺りや自分の体を見回す。しかしそうではないと、すぐに気がついた。体の内側が熱くない。溢れるような力を感じない。どんなに耳を澄ませても……自然の声が聞こえない。

嫌な予感にリュカは青ざめた。試しに他の魔法も唱えてみたが、やっぱり何も起きなかった。

「魔法が使えない……？」

自分の手を見つめて愕然とする。魔法が使えないとなるとリュカはあまりに無力だ。屋敷に戻ったとして、これからどうやって世界を治めればいいのだろう。

そこまで考えて、リュカはハッとした。違う、問題はそこじゃないと。

「ステータス、オープン……」

恐る恐る唱えてみると、エレクトリックな枠が目の前に現れた。この力が残っていたことに安堵《あんど》したが、表示されたステータスを見てリュカはよろけてしまった。

――名前・リュカ。職業・モブ。

「モブって！　モブって!!　モブって!?」

ショックのあまりリュカは三回も叫ぶ。

一見何も変わらないように見えたが、やはり違う世界に飛ばされていたのだ。異次元ではない、異世界でもない。〝国王リュカ・ド・レイナルド〟が存在しない並行世界に。

さらにステータスを見て、リュカは白目を剥いてひっくり返りそうになった。

――レベル・1。ヒットポイント・11。マジックポイント・0。

「ヒットポイント11って！　ひっく！　ルーチェ以下!?　俺よっわ!!」

いくらなんでもあんまりだと思った。森羅万象《しんらばんしょう》の力を持ち世界を司る国王から、無職の雑魚《ざこ》キャラに降格である。マジックポイントが0ということは、当然魔法も使えない。

こんな状態でいったいどうやってもとの世界へ戻れというのか。リュカはたまらず途方に暮れてしまった。

(帰る手段さえわからないのに、雑魚《ざこ》で弱々のモブキャラになってしまった……。詰んだ。詰みすぎてる)

あまりに絶望的な状況に、リュカは膝を抱えその場に蹲《うずくま》る。そのときだった。

「おい。ガキがいるぞ」

「なんだコイツ、イヌ族のガキか？」

「親に捨てられたんじゃねえのか」

自分の頭の上にみっつの影が落ちて、リュカはハッとして顔を上げる。見ると、酒瓶を持ったいかにもガラの悪いヤマネコ獣人の三人組がリュカを見ていた。

「お、可愛い顔してんじゃん」

「男かと思ったら女か」

「キヒヒっ、儲けモンだな」

リュカの顔を見た三人組が下卑た笑みを浮かべる。背筋を冷たくしたリュカはゆっくり立ち上がりながら、ソーっと後ずさった。

「あの……俺、男だから……。あと、ガキじゃないから……」

そう言ってリュカは三人の手が自分を掴む前に、踵《きびす》を返して走りだした。危うく捕まるところだったが、人通りの多い道へ出て人混みの隙間をチョロチョロと走り抜ける。しばらくは追いかけてきていた三人組だったが、やがて小さなリュカが人に紛れると、見失ってあきらめたようだった。露店の陰に隠れていたリュカは三人組が去っていくのを見て、ホ～ッと胸を撫《な》で下ろす。そしてこの見覚えのある風景がどこだか、思い出した。

（……スラムだ。八年前、俺が初めて任された地区の）

猥雑な景色、治安の悪さ、行き交う人々のすさんだ雰囲気。ここはレイナルド領のとある町のスラム地区だった。もっとも、八年前にリュカが自ら赴《おもむ》いて治安を整えてからは、こんなにすさんでいないけれど。

（当主リュカがいないから、スラムの治安が昔のままなのか。……そういえば今って誰がレイナルドの当主やってるんだろう？）

考えると、色々気になりだしてきた。当主リュカのいないこの世界は、いったいどんな風に変わっているのだろう。魔王の脅威や他の公爵家との確執はどうなっているのか。ルーチェは生まれたのだろうか。それからヴァンやピート、リュカの知っている人たちはどうしているのだろう。

（いや、そもそもここがもとの世界と同じ大陸歴三〇三三年とは限らないか。町並みや町民の服飾を見るに、そう何十年もズレていないようには見えるけど……うーん）

リュカは思いきって露店の主人に話しかけてみた。

「お忙しいところすみません。今って大陸歴何年ですか？」

しかしイノシシ獣人の店主は不機嫌そうに耳を伏せ、質問に答えてくれない。タダじゃ教えてもらえないのかと思い、リュカは商品の肉包みパンをひとつ買おうとしたが、ポケットを探っても糸屑《くず》しか出てこなかった。

（所持金ゼロ……。ハードモードがすぎる……）

リュカはあきらめてトボトボ歩きだした。

（とりあえずスラムを離れたほうがいいかも。治安が悪すぎて俺みたいな雑魚《ざこ》モブには危険すぎる。レイナルド邸のある首都なら少しは安心かな。お金もないし、今夜眠れる場所を探しておかなくっちゃ）

そう決めてスラムを離れ、町を出てトボトボと街道を行くリュカの後ろ姿は、大きな尻尾が悲し気に垂れていた。

四時間後。道に迷いながら首都に続く道を三分の一ほど歩いたところで、リュカは足を止める。

「疲れた……。首都まで結構距離あるなあ。あーお腹空いた」

モブキャラになって体力も大幅に落ちている。普段ならこれくらい歩き続けても平気なのに、今はもう脚が棒だ。リュカは通る人や馬車の邪魔にならないように街道を逸《そ》れ、近くにあった林で休憩を取ることにした。確かこの林の奥には川があったはずだ。水も飲みたいし、もしかしたら食べられる木の実もあるかもしれない。

そう考えて林の中をさまよっていたリュカは、何かに背中をぶつけてしまった。それは弾力があって痛くはなかったが、強力な粘着力があって体を動かせなくなる。

「なんだこれ、ベトベトして……る……」

背中を絡め取ったのが白く粘ついたロープのようなものだと気づいて、リュカはサッと青ざめる。奥のほうに視線を移すと、そこにいたリュカより大きな体を持つ蜘蛛《くも》と目が合って思わず絶叫した。

「ぎゃーーー!! タランチュラだーー!!」

巨大蜘蛛《ぐも》モンスター・タランチュラは紫色の目を不気味に光らせながら近づいてくる。リュカはジタバタ暴れたが、背中がべったり蜘蛛《くも》の巣にくっついてしまって動けない。

(ま、まさかこんなとこで死ぬの？ 魔法があればタランチュラなんて一撃なのに、今の俺は雑魚《ざこ》だからこんなモンスターにやられちゃうの？)

自分もモブだが、タランチュラもモブモンスターだとリュカは思う。魔王を懐柔し、三大公爵家を退けた自分が、まさかこんなモブモンスターにやられて死ぬなんて夢にも思わなかった。というかそんな死に様は嫌だ。

「やだやだやだ！ 誰か助けてー！」

そのとき、タランチュラが振り下ろした前足の爪がリュカの体を掠り、服の一部を裂いた。リュカが暴れると服はそこからビリビリと破けていき、巣にくっついた背中部分が分断される。

「わあっ！」

最後に残っていた繊維がブチッと切れると、リュカは勢い余って前のめりに転んでしまった。けれど巣から逃げられたチャンスを逃すまいとすかさず起き上がり、一目散に林の外へ向かって駆けていった。

（モンスターがいるなんて聞いてないよ！　ここはまだ魔王が支配してる世界ってこと？）

街道に向かって必死に走りながらリュカは考えた。ということは、この世界には、悪いままのデモリエルともとの世界のデモリエルのふたりがいるのだろうか？　しかし。

「あ……もう駄目……」

ようやく街道まで出たリュカはヘナヘナとその場にへたり込む。空腹も体力も限界だ。タランチュラから逃げるため、最後の力を使いきってしまった。

（せっかく蜘蛛《くも》から逃げたのに、結局餓死《がし》かぁ……。雑魚《ざこ》モブはつらいよ……）

その場に倒れそうになったときだった。通りかかった馬車が停まり、中から身なりのいい中年男性が出てきた。でっぷりとしたカバ獣人のその男は従者のアナグマ獣人に指示し、リュカの髪を掴んで顔を上げさせる。

「な、何すんだよぉ……」

いきなり乱暴な扱いをされて怒りたいところだが、もうそんな体力もない。服はボロボロで半裸状態、転んだせいで顔も体も泥だらけ、おまけに蜘蛛《くも》の攻撃が掠ったせいで背中からは血も出ている。あまりにもみすぼらしいリュカを、カバ獣人はニヤニヤと見つめながら鼻の穴を膨らませた。

「イヌ……まさかキツネ獣人か？　まあいい。おい、小娘。どうせ孤児だろう、ワシが拾ってやる」

もしかして助けてくれるのだろうかと、リュカの瞳に希望がよみがえる。しかしこのカバ、どう見ても善人に見えない。成金らしい宝石だらけの悪趣味な服と帽子に、あまりに醜悪な笑み。おまけにリュカの服を勝手に捲り上げて、舐めるように見つめている。

（キモ。……あれ、こいつどっかで見たことあるな）

リュカがそう思った瞬間、背後から声が聞こえた。

「よお、ザムエル。また夜伽のガキ探しか、この変態が」

（ああ、そうだ。ザムエルだ。スラムで子供たちへの支援物資を横取りしてた最低な貴族だ）

八年前の記憶が頭をよぎる。ザムエルはスラムのある町を仕切っている貴族だったが、その悪行をリュカが取り締まり牢に入れたのだ。当主リュカのいないこの世界では、どうやら彼は未だに悪事を働いているらしい。

しかし、ザムエルのことなどどうでもいい。リュカは聞こえてきた声に覚えがあって、無意識に耳を大きく動かした。鼓動がドキドキと逸《はや》る。声の主のほうを振り返りたいけど、アナグマ獣人に髪を掴まれていて顔を動かせない。

「またお前らか。ワシの邪魔ばかりしおって、クソガキどもが調子に乗るなよ」

「調子に乗ってんのはてめーだろ、ジジイ。俺たちゃてめーが横取りしたモンを取り返しただけだ」

ザムエルは恨みがましそうに奥歯を噛んでいたが、やがて舌打ちをすると踵《きびす》を返し馬車へ戻っていった。従者のアナグマ獣人もリュカから手を放し、馬車の御者台へと戻っていく。

勢いよく手を離されたせいでリュカはそのまま地面に突っ伏してしまったが、すぐに体を起こして振り返った。と同時に、声の主がリュカの脇にしゃがみ込む。

「おい、大丈夫か？」

「ピ……ピート!!」

やはり、声の主はピートだった。ひとりぼっちで不安ばかりの世界で最愛の人に出会い、リュカの瞳がたちまち潤む。

「ピート、会いたかったよ～！」

リュカは思わず彼に抱きつき、ワァワァ泣いてしまった。こんなに心の底から安堵《あんど》したのは初めてかもしれない。しかし当然、ピートは突然泣きついてきた謎の少年にぽかんとしている。

「ピート、知り合い？」

「全然知らん」

リュカはズビズビと鼻水を啜りながら顔を上げた。ピートのことしか目に入っていなかったが、ほかにもふたり仲間がいた。

ひとりはもとの世界で白銀魔女団の団員だったロイだ。彼はスラムにいた頃ピートと共に暮らしていたそうだが、この世界でも一緒にいるようだ。もうひとりもハイエナ獣人だったが、リュカの知らない人物だった。

ピートは簡素なシャツの上に爬虫類の皮でできた上着を羽織り、コットン生地の茶色い脚衣と黒のブーツを身につけ、手にも黒い皮のグローブを嵌めている。ピアスはもとの世界の彼と変わりなく右にふたつ、左にみっつ空けている。帯剣はしていないが、代わりに腰にナイフを装備していた。

ロイともうひとりも似たような恰好で、見るからにヤンキーのお兄さんたちといった風貌だ。

（やっぱ、俺の知らないピートなんだな……）

わかっていたことだが、もとの世界のピートとは別人なのだと思うと淋しく感じる。それでも心細い中で最初に会えた知り合いが彼であったことは、とても幸運なことだった。

「あの……助けてくれてどうもありがとう」

リュカはピートの体から離れると立ち上がってペコリと頭を下げた。それからピートのシャツに自分の涙の跡がくっきり付いてしまったのを見て、慌てて「わぁ、ごめんね！」と手で擦った。

「おじょーちゃん、ピートのことなんで知ってんの？　てかすげえボロボロだけど、どうしちゃったた？」

顔を覗き込んでそう質問してきたのはロイだった。リュカは改めて自分の恰好を見回し、我ながら酷いなとしみじみ思う。服は泥だらけで、背中は大きく破けている。尻尾もボサボサで、クモの巣の粘膜がこびりついていた。鏡がないからわからないが、きっと顔も髪も泥だらけに違いない。

「えぇっと、ピ、ピートのことはその……俺が一方的に知ってるだけ。前に町で見てカッコいーなって思って……。ボロボロなのはそこの林でタランチュラのモンスターに襲われたから。あと俺、男だよ」

リュカの返答で一番驚かれたのは最後の言葉だった。

「「「えっ！　男!?」」」

揃って目をまん丸くする三人に、リュカはさらに付け加える。

「あと、きみたちより年上だと思う」

しかし残念なことにそれは信じてもらえなかった。

「おチビちゃん、何歳だよ」

名前を知らないハイエナ獣人に尋ねられ「二十三歳」と答えたが、爆笑されるどころか「あっそ」と軽く流される始末だ。

「きみたちは何歳なの？」

今度はリュカから尋ねると、ピートは十八歳、ロイは十五歳、もうひとり……ナウスも十五歳だと言った。

（ってことは、今ここは大陸歴三〇三〇年？　もとの世界より三年前、俺が当主になったばっかりの頃か）

ようやく時代が判明した。もとの世界と大きなズレはなさそうだとは思っていたが、ほぼ変わりないことにホッとする。おかげでこうしてピートに会えたのだから、不幸中の幸いだ。

「チビ、家まで送っていってやるよ。んなナリしてたら、またさっきみたいな変態ジジイにとっつかまるぜ。ああ、言っとくけど男でもアイツらにゃ関係ねーからな」

そう言いながら、ピートは上着を脱ぐとリュカの体にかけてくれた。主《あるじ》でもなければまったくの赤の他人なのに、こんなに親切にしてくれる彼に胸が熱くなる。

（ピートは優しいなあ……）

リュカはたまらない気持ちになって、キュッとピートのシャツを掴んだ。

「俺、帰るところがないんだ。だから寝床を探してて……。もしよかったら、その……きみたちの家に泊めてもらえないかな？　お、お金はないけど手伝えることとかあったらなんでもするから！」

寝床を探していたのは本当だ。とりあえずひと晩でもいいから彼らの家に泊めてもらえるとありがたい。けれどそれ以上に、リュカはピートと離れたくなかった。

ピートたちはキョトンとして三人で顔を見合わせたものの特に話し合うでもなく、すんなり承諾してくれた。

「ああ、そういうことなら構わないぜ」

「えっ。いいの？」

「俺たちは他人同士、協力して暮らしてるんだ。あんたみたいなチビがひとり増えたところで別に困りゃしねえよ」

「……っありがとう！」

行くあてもなく満身創痍《まんしんそうい》だったところに、ピートの助け舟はあまりにも大きかった。リュカは喜びと安心で大きく嘆息する。すると気が抜けたせいか急に眩暈《めまい》がして、足もとがふらついた。

「おっと、あぶねー」

咄嗟《とっさ》にピートが抱きとめてくれて、リュカは眉尻を下げてへにゃりと笑う。

「飲まず食わずで歩き続けて……お腹ペコペコ」

「腹ペコってか、怪我のせいじゃねーのか？　背中、紫色になってきてるぞ。これタランチュラの毒だろ」

「え、マジで？」

色々ありすぎて、リュカはもう何が原因で自分がフラフラなのかわからない。ピートは「仕方ねーな」と言うと、リュカを軽々と背中におぶる。

「確か家に毒消しがあったから、それまでくたばるなよ。チビ」

ピートの逞《たくま》しい背中に体を預けて、リュカは「うん」と呟《つぶや》く。

リュカ・ド・レイナルドを知らない違う世界のピート。それなのにぬくもりも匂いも恋人のピートと変わらない。愛おしさと切なさに胸がギュッとしめつけられる。

朦朧《もうろう》とする意識の中で、リュカはピートの背に囁《ささや》いた。

「あとね、俺チビじゃないよ。リュカっていうんだ。『リュカ』って呼んでよ、ピート……」


ピートはスラムにある古い屋敷に、親のいないハイエナの仲間たちと住んでいた。もとの世界で彼が騎士になる前の生活と同じだ。

住人は六人。ピートが最年長で次がロイとナウス。その下に十三歳、十歳、六歳と続いている。この屋敷に住んでいるのはみな男で、同じように孤児の女ハイエナ獣人は隣の館に集まって暮らしているらしい。

「これでよしっと」

リュカを屋敷のベッドまで運んだピートは、背中に毒消しを塗って包帯まで巻いてくれた。それから上半身裸のリュカを見て「本当に男なんだな」と納得したように言った。

「どうもありがとう」

リュカがはにかんで礼を告げると、水の入った桶を手にしたロイがちょうど部屋へ入ってきた。

ピートはそれを受け取ってタオルを濡らして絞り、リュカに差し出す。

「ほら、その泥だらけの顔と頭も拭いとけ。今日は薬塗ったばっかだから水浴びはできねーからな」

「うん」

ゴシゴシと顔を擦るとタオルはすぐに泥まみれになった。どれほど汚れていたのかとリュカは苦笑いを零す。それから頭や耳も拭き、クモの巣がくっついたままの尻尾も拭いた。

（あーあ、ベトベト）

大陸一美しい自慢の尻尾も、今は野良《のら》キツネのようにボサボサだ。愛着ある尻尾のみすぼらしい姿にリュカはちょっと悲しくなる。するとロイが小首を傾げながら、ベッドに腰かけているリュカを見つめてきた。

「おチビはなんの動物なんだ？　チワワにしちゃ尻尾がでかいよな」

「コーギーじゃねーの？」

「コーギーでももうちょっと尻尾小さくね？」

「イヌ族じゃないよ。フェネックギツネだよ」

「「は？」」

リュカの言葉に、ピートもロイも目をしばたたかせる。それからロイは肩を竦《すく》めて苦笑した。

「また変なこと言ってるよ、このチビは。年上だとかキツネだとか夢見がちだな」

なぜ信じてもらえないのか、今度はリュカのほうが目をしばたたかせてしまう。耳の大きさはキツネにしては珍しいが、尻尾はわかりやすいほどキツネのそれだ。強いて言うならフェネックの特徴として尾の先がちょびっと黒いが。

リュカが不思議がっていると、ロイは隣に腰かけて慰めるように頭を撫《な》でてきた。

「もしかしてお前、自分がレイナルドの一員だと信じて生きてきたのか？　悪いこと言わねーからやめとけ。現実見て生きろ」

そこまで言われて、リュカはようやく彼の話の意味を理解した。

この世界において、キツネ族はレイナルド一族だ。獣人の中で唯一魔法が使える彼らは当主を中心にレイナルド邸や首都に住んでいて、いわゆる特権階級である。中には魔法を使えない者や首都以外に住んでいる者もいるが、それでも貴族であることには違いない。間違っても今のリュカのような家なしの貧民ではないのだ。

(そうか、レイナルド一族に取り入ろうとしてる貧しいイヌだと思われたのか)

もとの世界ではレイナルド一族の頂点に立っていたことを思うと、なんとも複雑な気分だ。しかし魔法も使えず戸籍もない今の状態を思うと、確かにキツネ族だと証明できないなと思った。すると、少し考え込んでいたピートが口を開いた。

「……いや、マジでキツネの可能性もあんだろ。レイナルドのやつらだって、みんながみんな清く正しいワケじゃねーし。エロジジィがそこら辺のイヌに手ぇ出して生まれた隠し子ってのもあり得るぜ」

「あーイヌとキツネのミックスか。珍しいけどなくはないか」

獣人は異種族で恋愛はできても子供はできない。子供ができるのは同種族だけである。ただし同科ならば極稀に子供ができることがある。つまりキツネ族と同じイヌ科の獣人ならば、キツネの子を生む可能性はあるのだ。

(純正キツネ族なんだけど……ま、いっか)

どちらにせよ、今のリュカに身分を証明するすべなどない。とりあえずキツネ族と思ってもらえるなら、なんでもよかった。

「高貴な一族のご落胤《らくいん》ってワケか。なんかますます可哀想になってきたな」

そう言ってロイは再びリュカの頭を撫《な》でてくれる。キツネ族だとは信じてもらえたが、相変わらず年下だと思っているみたいだ。そのうち年齢の誤解も解こうと思っていると、扉がノックされて少女のハイエナ獣人が入ってきた。

「ひゃっ⁉」

この屋敷には男しかいないと聞いていたリュカは驚いて尻尾を膨らませたあと、裸の上半身を手で隠す。

「ピート、頼まれた服持ってきたよ」

「ああ、サンキューな」

見たところロイより少し年下っぽい少女は金色の長い髪をふたつに結んで、利発そうな顔をしている。服装は襟ぐりの広いエプロンドレスで、両耳にはイヤーカフのピアスをつけていた。

ピートは少女が持ってきた服を受け取ると、モジモジしているリュカに向かって言った。

「こいつはキャデラ。隣の館に住んでる俺たちの仲間だ。あんたの服を調達してきてくれた」

「そ、そうなの？　どうもありがとう」

住む場所は分けているが、ハイエナの孤児たちは男女協力して生活しているらしい。金を稼いだり危険な仕事をしたり仲間を守るのは男の役目で、子供の面倒を見たり衣食などを賄ったりするのが女の役目だそうだ。

「この子が拾ってきた子？　イヌ族？　可愛い顔してるけど男の子なんだね」

キャデラは好奇心旺盛な表情でリュカを眺めた。年は十四歳だそうだ。しっかり者っぽい印象だが、年相応のあどけなさも感じられる。

裸のまま彼女に見つめ続けられるのも恥ずかしいので、リュカはさっそくもらった服を着ようとする。破れたシャツの代わりだけでなく、新しい脚衣と靴も持ってきてくれたようだ。さすがに女の子の前でパンツ一丁になるのをためらっていると、察したピートがロイとキャデラを連れて一旦外に出てくれた。……しかし。

「え。なんかこれ……」

部屋にあった姿見に全身を映して見るが、新しい服を着たリュカはさっきよりさらに女に見える。その原因は主にこのショートパンツのせいだろう。太腿《もも》が丸出しで尻の形がよくわかるピッチリしたショートパンツは、間違いなく女物だ。シャツは木綿でできた普通の開襟シャツだが、オーバーサイズなので裾を出して上からベルトを締めている。靴は編み上げの軽いサンダルだった。

部屋に戻ってきたピートとロイは、さっきより可愛くなってしまったリュカを見て目を丸くする。

「よかった。サイズぴったり」

キャデラだけがそう言って満足そうにしている。

「おい、これ女物じゃねーのか？」

「だって綺麗でサイズ合いそうなの、これしかなかったんだもん。それともチビたちのお下がりのほうがいい？　トマトスープのシミが取れなかったやつだけど」

ピートとキャデラの会話を聞いて、リュカはなるほどと納得した。ここはスラムで、この屋敷は十八歳のピートを最年長とした子供の集まりだ。突然やって来た客人の服を新しく買ってくる余裕などない。キャデラは仲間たちの服の中からなるべく綺麗でサイズの合うものを探して持ってきてくれたのだ。……それがたまたま女物だっただけで。

「女物でもいいよ。すごく助かった、どうもありがとう」

贅沢など言えない、彼女たちの厚意に心から感謝して礼を告げた。

「まあ、あんたがいいならいいけどよ。似合ってるしな」

ピートはそう言ってリュカの頭をポンポンと軽く撫《な》でた。嬉しくてリュカはなんとなくはにかんでしまう。ロイは感心したように「そんじょそこらの女より可愛いな、マジで」と呟《つぶや》いていた。

「さ、メシにしよーぜ。食堂まで歩けるか？　無理そうならおぶってやるけど」

「あはは、もう大丈夫だよ」

おんぶこそしなかったが、リュカはピートに手を引いてもらって食堂まで歩いた。彼の優しさと距離の近さが、やはり嬉しくなってしまう。

食堂では他の仲間たちが揃っていた。ショートパンツ姿のリュカにナウスも目を丸くしたが、初対面の年少の子供たちは完全にリュカを少女だと思ったようで不思議がっている。

「なんでこっちにいるの？　隣の館のほうじゃないの？」

「いや、俺、男だから……」

キャデラが用意してくれた食事はパンと僅かな肉とスープだけの質素なものだったが、ハイエナの仲間たちと囲むテーブルは楽しかった。前世のぼっち体験を覚えているリュカにとって、みんなで一緒に食べる食事ほどおいしいものはない。

思わずニコニコしてしまったリュカに、ハイエナの仲間たちも警戒心がなくなったようだ。食事が終わる頃には随分と打ち解けていた。

「ご馳走様でした。俺、みんなの洗い物するね！」

椅子からピョコンと降りて空いた食器を持っていこうとするリュカに、ピートが苦笑して手を止める。

「治療したとはいえ、あんた怪我人なんだぞ。いいからおとなしく寝てな」

そう言われても、リュカはお礼がしたかった。数時間前までボロボロのクタクタでお先真っ暗だったのに、今はお腹もいっぱいでこんなに楽しいのだ。この感謝を伝えるには言葉だけでは足りない。できることなら屋敷中の掃除だって洗濯だって担いたいほどだ。

「大丈夫だよ、ピートが薬を塗ってくれたからもう元気だよ」

「そんな訳あるか。あれ、ただの毒消しだぞ」

「そこはほら、心の持ちようっていうか」

リュカとしてはピートが労わってくれただけで、十分回復した気がする。それほど嬉しかったのだが、この世界の彼は恋人ではないので伝えられないのがもどかしい。

ピートはククッと笑うと、「いいから任せな」とリュカの手から重ねられた食器を取り上げた。そしてもう片方の手でリュカの頬を撫《な》でて言う。

「あんたおもしれーな、リュカ」

名を呼ぶ声に、優しくて大きな手に、胸が心地よく高鳴る。それはもとの世界でピートに感じたのと同じときめきだった。


リュカの怪我がすっかりよくなったのは二日後のこと。全快したリュカは張りきって屋敷の家事や雑用を引き受けた。とはいえ、転生してからはずっとお坊ちゃん育ちで家事などやったことがないのだが、キャデラに教わりながら四苦八苦しつつも楽しく習得していった。

明るいリュカに年少の仲間たちはすっかり懐いている。リュカは十三、四歳くらいだと思われているようで、十三歳のイカロスは同い年のよしみを勝手に感じているっぽい。

仲間たちと過ごすうちに、リュカはこの世界のことがだんだんわかってきた。

やはり今は大陸歴三〇三〇年で、月は七月。もとの世界でリュカが当主になった年で、勇者を召喚した月だ。魔王が出没して世界にモンスターが溢れているのも同じ。もちろん四代公爵家が存在し、不和はなく協力して魔物から人々を守っていた。

レイナルド家の当主は、なんと叔母のサーサが務めているらしい。リュカ・ド・レイナルドのいない世界では本家の跡取りがおらず、傍家の彼女に当主の座が回ってきたのだろう。

『私では力不足でリュカ様の代わりは務まりません』と口癖のように言っていた彼女は、この世界でもあまり当主として有能ではないらしい。けれど善良であることには変わりなく、大臣や側近たちの協力を得て、どうにかこうにか領地と領民を守っているようだ。その話を聞いて、リュカは叔母を気の毒に思った。きっとこちらの世界の彼女は白髪が多いに違いない。

この世界のことを知れば知るほど、リュカは自分がいないだけの世界なんだなあと実感する。ある意味、本来の『トップオブビースト』の世界に近い。

――しかし。気になる情報がひとつあった。それはここ数日……リュカがちょうどこちらへ来た頃から、モンスターの出没が一気に減ったという情報だ。ピートやロイは不思議がっていたが、リュカは心当たりがある。おそらくデモリエルの仕業だ。

リュカのいるこの並行世界に、もとの世界のデモリエルも同じく飛ばされたに違いない。そしてリュカと違って魔力を失っていない彼は、リュカがこの世界で危ない目に遭わないようにモンスターを制御したのだ。

あくまで仮説ではあるが、そうだとすると、もとの世界へ戻れる希望が湧いてくる。雑魚《ざこ》モブのリュカだけではにっちもさっちもいかないが、魔力を保っているデモリエルがいればきっとなんとかなるに違いない。

（……でも、もしそうなら、この世界のデモリエルはどうなっちゃったんだろ。ふたりのデモリエルで仲よくやってるとか？）

考えてみたが憶測の域を出ないのでやめた。どちらにしろ、今はデモリエルと再会することが第一だ。

（早くもとの世界に帰らなくっちゃ。とにかくルーチェが心配だよ）

リュカはゲヘナ城へ置き去りになってしまったルーチェのことがずっと気がかりだった。リュカの異変で光った騎士の指輪を見たヴァンとピートがゲヘナ城へ駆けつけて、運よくルーチェを見つけてくれることを祈るしかない。

（それにしても、俺が行方不明になっちゃってもとの世界は大騒ぎだろうな。ヴァンとピートも血《ち》眼《まなこ》で俺のことを探してるに違いないよ。……本当に早く戻らなくっちゃ）

もとの世界のことを思うと気が急くばかりだ。しかし、一縷《いちる》の望みもある。この世界がもとの世界と時間がズレていることを考えると、ふたつの世界の時間は流れが同一ではない可能性も浮上してきた。もしかしたらもとの世界へ戻ったとき、一秒も経っていないかもしれない。むしろ、そうであってほしい。

微《かす》かな希望はあるが、どれもこれもあくまで仮説だ。あやふやな現状に焦りは募るが、魔法も使えないモブキャラではできることに限りがある。まずはもっとこの世界の情報を得て、デモリエルと再会できる手段を考えようと思った。

リュカが頭の中で現状を整理していると、部屋の扉がノックされイカロスが顔を出した。

「リュカ、晩メシだよ」

「え？　ピートたちまだ帰ってきてないのに？」

「今日は厄介な仕事みたいだから帰りは朝方だと思う」

窓の外ではもう月が昇り始めている。ピートとロイとナウスの年長組は昼過ぎに屋敷を出たまま帰ってきていない。リュカは座っていたベッドからピョコンと飛び降りると、イカロスのあとに続いて食堂へ向かった。

「厄介な仕事って……危ないこと？」

尋ねたリュカに、イカロスは歩きながら頭だけ振り返ると牙を覗かせて笑う。

「心配しなくても平気さ、みんな強いから。特にピートはここらじゃ負け知らずなんだ」

誇らしげにこぶしを見せながらイカロスはそう話す。リュカは（つまり喧嘩とか殴り合いとかの仕事にいったのか）と理解した。

この屋敷に一週間ほど世話になって、リュカは彼らが何をして生計を立てているのか、なんとなくわかってきた。

端的に呼ぶのなら、〝スラムのなんでも屋〟といったところだろう。用心棒、人捜し、借金の回収……は厄介ではないほうの仕事。人を痛い目に遭わせたり、抗争に加勢したり、あるいは違法な裏取引に加担するなど他言できない仕事も受けている。ぶっちゃけ、前世でいうところのやくざやチンピラに近い。

ただし彼らなりに厳守している一線があって、それは弱者を虐《しいた》げないということだった。

このスラムは腐っている。長年ザムエルとその一味が支配してきたせいで、弱者、特に子供は加虐され続けている。中でも孤児は酷く、レイナルド家から支援される彼らへの物資は九割がザムエルたちに奪われ、常に飢えている状態だ。力もなく教育も受けられない子供はまともに金を稼ぐすべもなく、体を売ったり犯罪に加担したりして日銭を得ているありさまだ。

幼い頃からそんな辛酸を散々舐めてきたピートたちは、年下の子供に自分たちと同じつらさを味わわせたくないと思っている。そして諸悪の根源であるザムエルたち一派の勢力を衰退させる意図もあって、彼らと対立しながらハイエナ以外の孤児にも救いの手を差し伸べている。

権力も人脈も学もない者が巨悪に立ち向かうのに、まっとうな手段がある訳がない。暴力、脅迫、強奪。悪には悪で立ち向かう。

ピートたちのやっていることは正しいとは言い難い。けれどスラムの人々は彼らに感謝している。子供は借金のカタに貴族の慰み者にならずに済んで、娼婦は横暴な客に殴られなくなった。老人はザムエルに奪われたなけなしの蓄えを取り戻してもらえた。スラムの弱い者たちに少しずつ笑顔を取り戻していったピートたちは、間違いなく義賊だ。

リュカはピートを尊敬すると共に、胸が苦しくなる。もとの世界のようにザムエルを断罪したくても今の自分には何もできない。リュカ・ド・レイナルドがいないせいでスラムの業にピートが立ち向かわざるを得ないのだと思うと、もどかしくて悲しくて苦しかった。

「……俺も何か手伝いたいな」

せめて少しでも今のピートの力になりたいと思ってぽつりと呟《つぶや》けば、イカロスが眉尻を下げた笑顔で一歩近づいてきた。

「リュカはそんな危ないこと考えないでいいって。女の子みたいに細いんだからさ。キャデラとご飯作ったり洗濯したりしてればいいよ」

親切で言ってくれたのだろうけど、もやし扱いされたようでリュカは思わず口をへの字に曲げる。

「そんなに細くないよ！　俺だって筋肉のちょっとやそっとあるんだからね」

そう言ってバッとシャツを捲り上げて、リュカはとても後悔した。もとの世界でももやしだったが、多少は鍛えていただけあって健康的なもやしだった。しかしこちらの世界ではヒットポイント11のクソ雑魚《ざこ》なので、貧弱さに拍車がかかっている。色白で華奢《きゃしゃ》で、ウエストなどイカロスどころかキャデラより細いかもしれない。

「……やっぱ細いや。イカロスが正しい」

リュカはしょんぼりしながらシャツを下ろした。するとイカロスはなぜだか顔を赤くして目を泳がせている。

「い、いきなりそういうことするなよ」

動揺しているイカロスを見て、リュカは初対面のときのことを思い出した。そういえば彼はリュカを女の子だと思っていて、男だと説明されてもしばらく疑っていたのだ。

(イカロスの中で俺って女の子にカテゴライズされてる？)

ものすごく複雑な気分になって、いっそここでズボンを下ろして見せようかと思ったが、食堂から「イカロスー、リュカー、お腹すいたよー」と年少の子たちの声が聞こえてきたので、リュカは理性を取り戻し食堂へ向かった。


イカロスの言った通り、ピートたちが帰ってきたのは夜が白々と明け始めた頃だった。

寝床に入ったものの、ピートたちのことが気になって眠りの浅かったリュカは、玄関の扉が開く音を聞きつけベッドから飛び起き、部屋を出て階段を駆け下りる。

「おかえりなさい、みんな」

「なんだ、起きてたのか？」

出迎えたリュカにピートは驚きつつも微笑んでくれる。嬉しくなって駆け寄ったリュカだったが、彼の右前腕に布が巻かれ血が滲《にじ》んでいるのを見つけ、一瞬で顔色を変えた。

「ピート、怪我してる……」

「ああ。大したことねーよ」

やはり喧嘩か何かの依頼だったのだろう、よく見るとロイとナウスもあちこち痣や擦り傷だらけだ。ふたりに比べてピートは殴られた痕《あと》こそないが、腕の傷……おそらく刺し傷は三人の中で一番の大怪我だった。

「俺がしくったせいで……悪い、ピート」

そう言って、耳を垂らし尻尾を丸めているのはナウスだ。詳しい事情はわからないが、ピートがナウスを庇った怪我らしい。

「気にすんな。それより午後からまた仕事だ。寝とけるうちにさっさと寝とけ」

ピートは欠伸《あくび》をしながら階段を上って自室へ行ってしまった。リュカはそのあとを追いかける。そして彼が部屋の扉を閉める寸前に滑り込んだ。

「怪我見せて。俺が包帯巻いてあげる」

「は？」

半ば強引に部屋に入ってきたリュカに、ピートは少々引いている。しかしリュカが彼をベッドに座らせて腕を掴むと、観念したように「はいはい」とされるがままになった。

巻いていた布を取ると、はっきりと刺し傷であることが窺えた。血は流れるほどではないが、まだ止まっておらず、傷口にじんわり滲《にじ》んでいる。リュカは急いで桶に水を汲んできたり、下の部屋から包帯や薬を取ってきたりした。

「傷口を拭くよ。ごめんね、痛い？」

「全然」

手当てをしながら、リュカは自分の無力さをつくづくと心の中で嘆く。

(魔法が使えたらこんな傷、一瞬で治せるのに。ううん、それ以前にピートにこんな危ない仕事させないよ)

そんな思いを噛みしめて丁寧に薬を塗って包帯を巻いたリュカは、ふとあることに気づいた。

「あれ……？　ない？」

ピートの右手の甲に、太陽のタトゥーがない。いつも皮のフィンガーレスグローブをつけていたせいで見えなかったが、今は手当てのために外している。初めてこちらの世界で彼の手の甲を見たリュカは、思わず不思議そうな顔をしてしまった。

「何がないって？」

そんなリュカを見て、ピートも不思議そうな表情を浮かべる。リュカは「ううん、なんでもない」と首を振りつつも、彼の手の甲に注目した。

（耳や舌のピアスは変わってないのに、どうしてタトゥーだけないんだろう？　リュカ・ド・レイナルドが存在することと関係してたのかな）

血管の浮き出た逞《たくま》しい手の甲には、中央にうっすらと小さな痕《あと》がある。火傷の痕《あと》だろうか、古いもののようだ。気になってリュカが撫《な》でていると、ピートが肩を揺らして小さく笑った。

「なんだよ、くすぐってーな。火傷の痕《あと》が珍しいのか？　もう五年くらい前にブタ野郎に葉巻を押しつけられた痕《あと》だ。薄くなってきたから気にしてなかったけど、やっぱダセーな。タトゥーでも入れときゃよかった」

「そうなんだ……」

ピートはあっけらかんと言うけれど、凄惨な過去が見え隠れする。どうしてかもとの世界でピートがよく太陽のタトゥーを愛おしげに見ている姿を思い出して、胸がギュッとなった。

リュカは彼の右手を両手で優しく握ると、それをそっと自分の頬にあてた。大きな手が頬を包むぬくもりが恋しい。リュカの突然の行動にピートは目を丸くしている。しかし手を引くことはなく、そのまま頬を優しく撫《な》でてくれた。

「ねえ、ピート。きみたちの仕事を俺にも手伝わせてよ。力になりたいんだ」

もとの世界に戻るためにリュカがするべきなのは、デモリエルを捜すことだ。しかし今の状態では情報を収集することすら難しい。ならばしばらくここに腰を据え、ピートたちに協力してもらいながら手がかりを掴むのが最善だと考えていた。もちろん自分にできることで食い扶持を稼ぎ、彼らへの恩も返すつもりでいる。

けれど今はそれだけでなく、ピートのそばにいたいという想いが溢れていた。目の前の彼は恋人のピートではない、そうわかっていても放っておけない。恋しくて愛しくて、共に苦楽を分かち合いたいと思う。——いつかもとの世界へ帰るその日まで。

リュカの申し出に、ピートは眉尻を下げて苦笑を零す。

「無茶言うな、ガキの遊びじゃねーんだ。ここに置いてほしいから仕事するっていうなら、俺じゃなくイカロスやキャデラを手伝ってやれ。チビの面倒見たり、メシや洗濯の手伝いならリュカでもできんだろ」

そう言いながらピートはリュカの頬をフニフニと撫《な》でてくれる。その距離の近さは嬉しいが、伝わらない気持ちがもどかしい。

「それもするけど！　でも俺はピートの力になりたいんだ。そばにいたいし、きみを守りたい」

リュカの大きな瞳がまっすぐにピートを映す。頬を包む大きな手に、微《かす》かに力がこもった。

「それに俺、本当に子供じゃないから！　あ、あと体術と短剣術なら使えるかも！　多分！」

言いながらリュカはハッとした。腕力は遥かに落ちてしまっているが、記憶はあるのだから体術と短剣術の理屈はわかる。記憶を頼りに動けば、そこそこなんとかなるのではないだろうか。

するとジッとリュカを見つめ返していたピートが、ブハッと噴き出して笑った。

「多分ってなんだよ、多分って。っつーかまだ子供じゃないって言い張るのかよ。あんた本当におもしれーな」

「だって本当だもん」

リュカが頬を膨らませると、それを両手で揉《も》まれてしまった。ピートはリュカの頬を捏ねながら満面の笑みを浮かべる。

「かわいーな、リュカは」

そして手を離し、口角を上げて牙を覗かせた。

「そこまで言うなら考えてやるよ。とりあえず、そのご自慢の体術と短剣術を見せてもらってからな」

窓の外では太陽が昇り、まばゆい朝の光が部屋に降り注ぐ。生まれたての日の光の中で微笑むリュカの笑顔は温かくて、彼自身が暁の太陽のようだとピートは刹那《せつな》思った。


その日の午後。仕事へ出かける前に、ピートは庭でさっそくリュカの体術と短剣術の腕前を見てくれた。……しかし。

「わぁああっ！」

「はい、また俺の勝ち～。これが実戦だったら三回は死んでたぞ、おチビ」

体術の相手になってくれたロイに、リュカは何度挑んでも勝てない。やはり、もとの世界より遥かに劣る腕力や瞬発力では話にならなかった。地面に押さえつけられたリュカは、ロイの腕の下でジタバタともがく。

「ああ、もう！　今度こそ勝てると思ったのにぃ！」

「おチビはツメが甘いんだよ。訓練だと思って手加減してるだろ。もっと殺す気でやらねーと、あんたみたいなチビは一生俺に勝てねえよ？」

勝ち汚さがないという指摘は、もとの世界でもピートに言われたことだ。リュカは反省するが、やはり仲間相手には金的や目潰しなど練習でもできない。

「動き方は頭に入ってるみてーだけど、ウエイトが軽すぎるし、リュカには体術は向いてねーな」

腕を組んで見ていたピートはリュカの体術をそう評した。これでは一緒に仕事へ連れていってもらえないかと思い、リュカは耳をぺしゃっとさせる。ところが。

「短剣術のほうがまだ見込みはあるな。もうちょい訓練して実戦で使えるようになったら、現場に出してやるよ」

「本当!?」

リュカは喜んで勢いよく身を起こす。その拍子に体を押さえていたロイの顎《あご》に頭をぶつけ、ふたり揃って悶絶《もんぜつ》したが、涙目のまま笑顔になった。

体術の前にナウス相手に披露した短剣術も、やはりお粗末な腕前だった。しかし小柄さを活かした型は、心身共に軟弱な体術よりはマシだったのだろう。

「ありがとう！　俺頑張って一日も早くピートの役に立つね！」

張りきって駆け寄ると、ピートは苦笑しながら土埃《つちぼこり》だらけのリュカの服を手で払い、ついでに訓練で乱れてしまったシャツの襟元を直してくれた。

「あ、ありがと……」

「俺より年上なんだっけ？　まったく手がかかるな、ちっちぇえお兄ちゃんは」

ケラケラと笑いながら言われたそれは、どこか懐かしく聞こえる。『五歳児のお兄ちゃん』、それとも――『ちっちぇえセンパイ』

（……なんだ、今の？『ちっちぇえセンパイ』って……前世の記憶？　でもピートの声だったような）

一瞬頭によぎった覚えのない記憶に、リュカは目を見開く。突然呆けたように固まってしまったリュカに、ピートが「おい、どした？」と目の前で手を振った。

「あ、なんでもない」

リュカが我に返ると共に、おぼろげな記憶は霧散した。いつのなんのことだったのか、思い出そうとしても、もう振り返ることもできない。

「とりあえず明日からロイとナウスに稽古つけてもらえ。俺も腕が治ったら相手してやるから」

「うん。よろしくお願いします！」

記憶のことは少し引っかかったが、思い出せないのだからもうどうでもいい。それより早く短剣術の腕を上げて、仕事についていけるようになることのほうが大事だ。

「そうだ。ちょっと来な」

屋敷の中へ戻ったピートはそのまま仕事に行くかと思いきや、リュカを自室へと連れていった。そしてチェストの中をゴソゴソと探ると、一本の黒い皮ベルトを持ってきた。

「脚貸しな。あんた右利きだから右脚な」

「う、うん?」

言われた通りに片脚を前に出すと、ピートは跪《ひざまず》きリュカの右腿《もも》にベルトを巻いてくれた。そしてそこに鞘《さや》付きの短剣を収める。

「やるよ、短剣用の剣帯だ」

「わ……カッコいい!」

リュカの白くしなやかな太腿《もも》に、細い剣帯はよく映えた。まるで前世の映画で見た女スパイの隠し武器みたいだと思う。

「どうもありがとう!」

嬉しくて尻尾をパタパタ動かすリュカだったが、ピートは顎《あご》に手をあてて眉根を寄せている。

「……ちょっとエロすぎるな」

「えっ」

こちらの世界のピートにエロさを評されたのは初めてだ。嬉しいような気恥ずかしいような気持ちになり、リュカはどうしていいかわからなくなる。

「そーいうこと言わないの!」

赤くなった顔で照れ隠しにポカポカとピートを叩けば、「ははっ」と笑われたうえに手首を掴まれてしまった。

「じょーだんだよ。俺はガキには欲情しねーよ」

「……俺、子供じゃないけど」

「本当のこと言え」

「二十三歳」

「ウソつきのマセガキ」

手首を掴んだまま、ピートの顔が近づいてくる。リュカが目を閉じると唇が重ねられた。唇と同時に押しつけられる舌、艶めかしい感触、強く押しあてられると微《かす》かにあたる牙。そのすべてがあまりにも馴染み深い。

（……ピートのキスだ）

もとの世界とまったく違う関係を紡いだのに、こうなることが自然……いや、必然に感じた。彼といつもしていたキスのように歯列を開いて舌を招き入れると、小さな口腔をくすぐるようにねぶられた。

（ピートの舌ピアス、気持ちいい……）

舌を絡め合い、リュカはうっとりとした表情を浮かべる。唇を離した彼の瞳に、恍惚《こうこつ》としている自分の顔が映った。

「エロいキスしやがって……。信じてやるよ、二十三歳のちっちぇえお兄ちゃん」

舌なめずりをするピートの瞳に情欲の火が灯っているのを見て、リュカは尻尾の付け根をゾクゾクさせた。下半身が疼き、熱くなってくる。

再びされた口づけは、さっきより激しかった。ピートはキスをしながらリュカの小さな体を抱きしめ、そのまま抱え上げる。ベッドへ運ぼうとしたそのとき、ノックの音とロイの声が聞こえた。

「ピート？　ぼちぼち行こうぜ」

ピートは扉を振り返り「チッ」と舌打ちすると、リュカをそのまま床に下ろした。そして髪を掻き上げ息を吐き出す。

「ちょっと仕事行ってくるわ。続きはまた今度な」

少し冷静さを取り戻したリュカは「うん」と頷《うなず》きながら、赤くなった頬を押さえる。雰囲気で盛り上がってしまったが、今はまだ昼。しかも屋敷にはロイたちだけでなく年少組の子供もいるのだ。もう少しわきまえるべきだったと反省する。

「気をつけて行ってきてね……」

上目遣いではにかんで言えば、ピートはリュカの耳と髪を撫《な》でながら額にキスを落とした。

「あんた、とんでもねえ魔性の男だな」

牙を覗かせた苦笑を浮かべ、ピートは手を振って部屋から出ていった。ひとりになったリュカはベッドに腰かけ、そのまま仰向けに寝そべる。

（キスしちゃった。こっちの世界のピートと）

振り返ってみれば、自分が誘ったも同然だったと思い、リュカは再び赤面する。けれど不思議と自責の念はない。最初はもとの世界のピートと別人だと思っていたけど、そうではない気がする。どの世界線であってもピートはピートだ。姿形はもちろん、性格も心も。違うのは出会いの形と記憶だけ。

どの次元、どの世界だろうとピートがいてリュカがいるのなら、惹かれ合い、結ばれるのが必然だと思うのは傲慢だろうか。けれどリュカは感じるのだ、手繰り寄せられるような運命を。

（これって赤い糸ってやつじゃない？）

そんなことを考え、さすがにそれはちょっと乙女チックだなと恥ずかしくなった。そしてゴロンと寝返りを打って胸いっぱいにピートのベッドの香りを吸い込む。心も体も疼くような匂いに胸ときめかせながら、（……赤い糸なら、きっとヴァンにも出会う）とそんな予感を覚えた。

昼食のあと、リュカはイカロスと一緒に買い物に出かけた。町を歩くとスラムの荒廃ぶりを肌で感じる。大人も子供も身なりは貧しく、特に子供は痩せこけている者が多い。道端では物乞いが蹲《うずくま》り、昼間から酔っ払いが喧嘩をしていた。

（酷い有様だ……。もとの世界でザムエルを取り締まったときは、ここまで酷くなかったはず。ザムエルが捕まらなかった世界では、あれからさらに状況が悪化してこんなことになったんだろうな）

パンの入った袋を抱えたリュカが神妙な面持ちで町の様子を眺めていると、リンゴの袋を抱えて隣を歩くイカロスが何かを察したように口を開いた。

「……これでもピートたちが頑張ってくれたおかげで少しマシになったんだよ」

イカロスを振り返ると、彼は自分の生まれ故郷を恥じるような複雑な笑みを浮かべていた。

「三年くらい前はもっと酷かったんだ。子供も女も青痣だらけでさ。貴族が気まぐれに殴ってくるんだよ、地獄みたいな町だった」

昔のこととはいえ、あまりに凄惨な状況にリュカは唇を噛みしめる。

「レイナルド家は何をしていたの？　当主様は何もしてくれなかったの？」

今はモブだが、それでもリュカはレイナルド領の秩序が乱れていることが耐えられない。するとイカロスは肩を竦《すく》めてあきらめたように言った。

「当主様は忙しいんだ。モンスターが出現してからその対応に追われてる。サーサ様も、前の当主のグレゴール様も」

「それはそうだけど、でも……」

「支援を続けてくれてるだけマシさ。まあほとんどザムエルに取られちゃうけど」

レイナルド家からの救いをあきらめてしまっているイカロスの言葉が悲しい。リュカが唇を引き結んで黙ってしまうと、気遣ってくれたのか、イカロスは明るい声を出した。

「大丈夫だよ、この町はきっとよくなる！　そのためにピートたちが頑張ってくれてるんだ」

リュカを励ますために言ったのだろうが、彼の瞳は輝いていた。偽りなく、希望を信じている目だ。

「ピートはすごいんだ。普通はみんな大きくなると逃げるようにこの町を出てっちゃうんだけど、ピートは仲間のためにずっとこの場所で戦い続けてくれてる。ピートは頭もいいし強いから首都に行けばいくらでもいい仕事に就けるのに……。でもおかげで僕もチビたちも飢えないで済んでる。この恩は忘れない。強くて優しくてカッコいいピートは僕の憧れだよ」

熱く語る口調からは、イカロスが心の底からピートを慕っていることが伝わってきた。心酔にも近い。リュカはもとの世界の白銀魔女団のことを思い出していた。

(やっぱりどの世界でもピートの求心力はすごいんだな。団長として多種多様な種族が所属する白銀魔女団を纏めあげてるだけのことはあるや。前世でいうカリスマってやつかも)

つくづくとそんなことを思いながら、リュカは相槌を打つ。

「俺もそう思う。ピートはすごくカッコいいよ」

しかし同意してもらったのに、イカロスの表情はちょっとだけ複雑そうだ。

「リュカは……その、ピートのこと好きなの？」

「え？」

モゴモゴと尋ねるイカロスの視線は、リュカの太腿《もも》に注がれている。正確には太腿《もも》に巻かれている剣帯に。

「ピートは随分とリュカを気に入ってるみたいだし、リュカも……仲がいいなあって思って」

どうして彼がそんなことを気にするのかわからないリュカは、小首を傾げながら素直に答える。

「うん？　ピートのことは大好きだよ」

「……そっか」

イカロスは肩を落とすと溜息を吐き出した。さっきまで意気揚々《いきようよう》と喋っていたのに突然元気を失くしてしまい、リュカは困惑する。

「何？　俺、変なこと言った？」

「ううん、何も。……その袋、持ってあげる」

「え？　いいよ、イカロスがふたつ持つことになっちゃうじゃん」

「いいんだ、貸して。僕はまだこれくらいしかできないから」

リュカの手から紙袋を奪って、イカロスはサッサと歩いていってしまった。その背を見つめて首を傾げるリュカは、少年の想いとプライドに気づかない。


その日、ピートたちが帰宅したのは日付が変わる少し前だった。玄関の扉が開いた音を聞きつけてすぐさま二階から降りてきたリュカだったが、屋敷に入ってきたのはロイとナウスだけだった。

「おかえりなさい。……ピートは？」

「裏の水場で体洗ってるよ。ってか、おチビはピートが好きだなあ」

ロイは笑いながら答えて、リュカの頭をグシャグシャと撫《な》でた。リュカは照れ笑いを浮かべて「ありがとっ」と礼を言うと、すぐに玄関を出て屋敷の裏へ走っていった。

もとは廃屋だったこの屋敷に、当然風呂はない。体を綺麗にするには裏庭にある井戸で水浴びをするか、冬は水を汲んで湯を沸かして体を拭くしかない。

建物をぐるりと回って裏手へ行くと、バシャバシャと水の跳ねる音がした。井戸の前では腰に布を巻いた裸のピートが頭から水を浴びている。久々に彼の肌を見た気がして、リュカはドキリとした。

「なんだ、起きてたのか」

リュカに気づいたピートが濡れた前髪を掻き上げる。顔や体に伝う水の雫《しずく》が月明かりにキラキラ光って美しい。水も滴るいい男とはまさにこのことだとリュカは思った。

「おかえりなさい、ピート。お疲れ様」

駆け寄ると、ピートは嬉しそうに目を細め「ただいま」とリュカの頭を撫《な》でてくれた。

「もうすぐ終わるから屋敷入ってろ。ここにいると濡れちまうぞ」

そう言われたが、リュカは首を横に振るとシャツのボタンを外し始める。

「俺も水浴びする。いいでしょ？」

ピートは目を丸くしたがすぐに口角を持ち上げて笑うと、「あんた本当にエロいな」とリュカの顎《あご》をすくってキスをした。

「んっ、ん……、あ……」

もつれ合いながらキスを繰り返し、ピートはリュカの服を脱がせていく。水に濡れた肌は冷たかったが抱き合っているうちに熱が伝わり、たちまち火照ってきた。

（ピートの体だ……）

裸で抱き合ったときの感触は、やっぱり恋人のそれと同じだった。筋肉の厚みも、腰のタトゥーも、二の腕と腰にある傷痕《あと》も変わりない。

「あんた、ちっせーな」

立ったままでは体勢が悪いのか、ピートは井戸の縁に腰かけると向かい合わせにリュカを自分の腿《もも》の上に座らせた。身長差が縮んだおかげで、首筋や鎖骨にもキスができる。

「は……ぁ」

熱く嘆息しながら、リュカは少し違和感を覚えた。乳首を指で擦られたときの感覚がなんとなくいつもと違う。

そんなことを思っていると、尻を撫《な》でていたピートが「あ」と小さく声を上げた。

「どうかした？」

尋ねたリュカにピートは答える代わりにチュッとキスをすると、手近にあった小石を拾って屋敷の二階の窓に向かって投げた。「え？」と驚いて見ていると、小石のぶつかった窓が開き、なんとロイが顔を出す。

「え⁉　え⁉」

リュカは動揺し慌ててピートの脚の上から降りようとしたが、片手でガッシリ腰を掴まれていて逃げられない。そんなリュカの困惑に構わず、ピートは平然とロイに向かって言う。

「おい、ローション取ってくれ」

ロイはすっぽんぽんのリュカに気づき眉を跳ね上げて「マジかよ」と呟《つぶや》いたけれど、すぐに部屋から小瓶を取ってくるとそれを二階の窓から投げ渡した。

「サンキュー」

ピートが瓶をキャッチしたのを見て、ロイは窓を閉めて部屋の奥に引っ込んでいく。一連の流れにリュカは頭が追いつかず、心臓をバクバクさせたままピートにしがみついていた。

「ロ、ロイに見られちゃった……」

「気にすんな」

平然と言いながらピートは小瓶の蓋を開けると、中の液体を手のひらに零す。透明でヌルヌルしているそれは、まるでスライムを水で薄めたみたいだ。液体を指に纏わせ、ピートはリュカの尻の窄《すぼ》まりを弄る。クルクルと円を描いたり軽く揉《も》んだりしながら、浅く指をうずめた。そのとき再び違和感に襲われ、リュカはその正体に気づく。

（もしかして俺……処女？）

指を挿入したピートも、同じことに気づいたようだった。

「硬いな。あんたまさか初めてか？」

「そ、そうみたい……」

どうやらこの世界のリュカは清い体のようだ。乳首を触られてもくすぐったいだけだったのは、まだ未開発だからか。

「は？　やたら積極的に来るから、てっきり慣れてんのかと思ったぜ」

ピートは少し呆れたように眉根を寄せていた。この想定外にはリュカも苦笑するしかない。

「初めてならベッド行くか？　てか、やめといたっていいけどよ」

頬を撫《な》でながらピートはそう気遣ってくれたが、リュカは彼の首にぎゅうっと腕を回した。

「やだ、やめないで。このままでいいよ。俺、ピートに抱かれたい」

場所なんてどこでもいい、多少痛くたって構わない。今はただピートの熱が恋しかった。

「……あんた、そんなに俺のことが好きなのか？」

尋ねながら背中を撫《な》でてくれる大きな手が愛しい。ピートの手はいつだってリュカにとろけそうな幸福とときめきをくれる。それなのに、今はまだためらいが感じられることが、もどかしくて少し切ない。

「うん、大好き。愛してる。ピートは？」

一瞬も迷うことなく『愛してる』と告げた刹那《せつな》、背を撫《な》でる手が止まった。そして大きな手は小さな体を強く抱きしめる。

「……あんた変なヤツだな。出会ったばっかのチンピラに『愛してる』なんて馬鹿だ。馬鹿だしエロいし、ちっちゃくて何考えてんだかわかんねーし……なのに最高にあんた可愛いよ。こっちまで惚れちまいそうだ」

「うん。俺のこと好きになってよ」

言いながら、リュカは少しだけ後悔した。この関係は永遠ではない、遠くない未来に必ず別れが来る。リュカはピートを置いて自分の世界へ帰らなくてはいけないのだから。彼に情を持たせるのは酷だと反省した。

「やっぱ嘘。俺のこと好きにならなくていいから抱いて。俺は片思いがいいや」

奇妙なことを言いだしたリュカに、ピートはキョトンとしたあと笑いだす。そして愉快そうに肩を揺らしたまま顔中にキスの雨を降らせた。

「変なヤツ」

ピートの手がリュカの白い背を、黄金色の尻尾を、小さな尻を撫《な》でる。その感触に幸福の吐息を零していると、指が再び尻の窄《すぼ》まりに入ってきた。

「初めてなら念入りにほぐさねーとな」

「んっ……うん」

ピートは指を器用に動かして狭い入口を引き延ばしていく。うぶな体にはまだ快感はないが、彼が触ってくれていると思うだけでリュカの陰茎は勃ち上がっていった。ピートも興奮しているのか首をもたげてきた肉竿を、向かい合っているリュカのソレと擦り合わせる。

「あ、気持ちいい……っ」

ローションと先走りの露のせいで、ふたりの竿が擦れて動くたびヌチャヌチャと音がする。ピートは自身の先端でリュカの感じるくびれの部分を集中的に擦る。それに合わせて孔《あな》に入れた指を深く沈め、中のコリコリする一点を撫《な》でた。

「あぁッ、そこ……っ」

リュカが細い首を仰け反らせる。未経験の体であっても快感を呼び起こす場所は変わらない。

ピートはそこを的確に攻める。

「気持ちいい……気持ちいいよぉ、ピート……ッ」

「いいツラになってきたな」

前と後ろのいいところを弄られ、リュカの体がとろけていく。キスをされながら指を二本に増やされたが、痛みもなくすんなり受け入れられた。

「あ、あ……出ちゃいそう……」

「いいぜ、イッとけ」

「ん、ぅ……ッ、あ……っ！」

リュカがしなやかな腰を震わせ射精したときには、孔《あな》はだいぶほぐれていた。うぶで小さな穴は、狭いながらも必死に広がって、ピートの指をキュッと掴まえている。

「大丈夫そうか？」

指を引き抜きながら聞かれ、リュカはハァハァと息を乱して頷《うなず》く。ピートはリュカを雄茎の上に跨《また》がらせると、手を添えてゆっくり腰を落とさせた。そそり立った大きな肉塊の先端が柔らかくなった孔《あな》を開いていき、少しずつ埋まっていく。

「あ……あ、入ってくる、ぅ……」

「ん……、力抜け」

愛するピートとひとつになっていく悦びに、体中の細胞が戦慄《わなな》いているみたいだ。やっぱりどの世界線であっても彼と愛し合うことは間違っていないと、魂で感じる。

「ピート、好き。好き」

初めて異物を受け入れる圧迫感に汗を滲《にじ》ませながら、リュカは彼の体にしがみついて口づけを求めた。呼吸もできないほど互いの口腔をねぶり合い、ピートは徐々に腰を揺すっていく。

「ん、あっ、あぁッ……あんッ」

「なんだこれ……あんたの中すげえ気持ちいい」

目の前の建物では仲間たちが寝ているのだからリュカは声を抑えようとしたが、夢のような幸福の前では理性が崩れ去ってしまう。ピートがキスをして嬌声を呑み込んでくれたが、時々は上ずった甘ったるい声が裏庭に響いてしまった。

「駄目だ、もたねえ」

リュカの体を痛いほど抱きしめて、ピートは精を放った。さすがに初体験ではリュカはお尻だけでイケなかったけれど、お腹の中にピートの熱い奔流を感じて背をブルリと震わせた。

肩で息をし、ピートはリュカに口づける。そして互いに汗まみれの頬を擦り寄せ、再び固く抱きしめた。

「こんなに相性のいい体、初めてだ。あんた本当にとんでもねえ魔性の男だな」

「何それ、やめてよぉ」

変な称号をもらってしまい、リュカは苦笑を浮かべる。そして尻に彼のモノを咥えたまま、厚い胸板に凭《もた》れかかった。

「魔性とかそんなんじゃないよ。俺はピートのことが大好きなだけなんだ」

「無自覚かよ、おっかねえ」

そう笑ってピートはリュカの頭を撫《な》でると、やがて再び腰を揺すりだす。裏庭から甘い啼き声がやんだのは、月が傾き始めた夜半のことだった。

翌朝。リュカは目覚めと共に懐かしいお尻の違和感を覚えた。

（もとの世界でも、初めてのときはしばらくお尻が変だったっけ）

そんなことを思い出しながら朝の支度《したく》を済ませ食堂へ降りると、すでに起きていたピートとロイとナウスがコーヒーを飲みながら喋っていた。

「ガキには手ぇ出すの禁止って言ってたクセに。ずりーよ、ピート」

「ガキじゃねえよ。あんなエロい体がガキであってたまるか」

「まあ確かに変な色気があるけどよ、でも、どう見てもイカロスと同い年くらいだろ」

そんな会話が聞こえ、リュカはぶわっと汗が噴き出した。もとの世界ではリュカが当主という立場もあってピートとの関係は秘めたものだったが、ここでは明け透けらしい。というか、ロイには見られてしまったので隠しようもないのだが。

なんにせよ、このままではピートが子供に手を出したと責められてしまうので、その誤解を解こうとリュカは勇気を出して食堂へ入っていった。

「お、俺は大人だからね！　フェネックギツネは成長しても小さくて子供っぽい見た目なんだ。だから誤解しないで、俺は二十三歳だからね」

話題の渦中の人物が突然やって来て、喋っていた三人はリュカに注目する。「よ、おはよう」と目を和らげてくれたのはピートだけだった。

「おはよう」

リュカは小走りで彼のもとに向かい、ちゃっかり隣の椅子に座る。ロイとナウスは顔を見合わせ、「ふーん」と納得したような、そうでないような表情を浮かべた。

「体は大丈夫か？」

「うん、平気」

ピートとそんな会話を交わしていると、ロイが強引に間に割って入り、笑顔で自分を指さしながらリュカに言った。

「なあ、おチビ。マジで二十三歳ならさ、俺ともヤろーぜ。俺、男もイケるから」

「……はぁっ!?」

驚いて目をまん丸くすれば、さらにナウスが割って入ってきた。

「なんだよ、だったら俺にもヤらせろよ」

「ナウスはノンケだろ、入ってくんな」

「そうだけど、リュカなら余裕でイケるし」

これくらいの年齢は性に興味津々とはいえ、あまりにもあけっぴろげだ。これがスラムの日常なのかとリュカが慄《おのの》いたとき、ピートが椅子に座ったままロイとナウスの尻を蹴った。

「やめろ、朝からうっとーしい」

しかし蹴られた尻を撫《な》でながらも、ロイとナウスは不満そうだ。

「独り占めすんなよ。狩った獲物は分け合うのがハイエナだろ」

「そうだそうだ。俺だってずっとリュカとヤりたかったのに、ガキだと思って我慢してたんだぜ。

それなのにルールを作ったピートが真っ先に破りやがってずりーよ」

「ガキじゃねえって言ってんだろ」

自分の尻を狙ってぎゃあぎゃあと言い合う三人に、リュカはビビりながらも間に割って入るとピートの手を握って言った。

「ロイともナウスともヤらないよ！　俺はピートのことが好きだから抱いてもらったの！　俺は愛してる人としかヤらない！」

この屋敷に来て数日しか経っていないのにピートとセックスしたリュカは、彼らの目には尻軽な好きモノにしか見えなかったのだろう。けど、当然リュカとしてはそうではない。もとの世界でずっと紡いできた恋心をこちらの世界のピートにも感じ、ごく自然に結ばれただけだ。

リュカの宣言に三人は目を丸くしていたが、ピートはリュカの腕を引いて抱きすくめるとロイたちを見据えながら口角を上げた。

「そーいうことだ。リュカは獲物じゃねえ、俺のもんだ。てめーら手ぇ出すなよ」

さすがに群れのリーダーであるピートの真剣な命令には逆らえず、ロイもナウスも「ちぇっ」と唇を尖《とが》らせてリュカから離れる。リュカは彼が自分を独占したことが嬉しくて、口角が上がりそうになるのを必死で抑えた。

そんなことをしていると、朝食の準備にきたキャデラが「おはよ」と食堂に入ってきた。その場にいたみんなは挨拶《あいさつ》を返し、ピートが銅貨の入った袋をキャデラに投げ渡す。

「今週の食費だ。よろしく頼む」

「あれ、なんかいつもより多くない？」

中身を確かめたキャデラが目をしばたたかせると、ピートは驚くべきことを言った。

「モンスターが塞いでたワレンガ領の街道が勇者サマたちのおかげで復活したからな。おかげで隊商の護衛の仕事が増えたんだ。商人は金払いがいいから助かるぜ」

（……勇者⁉）

リュカは大きな耳をピンと立てる。もとの世界では偽物しかいなかったので存在をすっかり忘れていた、盲点だった。

（そうか、この世界には勇者パーティーがいるんだ。……もしかしたら、彼らならデモリエルについて何か知ってるんじゃないかな）

世界中を旅してゲヘナへ向かっている勇者たちなら、様々な情報を持っているだろう。それにもとの世界のデモリエルもゲヘナにいるかもしれない。彼らについていけばデモリエルに再会できる可能性はグッと上がるのではないかと考え、リュカは大きなヒントを得た気がした。

「あのさ！　勇者様って今どこにいるのかな？　なんとか会えないかな」

「「え？」」

突拍子もないことを言いだしたリュカに、その場にいた全員が訝《いぶか》しそうな顔をする。

「俺、ちょっと捜してる人がいて……。世界中を旅してる勇者様なら何か知ってるかなって思って」

「ふーん？」

今まで素性があやふやだったリュカが初めて目的を明かしたことに、みんなは驚いているようだったが、特に怪しむことでもないと判断したのだろう、真剣に考えてくれた。

「街道を解放したのが五日前だから、まだワレンガ領にいるんじゃねーかな」

「待ってりゃそのうちレイナルド領にも来るんじゃね？　どっちにしろ、来るなら当主様んところだろうな。旅の支援も受けられるし」

「そっか……」

勇者たちが今月召喚されたばかりだということを考えると、レイナルド領に来るのはまだしばらく先になるだろう。『トップオブビースト』ではレイナルド領はゲーム後半のフィールドなのだ。せっかくいい方法を見つけたが、待ち続けるよりは別の方法を考えたほうが利口かもしれない。

「また勇者サマの情報が入ったら教えてやるよ」

肩を落としかけたがピートがそう言って頭を撫《な》でてくれたので、リュカは微笑んで「うん、ありがとう」と頷《うなず》いた。


結局当初の予定通り、リュカはハイエナの屋敷で暮らしながら情報を集めるしかなかった。

モブというのはあまりに不便だ。少なくなったとはいえ、モンスターのいる町の外には迂闊《うかつ》に出られないし、そもそも非力なリュカではスラムをひとりで歩くことさえ危険だ。こちらからはおいそれと動けないうえに、大陸には何千万という獣人がいるのに、なんの取り柄もなくなってしまったモブのリュカを果たしてデモリエルは見つけられるのだろうか。

（モブのつらさが身に沁みる……）

日々そんなことを痛感しながらも、リュカは短剣術の訓練に励んだ。ピートと一緒に仕事がしたいし、それに短剣のレベルが上がればひとりでも行動範囲を広げられるかもしれない。

そうして半月が過ぎた頃、リュカは『まあ自分の身ぐらいは守れる程度になったか』とピートのお墨付きをもらって、年長組と一緒に仕事に出ることを許された。もっとも、イカロスだけは『リュカは女の子みたいに弱そうなのに無茶だ』と反対していたけど。

「ステータス、オープン」

初めて仕事に出る日の朝、リュカは自室で久々に自分のステータスウィンドウを開いた。エレクトリックに光る枠の中に、こまごまとした数字が浮かんでいる。

「あ、ちょっと変わってる」

相変わらず全体的に数字は低いし魔法は使えないが、それでもレベルが3に上がっていた。どうやら敵を倒すだけでなく、特訓でもある程度は上がるようだ。11しかなかったヒットポイントも18に上がっていて、ルーチェを超えていた。そして職業が『モブ』から『義賊の仲間』になっていた。

ちなみにピートのステータスウィンドウもこっそり覗いてみたところ、彼のレベルは21だった。もとの世界より低いのは、騎士に比べてモンスターとの戦闘経験が少ないからだろう。それでもこの町では断トツに強いと思われるが。

「やっぱ魔法が使える気配はないや」

レベルが3になってもリュカのマジックポイントは0のままだ。これはもうレベルのせいではなく魔法が使えないキャラなのだと悟って、耳がしょんぼり垂れそうになる。しかし。

「装備……ピートの短剣」

装備欄にその文字を見つけて、リュカはパッと笑みを浮かべた。

「そっか。これ〝ピートの短剣〟っていう武器なんだ」

彼の名が自分のステータスに入っていることが、なんだか嬉しい。すっかり気分をよくしたところで階下から「おーい、そろそろ行くぞ」とピートの声が聞こえ、リュカは元気よく部屋から飛び出した。

年長組がリュカにさせる仕事は、比較的安全なものだった。探し物や届け物、聞き込みなどの情報収集がメインで、あとは年長組の補佐が多い。それでも最悪な治安の町ではリュカにちょっかいをかけようとする輩《やから》も多く、身を守るための短剣術が大いに役立った。

ハイエナ組の一員としてちょこまかと働く一方で、ピートとは毎晩のように体を重ねた。リュカの寝床はほぼ彼のベッドになってしまったくらいだ。

やがてピートはどこに行くにもリュカを連れていき、堂々と自分のものだと公言するようになった。町を歩くときは肩を抱き寄せ、酒場で飲むときには自分の脚の上に座らせる。

(秘める関係じゃないと、ピートってどこでもイチャイチャするタイプだったんだな)

意外な彼の一面を知ると共に、もとの世界ではその欲求を耐えてくれていたんだなと気づく。感慨深かったのは、彼がよく連れていってくれたカジノへ行ったときだ。もとの世界ではいつもフードを被ってウサギ族だと誤魔化していたのに、大きな耳と尻尾を出したまま堂々とピートの恋人を名乗れるのは不思議な気分だった。

「あーん、負けたぁ」

すっかりカジノの常連になったリュカがルーレットでチップをすっからかんにしていると、もとの世界でいつだったかピートに蹴られたクロヒョウの男が近づいてきて囁《ささや》いた。

「キツネちゃん、ひと晩相手してくれるならチップわけてやるぜ。どうだ？」

ロイとナウスもそうだったが、どうにもこうにもこの町の住人たちは貞操が軽すぎる。セックスは手軽な商売道具みたいな扱いだ。しかし隣に座っていたピートに案の定蹴られ、クロヒョウの男はすっ飛ばされる。

「俺のリュカに手ぇ出すな。殺すぞ」

「いってーな、冗談じゃねえか」

「冗談でもつまんねえんだよ」

「ま、まあまあ……」

どうもこいつはピートの地雷を踏みやすいようだ。ユキヒョウやカルカラのお姉さんたちがクロヒョウの男を立たせていたけど、「ピートのものに手を出すあんたが悪い」と叱られていた。

「もうひと勝負するか？」

肩を抱きながらピートが尋ねてきたので「ううん、もういい」とリュカが首を横に振れば、軽くキスをされ囁《ささや》かれる。

「帰るか。抱きたくなってきた」

「うん。俺も」

席を立ってカジノを出るまでの間にも、ピートはリュカを抱きかかえ何度もキスをする。もはや周囲の者にとっては見慣れた光景なので何も言われないが、我ながら相当なバカップルだとリュカはちょっと恥ずかしくなった。

「リュカはどうしてそんなに俺に惚れてんだ？」

何気なくピートがそんなことを聞いてきたのは、ある夜のベッドでのことだった。抱かれ終わったあとでウトウトしていたリュカは、半分夢心地のままふにゃふにゃとした口調で話す。

「どうしてって……聞くほどのことかなぁ。だってピートはうんと優しくて強くてカッコよくて……好きにならずにいられないじゃん。恋に落ちちゃったとしか言いようがない……」

夢か現《うつつ》かもわからないまま答えたが、それはリュカの本音だった。もとの世界でもし出会っていなかったとしても、きっとリュカは今のピートと恋をした。彼の魅力は言葉にすると尽きないが、最終的には〝惹かれる〟としか言いようがない。彼の逞《たくま》しくしなやかな生き様が、リュカはどうしようもなく好きなのだ。

「……そっか」

すっかり寝入ってしまったリュカの髪を撫《な》でながらピートが呟《つぶや》く。あどけない寝顔も、サラサラの髪も、寝ているのに突っつくとピクピク動く大きな耳も、すべてが愛おしいと思いながら。

モラルなど皆無の町に生まれ育ち、生きるために数えきれないほど他人と体を重ねた。殺したいほど憎い相手もいれば、それなりに情が湧いた相手もいる。けれど『愛しい』と感じた相手は、リュカだけだった。初めは懐いてくるから可愛いと思っていたのに、それだけじゃないと気づいたのはいつだったか。

猥雑な町で、リュカの存在はあまりにも綺麗すぎる。自分の無力さを受け入れたうえで仲間の助けになることをあきらめない強さ、貞操観念など皆無のスラムで一途にピートだけを愛する純粋さ、どんなに醜悪な現場を見ようとも目を逸《そ》らさず受けとめる真摯さもある。絶やさない笑顔がこの町の卑俗さに染まることはなく、ピートは何度その明るさに救われただろう。

無知でも無垢でもない、なのに決して穢れない輝きはピートの宝物だ。大切で大切で、けれども大切すぎることが少しだけ怖い。この宝物が壊れないように抱きしめて守ること以外に、自分には何ができるだろうと自問する。

「リュカ……愛してる」

ピートは眠るリュカの頭にキスを落とす。夜の町にもすっかり馴染んだというのにリュカからはいつも陽だまりのような匂いがして、温かい体は小さな太陽みたいだった。


そうしてリュカがハイエナ族の仲間として、そしてピートの恋人としてこの町で認知されるようになった頃。真夏だった季節はすっかり秋に変わっていた。

そんなときだった、スラムに感染症が流行りはじめ、イカロスにその症状が見え始めたのは。

「イカロス、大丈夫？　痛くない？」

「大丈夫だよ、まだちっとも痛くない。それにきっとピートが治してくれるから平気さ」

リュカは黒い斑点の浮いた彼の脚を撫《な》でさする。この病は進行は遅いが、手足が徐々に黒くなっていき、半年もすると壊死してしまうという恐ろしいものだ。治療には長期にわたる投薬が必要だが、当然高額になる。リュカは泣きそうになりながら、ベッドに横たわるイカロスの脚を撫《な》でてあげることしかできなかった。

（なんとかならないかな……。サーサ叔母様は町に病が蔓延してることを把握してるのかな。ああでも、もし薬の支給があったとしてもザムエルたちの手に渡っちゃって届かない可能性がある）

頭を悩ませながらリュカが一階へ降りていくと、年長組が何やら話している声が聞こえた。けれど険悪な雰囲気が感じられて、リュカは思わず身を隠し立ち聞きする。

「なんでだよ！　ガキの売春《ウリ》は駄目でも大人ならいいだろ⁉　リュカだってうちの一員なら体で稼がせろよ！　隣町の富豪のジジイが、リュカがキツネ族だって噂を聞きつけてひと晩金貨五枚で買うっつってんだ。あの容姿なら大金払うヤツは他にもいっぱいいる。そうすりゃ、イカロスの薬なんかいくらでも買えるだろ！」

涙交じりの声でそう訴えているのはナウスだ。リュカは自分の話題だったことにドキリとした。

「絶対駄目だ。あいつは売春どころか俺とヤるまで処女だったんだぞ。誰彼構わず体売れるようなヤツじゃねえんだよ」

「なんだよ、それ！　ピートが他の男にリュカを抱かせたくないだけだろ！」

ヒートアップするナウスを「落ち着けって」と宥《なだ》めたのはロイだった。しかしロイも、ピートを肯定できないでいる。

「なあピート。あんたちょっと変だぜ。あんた最近、娼館の女たちの相手してやってねーだろ。おかげで護衛の仕事も情報も回ってこねえし。あそこの女はみんなピートに惚れてんだから、飼い繋いでおかないと面倒なことになるってわかってんだろ」

「っせーな。そのうち気が向いたらヤってやるよ。それまでてめーが相手しといてやれ」

「そう言っといてどーせヤんねーんだろ。あんたリュカを抱いてから誰ともヤらなくなったもんな。今まで散々ヤリ散らかして惚れさせてきたくせに、あんたがおチビに骨抜きにされるとはな。……なあ。少し冷静になってくれよ、ピート。あんたもリュカも純愛ごっこしてる場合じゃねえだろ。俺たちゃスラムのハイエナだぜ？」

ロイの言葉に、ピートは口を噤《つぐ》んでいる。このスラムでは体を利用することは常識だ。ピートも今までそうしてきたのだろう。けれど彼は今、初めてそのことに抵抗を覚えている。そして年下の仲間の危機に、何を選択すべきか葛藤している。

「……イカロスの薬は俺が必ずなんとかする。だからリュカに体は売らせるな」

そう言い残して、ピートは裏口から出ていってしまった。残されたロイとナウスは揃って深く溜息をつく。

「マジで惚れちまってんだろうな。あんなピート初めてだ」

「ホレたハレたなんて金貨一枚にもなりゃしねえのに。ちくしょう、もう処女じゃねーんなら誰に抱かれたって同じじゃねえか」

「そう言うなよ。無理に売らせたらおチビが可哀想だ」

少しの沈黙のあと、続けてロイが神妙な口調で言葉を続けた。

「……そもそも俺たちはピートに甘えすぎだ。あの人は俺たち年下の仲間を守るためにずっと自分を犠牲にしてきたんだ。俺たちは返しきれないほどの恩を受けてる。そのピートが初めて犠牲にしたくないモノができたんだ。それを差し出せってのは……俺たちのほうが甘えすぎてるぜ、多分」

最後は苦笑交じりに言ったロイの言葉に、ナウスも苦笑いと溜息を混ぜたような声で「……だな」と答えた。

「金は俺たちでなんとかしよーぜ。たまにゃピートに頼らずカッコいいとこ見せなきゃな」

「ああ。南の金貸しにでもあたってみるか」

ふたりが椅子から立ち上がる前に、リュカは足音を立てず二階へと戻った。そして自室へ入り、ベッドにうつ伏せに倒れる。

(あれ？　俺ってもしかしてすごい役立たず？　むしろピートの足引っ張ってる？)

しばし呆然としたあと、リュカは自分の存在意義について考えた。振り返ってみれば、ひたすらピートたちに世話になりっぱなしなだけだ。多少仕事を手伝ったところで、自分の食い扶持すら稼げているか怪しい。

(いくらモブだからってあまりにも役立たずなのでは？　このままじゃ駄目だろ、俺！)

リュカは勢いよくベッドから跳ね起きると、思案しながら部屋を歩き回った。

「とにかくイカロスを助けなくっちゃ。必要なのは薬、あるいはそれを買うためのお金。俺ができることは……」

しかし力も弱くこの世界ではなんの権限もないリュカに、できることはほとんどない。結局ナウスの言う通り、体を売るくらいしか手段はないのかと泣きたくなってくる。

「……俺にある武器……。尻尾モフモフ屋さんとか駄目かな。一回金貨五枚で尻尾撫《な》でたり吸ったりとか……」

デモリエルなら大喜びで大金を払ってくれそうな商売だが、果たしてこのスラムでそれが通用するかと思うと考えあぐねる。変態に目をつけられ、尻を撫《な》で繰り回される未来しか見えない。

「あとは～……領地の管理なら得意なんだけどなあ。そういえばもとの世界では、この頃、魔物の襲撃と水害が同時に起きて大変だったっけ。サーサ叔母様、大丈夫かなあ」

三年前の出来事を思い出しながら、リュカの頭は勝手に対策のシミュレーションをする。ひとりで金を稼ぐようなミクロな問題には弱くても、領地の災害対策などのマクロな問題には強いのが、レイナルド公子として育てられてきたリュカの特性だ。

「……あ！　そうか！」

自分の特性を改めて悟った瞬間、リュカの目の前が一気に開けた。

(そうだ、俺はキツネ族で当主としての記憶も持ってるんだ。それって一番の武器じゃないか)

尻尾をピンと立てたリュカは急いで屋敷の外へ飛び出していく。そして情報屋にレイナルド領で起きている最近の出来事を聞くと、部屋に戻り自分の記憶と照らし合わせる作業に入った。


その日の夜。

「あちこちの金貸しあたってみたけど、結局銀貨三枚だ。そっちは？」

「用心棒半年の先払い二件で金貨一枚だ」

金策に駆けずり回ってきたロイとナウスは、収穫の少なさに肩を落として屋敷に帰ってきた。食堂に入り疲れた体を椅子に預け、ふたり揃って溜息をつく。その直後だった。玄関の扉が開き、神妙な面持ちのピートが食堂へ入ってきたのは。

「ピート、どこ行ってたんだ？」

ロイの問いかけに、ピートは「ちょっとな」と答え、ふたりの前に座ると潜めた声で告げた。

「明日の夜、ザムエルの屋敷に侵入して金を奪ってくる。奪った金は地下水路に隠しておくから、お前ら隙を見て取りにこい」

「な……⁉」

「は⁉」

ロイとナウスは揃って大声を出しそうになり、慌てて口を手で押さえた。

このスラムの諸悪の根源はザムエルだ。好き勝手やっている彼が町の者から報復を受けないのは、仲間の貴族と結託して大勢の荒くれ者を飼っているからである。ピートたちが手を尽くしてその牙城を崩しつつあるが、それでもこの町における圧倒的強者であることに変わりない。

弱者から奪い尽くしているザムエルの屋敷には、当然たんまりと財産がある。そして財産と己を守るために過剰なほど見張りを立て、地下に大金を隠しているというもっぱらの噂だ。

義賊であるピートたちは時に悪辣な貴族から盗むことも辞さないが、ザムエルの屋敷にだけは手を出さないという不文律がある。盗人どころかネズミ一匹通さない厳重な警備、万が一捕まれば見せしめに拷問され、殺されるのだ。さすがのスラムでもザムエルの屋敷に手を出す者はいなかった。

「何言ってんだよ、あそこは悪魔の館だぞ！　絶対に捕まるし、捕まったら命はないんだぞ！」

「ザムエルの屋敷だけは手出しするなって、最初にピートが教えてくれたことじゃんかよ！」

声を潜めながらも強く訴えるロイとナウスに、ピートは口角を上げて懐《ふところ》から一枚の紙を出す。

「屋敷の見取り図を手に入れてきた。一階の警備の数もさっき確認してきた。大丈夫だ、絶対にうまくいく。だからお前らは必ず地下水路の金を受け取ってイカロスの薬を買ってくれ」

「ピート、あんた……！」

言いかけてロイは唇を噛む。ピートはたったひとりでザムエルの屋敷に侵入するつもりだ。だから万が一のことを考え盗んだ金を隠し、ロイたちに託そうとしている。

「なら俺も行く！　ロイも行くだろ？　三人のほうがうまくいくはずだ！」

椅子から立ち上がって言ったナウスを、ピートはきつく見つめて「駄目だ」と返した。

「隠した金を取りにいくのだって危険な仕事だ。お前らにしかできねえ。それにもし俺が捕まれば、ザムエルは絶対にここにいるやつらを共犯として捕まえにくる。その前にチビと女たちを連れて逃げてくれ。……頼んだぞ。イカロスを治して、チビたちのことちゃんと守ってくれよ」

ピートは力をこめていた目を和らげ、ロイとナウスの頭をポンポンと叩く。ナウスはみるみる目に涙を溜めると「そんな……」と泣きだしてしまった。

「それから……リュカのことも頼む。あいつのこと、同じハイエナの仲間だと思って、一緒にいてやってくれ」

ピートは、唇を噛みしめて涙をこらえているロイに向かってそう言った。ロイは一度鼻をすると、潤んだ目でピートを見据えて頷《うなず》いた。

「任せとけ」

弟分のいじらしい宣言にピートが切なく目を細めたときだった。

「ちょ、ちょっと待って‼」

バタバタと大きな足音を立てながらリュカが食堂へ飛び込んできた。

「リュカ？」

勢いよく駆け込んできたリュカを、ピートが受けとめる。何か書き物をしていたのか、リュカの右手の側面にはインクの汚れがついていた。

「なんかよくわかんないけど、危ないことでお金稼いでこようとしてるならやめて！　それよりいい方法があるから！」

「は？」

唐突なことを言いだしたリュカに、ピートたちは目を丸くする。正直、話の腰を折られた感が否めない。

「言っとくけど、あんたの体は売らせねーぞ。てかあんたはおとなしくしとけ」

「違う違う、体は売らないよ！」

無力なリュカに何かをやらせようという気はサラサラないのだろう。ピートは子供を宥《なだ》めるように頭を撫《な》でてくれたが、リュカは彼の懐《ふところ》から飛び出すと三人に向かって胸を張って言った。

「俺はこれからレイナルド邸へ行きます！　そこでキツネ族の一員として認めてもらって、このスラムを改善し、病気の治療薬を無償で配給するよう手配します！」

第六章　モフモフ異世界のモブになっても

左右均等に延々と続いている高い壁。キツネの像が飾られた巨大な鉄製の門。両脇に立つ警備の騎士。そして奥に見える三階建ての大きな屋敷。

見慣れた懐かしい光景にリュカは胸が震え、しばらく動けなかった。

（レイナルド邸だぁ……。ああ、やっぱりここが俺の帰る場所だ）

目を潤ませて門を見上げ続けているリュカに、隣に立つピートが心配そうに声をかける。

「おい、大丈夫か。無理ならやっぱやめていいんだぞ」

「ううん、大丈夫。送ってくれてどうもありがとうね」

リュカはピートを振り返り、そのまま彼にギュッと抱きついた。ピートも腰を屈め、小さな体を力いっぱい抱きしめ返す。

「あんたの成功を祈る。だから……必ず帰ってこいよ」

「うん、絶対にイカロスを助けるからね。それから、愛してるよピート」

ピートは離れ難いとばかりにリュカを強く抱きしめ、何度も口づける。リュカも同じ気持ちでそれに応えていたが、そろそろ切なくて泣きたくなってきたので体を離した。

リュカがレイナルド邸へ乗り込むと宣言したのは二日前。

提案を聞いたときは無謀だと反対したピートたちだったが、リュカが領内で起きている災害などの対策案を示すと、レイナルド一族の能力が備わっていることを認めざるを得なかった。

それでもピートはリュカをひとりで行かせることに躊躇があったようだが、ザムエルの屋敷に盗みに入るよりは安全で成功率も高いと説得されて了承した。

ハイエナの屋敷を出るとき、仲間たちはみんなリュカとの別れを惜しんでくれた。特にイカロスは、自分の手足などどうなってもいいから屋敷から出ていかないでくれと泣く始末だった。

『きっとまた来るよ。だからイカロスも元気になって俺を迎えて。楽しみにしてる』

そう説得したリュカに、イカロスはベッドから体を起こすとリュカを抱きしめてキスをした。

『必ずだよ、必ず帰ってきて。そしたら今度は僕がリュカを守れる男になるから……』

泣きながら告げられて、リュカはこのときようやくイカロスが自分に恋をしていたことに気づいた。

(キスされちゃった……)

十歳も年下の少年に想いを寄せられて唇を奪われ、リュカはなんとも甘酸っぱい思い出を心に秘めて発つことになったのだった。

レイナルドの屋敷までは年長組が馬で送ってくれた。作戦が成功したらまた彼らのもとへ戻るつもりではいるが、いっときでも別れが淋しい気持ちは拭えない。

「ロイとナウスも。今までどうもありがとうね」

リュカは後ろに立っているふたりにも笑顔を向け手を振る。ロイは悲しげに微笑んでいたが、ナウスは申し訳なさそうに俯いていた。

「ごめんな、リュカ。お前に全部やらせることになっちまって」

ナウスはリュカに体を売らせる提案をしたことに、ずっと罪悪感を抱いているようだった。そのせいでリュカが単身でレイナルド邸へ乗り込もうと決意したと考えていて、責任を感じているらしい。

「なんでナウスが謝るのさ。俺だってハイエナ族の仲間でしょ、だったらイカロスやみんなを助けるためにできることをするのが当たり前だよ。じゃなきゃ俺、タダメシ食らいになっちゃう」

リュカが明るく言うと、ナウスもようやく笑顔を見せてくれた。

「頑張れよ、おチビ。おチビは案外賢いからな、成功するって信じてるぜ」

そう言ってロイは頭をワシワシと撫《な》でてくれた。リュカは肩を竦《すく》め「えへへ」と笑う。

「けど、もし失敗したって気にしないで帰ってこいよ。うまくいってもいかなくても、あんたはもう俺たちの仲間だ」

「ロイ……ありがとう」

仲間思いのロイの言葉に、リュカの目が潤みそうになる。ハイエナ族の仲間になったこの数ヶ月間、リュカは楽しかったと思う。もとの世界へ戻りたいという焦燥はあったが、それでもひとつ屋根の下で彼らと暮らした日々は、集団生活に憧れを持っていたリュカにとって得難いほどの宝物だ。もとの世界では彼らとは主従だったが、同等の仲間という絆も同じくらい尊い。

「みんな、俺を仲間に入れてくれて本当にどうもありがとう。イカロスもみんなもスラムも、絶対に助けてみせるからね」

自分に誓うように、リュカは力強く宣言する。三人もそれに応えるようにしっかりと頷《うなず》いた。

「気をつけて行ってこいよ」

「うん。いってきます」

最後にピートと抱擁《ほうよう》しキスを交わして、リュカはひとりレイナルド邸の門へと向かっていった。

大きな尻尾を携えた小さな後ろ姿が遠ざかっていくのを、ピートはそこから動かず、いつまでもいつまでも見つめていた。


「俺はキツネ族フェネック種のリュカと申します。ワケあって戸籍がないのですが、間違いなくキツネ族レイナルド一門の血を引く者です。本日は当主サーサ様に、南で起きている水害対策のご提案があって参りました。謁見の取次ぎをお願いします」

突然やって来てキツネ族を名乗った少年に、門を守る騎士ふたりは困惑の表情を浮かべた。互いに顔を見合わせ、どうしたものかと頭を掻いている。

四代公爵家のひとつレイナルド一族は、当主から末端まで厳格に戸籍が管理されている。それなのにいきなり戸籍のないキツネがレイナルド家の一員を名乗って現れれば、戸惑うのも当然である。しかも少年は尻尾こそキツネらしいが、やたらと耳が大きい。キツネというよりはコーギーとネザーランドドワーフの合いの子みたいだ。

「……どうする?」

「うーん。キツネといえばキツネっぽい気もするけど……ひとまず通してジェトラ様に判断してもらうか」

イヌ族の門番ふたりはそう相談して、リュカを屋敷の中へ通してくれた。案内されたのは謁見の待合室だ。当主に接見や謁見の申請をした者はここで待たされ、担当の役人が不審人物でないかどうか審査する。今回はリュカがキツネ族を名乗ったことでややこしい件になりそうだと判断されたのか、侍従長のジェトラがわざわざやって来た。

「キツネ……うーん、尻尾はそれっぽいが……」

シェパード獣人のジェトラは鋭い耳をピンと立てながら、何度も首を傾げてリュカを見る。リュカは彼との再会に密《ひそ》かに感激しながらも、自分がキツネ族だと訴えた。

「俺はフェネックギツネ種なんです。すごく珍しいけど、先代当主夫人の遠縁にフェネックがいたはずだから調べてください。フェネックは耳が大きくて小柄なんです。俺もちっちゃく見えますけど、これでも二十三歳です」

「外見はひとまず置いておき、キツネ族というなら魔法が使えるはずだが証明できるか？」

「できません！　魔法は使えません」

「なら父親か母親のどちらかがキツネ族だという証明はできるか？」

「できません！」

「話にならんな」

ジェトラはほとほと呆れた様子で溜息をつく。しかしリュカとてそんな反応は織り込み済みだ。

持っていた布の鞄から、紙の束を取り出してジェトラに差し出す。

「これは三日前に南部で起きた水害の対策案です。南西に派遣している第五騎士団を村民の避難誘導にあたらせ、周辺地域の食糧庫を避難民のために開放してください。決壊した川の堤防は、水魔法が得意な者を三十人ほど集めれば一時的に食い止められます。その間に集められるだけの作業員で堤防を修復してください。それからこちらは同じく南部で起きたモンスター襲撃被害の対策案です。こちらには南東の警備をしている第七騎士団を一時的に招集し――」

「ちょ、ちょっと待ちなさい」

ジェトラはベストの胸ポケットから片眼鏡を取り出してかけると、リュカの差し出した書面を受け取って目を通す。そして「むむ……」と少し唸《うな》ったあと、真剣な様相でリュカを見つめた。

「……なぜこれだけの情報を把握している？」

「人々の噂や情報を集めただけです」

対策案はどれも、もとの世界でリュカが解決した手段と同じだ。そして今現在、この世界ではこれらの問題が未解決であることも情報屋からの話で把握している。やはりモンスターが出現している現状、領主業はサーサには荷が重いようだ。

「この対策案はそなたがひとりで考えたのか？」

「そうです。他にも西の町で蔓延している流行り病や、スラムの治安悪化についても提案しています」

キビキビと答えたリュカを前に、ジェトラは腕を組んで考え込んでしまった。そして近くにいた騎士に何かを告げると、「謁見を認めよう。ついてきなさい」と手招きをする。その後ろをついて歩きながら、リュカは（よし！）と小さくガッツポーズした。

連れてこられたのは謁見室だった。扉の前にいる護衛の騎士に、中に入る前に武器の携帯は禁止だと言われる。

「大事なものだからちゃんと返してね」

リュカは腿《もも》の剣帯の短剣を護衛に預けると、ジェトラと共に謁見室へ入っていき……息を呑んだ。

（……ヴァン！）

玉座に座るサーサの脇に、ふたりの側近騎士が控えている。ひとりは大きな体格のウシ族の男だ。おそらく闘牛に特化したリディア種だろう。リュカが当主でないことで、第二護衛騎士団の顔ぶれが大きく変わっているらしい。

しかし伝統で受け継ぐ第一護衛騎士団は、当主が誰であろうと変わらない。インセングリム家の本家嫡子であるヴァンは予定通り黄金麦穂団を受け継ぎ、当主サーサの側近騎士になったのだ。

リュカは胸がギュッと苦しくなる。違う世界線で彼と出会えた喜びもあるが、自分以外の主《あるじ》に仕えている姿に嫉妬に似た複雑な気持ちが湧いた。

キュッと唇を噛みしめるリュカを、ヴァンはどこか冷めた目で見ている。潔癖な彼のことだ、ショートパンツ姿のリュカを下品だとでも思っているのかもしれない。

「サーサ様。こちらが例の者です」

ジェトラはリュカをサーサの前まで連れていくと、挨拶《あいさつ》をするように促した。

「初めまして。お会いしてくださって光栄です。俺はリュカといいます、西の町から来ました」

折り目正しく礼をしたリュカはさっそく南の水害とモンスター襲撃の対策を上奏する。初めは怪《け》訝《げん》な顔をしていたサーサも、リュカの話を聞くうちに表情を変えていった。

「それは……あなたが考えたの？」

「はい」

ヴァンとウシ獣人の騎士も、目を丸くしていた。特にヴァンは驚愕の表情でリュカに釘づけになっている。

「サーサ様、ひとつお願いがございます。もし俺の案で南の水害とモンスター襲撃の件が解決できたら、俺をあなたの補佐にしてください。必ずお役に立つことを約束します。そして俺に、西の町で起きている流行り病の対策と治安の改善を任せてくれませんか？」

「ちょ、ちょっと待ちなさい」

さらに歎願してきたリュカに、サーサは狼《うろ》狽《た》えた。そしてオロオロとした様子でジェトラに何か耳打ちをすると、ひとまずリュカに再び待合室で待つように命じた。

（サーサ叔母様、もとの世界より倍は白髪が多かったな。苦労してるんだな……）

待合室に戻ったリュカは返してもらった短剣をベルトにつけながら、サーサを思い同情した。そこはかとなく顔色も悪かったし、毎日激務なのだろう。ジェトラも疲れているように見えたのは、サーサを支えるために彼も相当尽力しているに違いない。

ややすると、再びジェトラがリュカを呼びにきて別室へ連れていかれた。そこにいたのはレイナルド家の侍医、アカシカ獣人のボンザールだ。彼はリュカの身体検査をして耳や尾の形状から牙の形まで確認すると、首を捻って考え込みながらジェトラに告げた。

「イヌ族のそれとは違いますね。異端ではありますがキツネ族と思われます。彼の言う通り、フェネックという種類でしょう。この大陸には現存していませんが、レイナルド家の記録には残っています。小柄で耳が大きいのが特徴で、成人になっても見た目が子供っぽかったとか」

「本当にキツネ族だったのか……」

ボンザールの診断に心底驚いたようにジェトラが唸《うな》る。そして腰を屈めてリュカの顔をまじまじと覗き込んだあと、独り言のように呟《つぶや》いた。

「なら二十三歳というのも本当なのか……？」

リュカはそれにコクコクと頷《うなず》く。ジェトラは姿勢を正すと改めて視線を向けた。

「キツネ族ならば、レイナルド一族だと認めなくてはならないでしょうな。ただし身元についてはもう少し詳しく調べさせていただきます」

ジェトラもまたレイナルド家に仕える立場なので、リュカが一族の一員だと証明されたことで対応が丁寧になった。やはり、こちらのほうがしっくりくる気がする。

「サーサ様が先ほどの案について、もう少し詳しく聞きたいとおっしゃっております。明日、大臣も集めて会議を開きますので、そこでもう一度説明してください。正式な補佐に就任するかどうかは、南部の水害とモンスターの件が片付き次第、サーサ様が決定します。ひとまずお部屋をご用意しましたので、今日からはそちらをお使いください」

案内されたのは屋敷の二階、レイナルド一族の者の居住区だ。リュカはそこの一室を与えられた。ベッドに執務机、テーブルなどが揃っている。当主の部屋に比べれば遥かに小さいが、それでもレイナルド邸で寝泊りできることに懐かしさを覚える。

部屋には服も用意してあった。レイナルド一族の者が着用する法衣《ほうい》だ。神々しい当主のものと比べると装飾の少ないシンプルなデザインで、白と紺の長衣に脚衣とショートブーツの揃いになっている。レイナルド家の一員になった以上さすがに太腿《もも》丸出しの恰好でいる訳にもいかず、リュカはそれに着替えようとして……手を止めた。

「……今日はまだ、いいかな」

ピートとハイエナの仲間たちがくれた大切な服を脱ぐのが惜しくて、そのままベッドに寝そべる。レイナルド邸へ来た安心感とスラムの屋敷を恋しく思う気持ちが絡まり合って、リュカはその夜、切なさに少しだけ枕を濡らした。

翌日からリュカは当主として培った経験と知識を活かし、その手腕を存分に発揮した。

まずは一番鶏が鳴くより早く起きて書庫へ行き、膨大な記録を読んでこの世界のレイナルド領の情報を把握する。もとの世界との違いを確認しておくためだ。おかげで会議での計画の説明はスムーズにいき、水害、モンスター被害共にリュカが指揮を執ることを許された。

そしてさらに翌日。

「五時の方向に十二人、八時の方向に十三人、五メートルずつ間隔を開けて準備。補助者五人は後方に待機。十時零分の空砲を合図に全魔力を解放して水魔法を展開します」

早速リュカは水害の現地に赴《おもむ》き指揮を執った。魔力さえ戻れば自分ひとりで決壊した堤防の激流を抑えられるが、今はそうはいかない。他人の魔法に頼る以上、綿密に計画し決して犠牲者を出さないよう尽力するしかなかった。

しかしそんなリュカを、快く思わない者もいる。

「いくらサーサ様から委任されたとはいえ、なんで魔力もない胡散《うさん》臭いやつの命令を聞かなくちゃならないんだ」

「子供が指揮官ごっこか、えらそーに。こっちは命懸けなんだぞ、遊びじゃないんだ」

集められた魔法使いたちは明らかに不満そうだ。同じレイナルド一族の者とはいえ、ぽっと出の謎の子供に危険な作戦を指示されることに反感を持っている。

するとリュカは川の水が激しく流れている堤防の決壊部分ギリギリまで近づき、そこから魔法使いたちに向かって大声で叫んだ。

「もし魔法が失敗したら即座にここから逃げてください。魔法が失敗したかどうかの目安は、この位置まで浸水したかどうかです。つまり、俺が激流に呑み込まれたら失敗だと判断してすぐに逃げてください」

命懸けで最前線に立つ彼らに信頼してもらうには、自らも運命共同体になるしかない。無力なリュカはその先陣を切ることでしか、覚悟を示すことはできなかった。

とんでもないことを言いだしたリュカに、魔法使いたちは唖然《あぜん》としたあと困惑して顔を見合わせる。万が一作戦が失敗しても自分たちは魔法を使って逃げられるが、魔力のないリュカは確実に水に呑まれて死ぬだろう。

「やめなさい。わざわざきみの身を危険に晒さなくとも、我々は務めは果たします」

魔法使いの中からひとりの中年男性が出てきて、リュカをそう宥《なだ》めた。彼はリュカの父方の遠縁にあたる者で、魔法使いたちのまとめ役を担っているギンギツネ獣人だ。彼の言葉に、周囲の者も複雑そうな表情で頷《うなず》く。けれどリュカはここから動かんとばかりに手足を広げると、自信に満ちた笑みを見せる。

「心配してくれてありがとうございます。でも大丈夫。だってみなさんは絶対に失敗しないから、俺はちっとも危なくない」

無謀でしかないはずのリュカの言葉は、魔法使いたちの胸にどうしてか響いた。魔力もない胡散《うさん》臭い子供でしかないのに、信頼されていることが誇りに繋がる。

「……位置に着きましょう。あの子を死なせてはなりません。これはレイナルド一族の意地です」

まとめ役の男が命じると、他の者たちも黙って位置に着いた。もうリュカを非難する者はいない。

四時間にわたって行われた堤防復旧作業は、見事に成功した。魔法使いたちが激流を抑えている間に五百人ほどの作業員が堤防の修復をするという力技の作戦だったが、綿密な計画と連携のおかげでひとつのミスもなく終わった。

その後もリュカは被害者の支援に奔走《ほんそう》し、水害に遭った地域の復旧計画を立て、避難所で被害者を励まして回った。ここまでの二日間、リュカはほとんど寝ていない。しかし、スラムで病と闘っているイカロスのことを思うと休んでいる暇はなかった。

翌日。水害の支援が一旦落ち着いたところで、今度は南部のモンスター襲撃被害の対策に取りかかる。レイナルド邸に帰ってきたリュカはサーサと全騎士団長と魔法使いの代表を集め、かねてから計画していたモンスター討伐の作戦を説明した。

「サーサ様に全権を任された俺が、騎士団の新たな編成を組みます。集落を襲ったモンスターはオークの集団で森の洞窟に潜伏中。第七騎士団と第十騎士団を図のように配置し――」

モンスターの襲撃も、もとの世界ではリュカと黄金麦穂団と白銀魔女団で討伐した。今はリュカの魔法に頼れないが、敵の情報を把握している分、勝算は十分にある。おまけに味方のステータスが可視化できることを知った今、編成は組みやすい。

騎士団も初めはいきなり指揮を任命されたチビキツネに懐疑的だったが、計画の緻密さや的確な戦力の把握に、その能力を認めざるを得なくなった。

早速部隊が編成され、その日の晩にはオークの洞窟へ向けて出発した。予想外だったのはサーサと当主護衛騎士団も加わったことだ。どうやらリュカの八面六臂《はちめんろっぴ》の活躍に触発されたらしい。

『わ、私も参ります。こんな私でもレイナルド家当主です、魔法ならば誰にも負けません』

サーサがそう表明したのは、当主としての意地とプライドからだろう。四代公爵家当主は代々、政だけでなく戦闘も担う。もとの世界でも当主らは高い戦闘能力を有し、領地でのモンスター討伐の先陣を切っていた。しかしサーサは傍系の血筋で本家より魔力が弱く、女性ということもあり、戦闘の矢面には立っていなかった。だがリュカを見てこのままではいけないと発奮したのだ。

正直なところ、サーサの参戦は助かる。本家の血筋には及ばなくても、今、大陸で一番魔力が強い獣人はサーサだ。彼女がいれば戦闘はだいぶ楽になる。そして何より、騎士団随一の戦闘力を誇る黄金麦穂団の同行がありがたかった。

そうしてサーサと黄金麦穂団、第二護衛騎士団の赤紅篝火団《あかべにかがりびだん》、他にふたつの騎士団と三十人ほどの魔法使いがオークの討伐へ赴《おもむ》くこととなった。


オークの洞窟がある森に到着したのは早朝。

モンスターは夜行性なので昼間のほうがこちらに利がある。リュカは記憶を頼りに洞窟の構造と敵の配置を予測した地図を用いて、作戦を確認した。

「オークの習性から言って最深部へ進むほど個体が強くなっていくと思われます。まず一階にいる比較的弱いオーク集団を魔法使いで薙ぎ払い、地下二階を第七騎士団と第十騎士団、そして地下三階を赤紅篝火団、ボスのオークをサーサ様と黄金麦穂団で攻撃する手筈です」

「リュカ殿は……」

「俺は全団を先導します。戦闘力にはならないけど、敵がどっちから来るかぐらいはみんなに伝えられるから」

またもや一番危険な矢面に立とうとするリュカに他の面々が困惑する。リュカは腰から下げた

〝ピートの短剣〟をポンと手で叩くと、強気に笑ってみせた。

「大丈夫、自分の身を守るくらいはできるから心配しないで！」

オークの洞窟はやはりもとの世界と同じ構造だった。あのときは初見だったので道に迷ったり敵の不意打ちを食らったりしたが、今回は記憶があるので同じ轍《てつ》は踏まない。

「左の道は行き止まりっぽい予感がするな～。右の通路からは大勢の生き物の気配がする……と思う」

過去の記憶頼りとは言えないのでなんとなく言葉を濁しつつ、リュカは全団を引きつれて最短の進路を選ぶ。一応怪しまれないように、ちょびっと道を間違えたりもした。しかし。

「……サーサ様。本当にあの者を信用してよろしいのですか？」

サーサの右側を歩く赤紅篝火団の団長、ウシ族リディア種のゴズが潜めた声で尋ねる。

「あの者はモンスターの洞窟だというのに、あまりにも臆さなすぎです。もはや勘がいいとか博識でオークの生態に詳しいとか、そういうレベルではありません。まるでこの洞窟をよく知っているような……。まさかとは思いますが、敵の手先の可能性も捨てきれません。警戒したほうがよいでしょう」

ゴズの助言に、サーサは歩きながら眉をひそめる。

「確かに足取りが順調すぎる気はしますが……どちらにしろ、ここは未踏の領域。彼の先導を頼りにするしかありません」

錫杖《しゃくじょう》をギュッと握りしめたサーサに、今度は左側を歩いていたヴァンが声をかける。

「念のため警戒しましょう。サーサ様は我々がお守りします、離れないようお気をつけください」

そんな会話が交わされているとは露知らず、リュカは慎重を期しながらもどんどん進んでいく。

そして何度かの戦闘を経て、ついに最下層の三階へ下りたときだった。

「……あれ？」

リュカは小声で呟《つぶや》いた。記憶の中の洞窟の構造と違う。左右に一本ずつあるはずの道が、右側だけなかったのだ。

（おかしいな、確かここは右側がボスの間へ続くはずだったんだけど……。並行世界とはいえ、やっぱ多少の違いがあるのかな）

そう判断してリュカは左の道を進んだ。そのあとを騎士団がついていく。しかし数メートル進んだところで、やはり袋小路になってしまった。おかしいなとリュカが小首を傾げた瞬間、怖気立つような気配を感じた。大きな耳がピクピクと動き、大勢の息遣いを捉える。

「違う、やっぱりこっちじゃない！　全団後退！　急いで！」

リュカが叫んだときだった、物陰に隠れていたオークたちが一斉に飛び出し、場は混乱に陥った。

（罠《わな》……!?　やっぱり右の道が正しかったんだ。オークたちがこちらの侵攻に備えて右の道を塞いで、袋小路におびき寄せたんだ！　あー俺の馬鹿！　さっきの道もっとよく調べるんだった！）

待ち構えていたオークの数は多く、敵味方入り乱れての乱戦となった。順調に進んでいたからみなリュカの判断を信じきっていたのだろう、不意を突かれたせいで騎士団は陣形を組めず、とにかく目の前の敵を斬るしかなかった。

「わっ、わっ！　グレートオークだ！　うわぁ！」

リュカも短剣で応戦するが、やはりモンスター相手では無理がある。敵の攻撃を避けつつ掠り傷を与えて逃げ回るのがやっとだった。

（うう〜、俺のせいでみんなを危ない目に遭わせちゃった。ごめん……！）

不甲斐なさに奥歯を噛みしめたとき、視界の端にサーサの姿が見えた。混戦のせいで護衛騎士団が散り散りになってしまったのだろう、彼女のそばにはヴァンとゴズしかいない。それぞれ巨大なグレートオークと戦っているふたりは気づいていない、少し離れた高台から魔法を使えるロードオークがサーサに向けて火炎魔法を放とうとしていることを。

「サーサ叔母様……！」

リュカはサーサのもとまで全力で駆けつける。彼女の前に躍り出たのとロードオークが火炎魔法を放ったのは、ほぼ同時だった。

「あぁっ!!」

間一髪サーサを突き飛ばしたリュカの背中に、魔法の炎が直撃する。強い炎はリュカの小柄な体を勢いよく吹き飛ばした。

「サーサ様!?」

「リュカ様……!?」

ゴズとヴァンが主《あるじ》の危機と身を挺してそれを庇ったリュカに気づく。地面に叩きつけられたリュカはその弾みで転がっていき、壁に体を打ちつける。するとなんと地面に亀裂が入り、そのままぽっかりと空洞ができた。

(そうだ、この洞窟、落とし穴トラップが……!)

崩れ落ちた地面ごと体が沈んでいくのを感じる。燃やされて転がって落っこちて、散々だとリュカは思った。

(みんな、ごめん。でもボスのキングオークは近くにいるはずだから、あとちょっと頑張って。俺は自力でなんとか脱出するよ……多分)

自分の体が落ちていくのをスローモーションのように感じながら、リュカはそんなことを考えた。……そのとき。

「――えっ?」

落ちていくリュカの手を掴んだ者がいた。驚いて顔を上げ、さらに驚いて目を瞠る。

「ヴァン……?」

「しっかり掴まってください!」

何度も繋いだことのある大きな手が、力強く自分の手を掴んでいる。リュカは唖然《あぜん》としたあと、あっという間に目を潤ませた。

「ど、どうして?」

「目の前で落ちていく人を助けない訳ないでしょう! いいから泣いてないで、私の手を掴んでください!」

この世界に来てからヴァンと言葉を交わしたのは初めてだ。そのことも、彼が主《あるじ》でもない自分を助けてくれたことも、嬉しすぎて涙が止まらない。

「う、うぅ〜」

「泣くと力が抜けますよ！　引き上げるから泣きやんでください！」

ヴァンが腕に力をこめてリュカを引っ張り上げようとしたときだった。背後で戦っていたオークが魔法攻撃で飛ばされて、勢いよくヴァンの背中へあたった。

「っ!?」

「わぁぁあああ!?」

なんと、オークがあたった衝撃でヴァンまで落とし穴に落ちてしまった。手を掴み合ったまま、リュカとヴァンの体は真っ暗な地下深くに落ちていく。

木霊《こだま》するリュカの悲鳴だけを残して、ふたりの姿は見えなくなってしまった。


失っていた意識が覚醒したのは痛みのせいだった。頭も腕も背中も脚も痛くて、リュカは目を開く前に涙を零す。

「いた……いたた……、痛すぎ……」

「リュカ様？　大丈夫ですか？」

開いた双眸《そうぼう》に映ったのは、心配そうに顔を覗き込んでくるヴァンの姿だった。リュカはパチパチと何度か目をしばたたき、「ヴァン……」と呟《つぶや》く。

（そうだ……俺、落とし穴に落っこちちゃって……）

意識を失う前の記憶を思い出したリュカはハッとして飛び起きようとする。しかし全身に激痛が走り、「いたぁーい！」と叫んでそのまま脱力した。

「無闇に動かないでください。魔法攻撃を受けたうえに高所から落ちたんです。おそらくあちこち骨折してますよ」

リュカは動けないままヒンヒン泣いた。そういえば『トップオブビースト』で落とし穴トラップのダメージは、ヒットポイント半減だった。直前にロードオークの魔法攻撃を受けたことを思うと、おそらく今のリュカのヒットポイントは残り3もないだろう。瀕死でステータスの枠が赤くなる状態だ。激痛で動けないのも納得である。

「ヴァンは大丈夫なの……？」

グスグスと鼻を啜りながら聞けば、彼は右腕を見せてくれた。そこには簡易的な添え木が巻かれている。

「利き腕を折ってしまいましたが、他はなんとか無事です」

もともとのヒットポイントが桁違いなのだろう。同じダメージ半減のトラップを食らってもヴァンは右腕一本だけで済んだ。けれどリュカは青ざめて眉尻を下げる。

「そんな……騎士なのに……俺のせいでごめん、本当にごめん……」

騎士の命ともいえる腕に大怪我を負わせてしまったことに、リュカは罪悪感で潰されそうになる。

しかしヴァンは溜息をつくと、涙でグシャグシャなリュカの顔をハンカチで拭いた。

「お気になさらず。骨折くらい、治癒後に鍛錬すればなんの問題もありませんから。それよりリュカ様は泣きすぎじゃないですか？　幼くともレイナルド家の一員ならば、人前で泣いてばかりいるのはどうかと」

「だって、体中痛いんだもん。それにヴァンが俺を助けようとしてくれたことが嬉しくて……」

「……そんなに泣かれるほど私は冷たい印象だったのですか？」

「そうじゃないけど、嬉しかったの」

　戦闘での痛みには慣れているのにこんなに涙が出るのは、ヴァンがそばにいてくれることで気が緩んでいるからだと思う。水害の対処にしろ、モンスター討伐にしろ、無力なリュカは死と隣り合わせでずっと緊張状態が続いていた。みんなの信頼を得るために弱音も吐けなかった。今いるヴァンはリュカの側近でも幼なじみでも恋人でもないけれど、それでもそばにいてくれるだけで心が安らぐのだ。

　満身創痍《まんしんそうい》だったリュカはそのまま泣き疲れて眠ってしまった。目が覚めると体の痛みは変わらなかったものの、体力は少し回復したようで、気合を入れると起き上がることができた。

「ここに落ちてからだいぶ時間が経っています。上の状況も気になるし、我々も飢えてしまう。そろそろ動きましょう」

　そう言ってヴァンは近くの湧水を汲んできてリュカに飲ませたあと、片腕が使えない不便な状態ながらリュカをおぶって歩きだした。寝る前は気づかなかったが、頭には包帯代わりの布が巻かれ腕と脚にも添木がしてある。ヴァンが応急手当をしてくれたのだろう。

　洞窟は暗かったがヴァンは光を放つ魔石を携帯していたので、足もとに困ることはなかった。

「おぶってくれてありがとう。でももしモンスターが出たらポイッてしちゃっていいからね」

世話になりっぱなしなので恐縮して言えば、ヴァンはフッと小さく鼻で笑った。

「ご心配なく。あなたの体重など小鳥が留まってるようなものです。戦うにしても逃げるにしてもなんの障害にもなりません」

それは謙遜《けんそん》ではない。実際三十五キロにも満たないリュカの重さは、鋼のような筋肉を纏ったヴァンからすればまったく負荷にならない。リュカは「そっか～」と微笑むと、広い背中に少しだけ甘えるように体を預けた。ヴァンは黙ったまましばらく歩いていたが、ふいに言葉を続けた。

「……本当に軽い、まるで子供だ。二十三歳と主張されてるが私には信じられない。……こんな小さな体で、子供みたいに泣いたりして、魔法も使えなくて、非力で。それなのにどうしてあなたは危険なことばかりするのですか？　先ほどサーサ様を庇ったときにしろ、今回の先導役にしろ、決壊した堤防を直すときも危険を顧みず最前線で指揮したと聞きました。……あなたの目的はなんですか。突然レイナルド家にやって来たと思ったら、こんな小さな体で命を懸けて……私にはあなたがどういう人物なのかわかりません」

ヴァンはきっと、リュカが来てからずっと不審さが拭えないのだろう。それは仕方ないとリュカは思う。戸籍もなく身元すらあやふやなのだ。おまけに見た目はとても大人に見えない。怪しむなというほうが無理だ。けれどリュカが体を張ってレイナルド家に貢献したことは疑いようもなく、だからこそ彼は混乱している。

リュカはヴァンの背で、懐かしいぬくもりと匂いを感じながら目を閉じて語った。

「俺はただのレイナルドの一員だよ。だから早く領民を助けてあげたいと思うのは当然でしょ。サーサ様を守ったのも同じ。当主は領民の希望なんだから、絶対に失っちゃ駄目なんだ。……俺、ほんと貧弱で嫌になっちゃうけどさ、でも領民を守りたい心は嘘じゃないから。そこだけは信じてよ」

それはリュカがリュカであるためのアイデンティティだ。次期当主として生まれ育ち、民に敬われて愛されてきた者のみが極自然に抱く理念ともいえる。

リュカの言葉を聞いたヴァンは黙ったままだったが、小さな体を支える左手に少しだけ力がこもったような気がした。

落とし穴から上の階に出る道は複雑だったが、敵が地下三階に集中していたおかげで幸いエンカウントせずに済んだ。

地下三階に出るとすでにキングオークは倒されており、騎士たちがリュカとヴァンを捜索しているところだった。あれからなんとかオークの集団を壊滅させ、キングオークもサーサと赤紅篝火団、それにヴァンのいない黄金麦穂団で倒したのだという。怪我人は多かったが、幸い死者は出なかった。それを聞いてリュカは心底ホッとしたのだった。

オークの壊滅に成功し、これで南部のモンスター襲撃の件は一旦落ち着いた。あとは襲われた村の復興支援だけだ。リュカのミッションはほぼ成功したと言っていいだろう。

あまたの怪我人を出したオーク討伐だったが、一番の重症者はリュカだった。頭部打撲、背中軽度火傷、右肩脱臼《だっきゅう》、左腕骨折、肋骨不全骨折、右脛《すね》骨骨折、左足首骨折。ズタボロもいいところである。

洞窟から出てすぐに魔法使いに回復魔法をかけてもらったが、全回復とはいかなかった。この世界でももとの世界でも回復魔法の効果はさほど大きくなく、重度の怪我を治せるのはリュカぐらいだ。結局リュカは絶対安静のまま屋敷に運ばれ、療養生活を余儀なくされたのだった。

「――それじゃあ、あとはお願いします」

「かしこまりました。どうぞお大事に」

部屋のベッドに寝たまま、リュカはジェトラに書類を渡す。モンスター襲撃の被害を受けた村の復興支援計画書だ。もともと村の復興支援までがリュカに任された仕事だったので、やり遂げねばならない。本当は直接赴《おもむ》いて被害を確認したり村人を励ましたりしたかったが、包帯ぐるぐる巻きの絶対安静状態ではどうにもならなかった。

幸い右肩は脱臼《だっきゅう》だけだったのですぐに治り、指示書を書くことはできる。さすがにサーサもジェトラも『いいから休んでいなさい』と止めたが、リュカは自分が任された仕事だからとベッドの上で業務を継続した。おかげで村の復興は順調だが、レイナルド邸ではリュカの仕事への執念はすさまじいとみなが軽く恐怖した。しかし、リュカにはここで休んでいられない理由があるのだ。

「当主補佐官就任、おめでとうございます」

屋敷へ戻って三日目。

そう祝福に部屋へ来たのは、三角巾で右腕を吊るしたヴァンだった。

「ヴァン！　……あいたたたたた」

リュカは喜んでうっかり飛び起きようとしたが、全身に激痛が走ってベッドに沈んだ。

「粗忽《そこつ》な行動をしないでください。回復が遅くなりますよ」

辛辣なお説教をしながらヴァンはベッド脇までやって来ると、リュカの勧めで椅子に座った。

「洞窟以来だね。あれから怪我はどう？　大丈夫？　無理してない？」

「人の心配をしている場合ですか……。私のほうは大丈夫です。案の定、右前腕の骨が折れていましたが、綺麗に折れていたので回復すればなんの支障もないそうです」

「よかった！　ちゃんと安静にしてね」

「ご心配なく。利き腕なので剣も握れなければペンも持てず、否が応でも休養中です」

リュカとは逆に利き腕のみが使えない状態のヴァンは仕事ができないようだ。しかしもとの世界の彼だったら、左腕でできることだけでもやろうとして職を休まなかっただろう。それをしないのはやる気の問題ではなく、サーサが女性だからという理由が大きい。サーサ相手では身の回りの世話をすることもできず、護衛と書類仕事の手伝いが精々だ。それすらできない状態ならば、休んで療養に専念するのも仕方のないことだった。

「リュカ様こそ少しは安静にしたらどうですか。ボンザール先生が困り果てておられましたよ。まあ、おかげで村の復興は早々に進んでおりますが」

呆れた溜息をつくヴァンに、リュカは右手のこぶしをグッと握りしめて強い決意をこめた眼差しで微笑んでみせた。

「何言ってるのさ。やっと補佐官として認められたんだ、ここからだよ」

リュカが養生もそこそこに仕事に邁進していたのは、当初の約束通り、補佐官になってスラムの治安と流行り病の対策に着手するためだ。今もイカロスの病状が進行していることを思うと、のんびり寝ている暇などこれっぽっちもなかった。

リュカはよろよろと上半身だけ起き上がると、ベッド脇の小机に置いてあった書類を手にしてヴァンに渡す。

「西の町の治安は滅茶苦茶なんだ。汚い大人たちが弱者を虐《しいた》げ続けているうえに、流行り病も蔓延してる。しかもこの問題は複雑だよ。レイナルド家からの支援を担っている役人の中に、町を仕切る悪い貴族と癒着している者がいる。彼らを排除しない限りレイナルド家がいくら支援の手を伸ばしても無駄だ」

レイナルド家に仕える者たちとて一枚岩ではない。中には職務を利用して己の利益を貪る者もいる。長年腐敗し続けているスラムは、そんな卑劣な輩《やから》にとって餌場も同然だった。

書類に書かれた役人たちの名前を見て、ヴァンは眉根を寄せる。リュカが目星をつけた者の中には高位の役人も、常設騎士団の団長もいる。迂闊《うかつ》にこの問題に触れたら返り討ちにされ、まだレイナルド邸に来て日の浅いリュカのほうが窮地に追い込まれかねない。

「……この情報に信憑性《しんぴょうせい》はあるのですか」

「ここ十年ほどの彼らの私財を洗った。スラムの情報屋から得た情報とも一致してる。間違いないよ」

もとの世界でも同じように役人の癒着はあった。しかしこの世界では、当主リュカがいなかったせいで横領する役人の数が拡大している。ただでさえ厄介なうえに、今のリュカが執行できる権限は小さい。味方を増やして確実な証拠を得る必要があり、時間を要しそうなのがもどかしかった。

「……これを私に見せてしまっていいのですか。私もこの件に一枚噛んでいないとも限らないのに」

冷静な声で尋ねたヴァンに、リュカは大きな目をパチクリとしばたたかせてケロッとして言った。

「そんなこと天地がひっくり返ったってある訳ないじゃん」

ヴァンのことを知り尽くしているリュカからすれば愚問もいいところだった。清廉潔白で誰よりレイナルド家に忠誠を誓っている彼が、横領などに加担するはずがない。たとえどんな世界線であっても。

一瞬の迷いもなく答えたリュカに、今度はヴァンのほうが目をしばたたかせる。

「私を信用しすぎではないですか？　まだあなたと会って十日と経っていないんですよ」

「あれ、まだそんだけだっけ。まあいいや、とにかく俺はヴァンを信じてるの。時間の問題じゃないよ。えーと……とにかく俺、人を見る目には自信あるから」

根拠もよくわからないのに、見つめてくるリュカの瞳には一片の疑いもない。ヴァンは黒曜石のようにキラキラとしているその瞳を見つめ返し、やがてフッと口もとを緩ませた。

「あなたは本当に……おかしな方ですね」

そう言うとヴァンは書類を畳んで懐《ふところ》へしまって椅子から立ち上がった。

「そこまで信頼してくださるのなら、この件は私にお任せください。ちょうど暇を持て余していたところです。レイナルド家の名声に傷をつける害虫を駆除して参りましょう」

「えっ、いいよいいよ。ヴァンは療養中でしょ」

ヴァンにスラムの現状を知ってもらいたくてこの件を打ち明けたが、共に危ない橋を渡ってもらおうとは考えていなかった。ましてや彼は怪我人なのだ。しかしヴァンはもう決めたとばかりに、さっさと出口へ向かって歩いていってしまう。

「暇だと言ったでしょう。それに療養中はお互い様です、ボンザール先生に頭を抱えさせてるあなたに言われたくありませんね」

彼のツッコミにリュカはぐうの音も出なかった。

ヴァンが部屋を出ていってしまうと、リュカはベッドに仰向けに倒れ込む。静かになった部屋で、遠くで鳴くモズの声だけが聞こえた。

(大丈夫かな、ヴァン。でも正直めちゃくちゃ助かる)

孤独な戦いを覚悟していたのに、思わぬ援軍だった。ヴァンが力を貸してくれるなら、こんなに心強いことはない。リュカは自分の全身がゆったりとほぐれていくのを感じた。

(あー……俺、気持ちも体も疲れてたんだな)

洞窟で落とし穴に落ちたときと同じだ。ずっと気を張っていて、無意識のうちに体も硬くなっていたのだろう。それがヴァンに頼れると思っただけで安らぎを覚え、無駄な力が抜けていく。

「ちょっと休も……」

リュカは目を閉じた。ヴァンのおかげでやらなくてはと思っていた作業が軽減した。余裕ができたぶん、自分の療養にあててもバチは当たるまい。

少し開いた窓から吹き込む風が気持ちいい。ウトウトと心地いい眠りに落ちながら、リュカは（やっぱり俺にはヴァンがいなくちゃ駄目だ）とおぼろげに思った。

翌日から、ヴァンは横領調査の報告のために毎日リュカの部屋を訪れるようになった。

動けない自分の代わりに調査をしてくれることもありがたいが、毎日ふたりでお喋りできることもリュカはとても嬉しい。

最初は報告だけですぐ帰ってしまっていたヴァンも、日を追うごとにリュカの雑談に付き合うようになって、十日も経つ頃には数時間もリュカの部屋で過ごすようになっていた。

「ほら、拭いてあげますから耳を伏せないでください」

「いいよお、右手は使えるんだから自分でやるよう」

「リュカ様は仕上げが甘いんですよ。いいから言うことを聞いてください」

ベッドに座っている状態のリュカの耳を、ヴァンは濡れたガーゼで掃除する。くすぐったくて耳をピコピコ動かすと「おとなしくしてください」と叱られた。

ヴァンがリュカの部屋に長居する理由はお喋りだけではない。主にリュカの面倒を見るためである。全身をほとんど動かせないリュカは、着替えも体を拭くのもひと苦労だ。呼べば従者が手伝いにきてくれるが、ヴァンが通うようになってからはすっかり彼の役目となった。

さすがにサーサの側近である彼に身の回りの世話をしてもらうのはどうかと思ったが、ヴァンは別にリュカを主《あるじ》扱いしている訳ではないようだ。ただ、「見てられない」という理由で手を貸しているに過ぎないと言う。

「尻尾もボサボサじゃないですか。せっかくのキツネ族の美しい尻尾が……」

ヴァンはブツブツとお説教しながら、リュカの尻尾に器用にブラシをかける。怪我をしてから約半月、左手を使うことにも随分慣れたようだ。存分に梳かされてすっかりツヤツヤになった尻尾を見て、リュカは嬉しくなる。

「ありがとう。ヴァンは優しいね」

「たとえ他人であろうと、身なりが整ってないとイライラするだけです」

口ではそう言うが、彼がリュカ以外の者の面倒を見ている様子はない。リュカは耐えられず口角を上げてニコニコした。

(前に言った通りだ。俺たちは主従じゃなくても、ヴァンはきっと俺の世話を焼くって)

初めてのデートでそんな幸せな会話をしたことを思い出す。やはりヴァンとも運命の赤い糸が繋がっているとリュカは感じた。どんな世界線でも、どんな出会いをしても、変わらない愛がある。そう考えるとリュカの胸が甘く締めつけられた。

「ねえ、髪も梳かしてもらっていい？」

自分からおねだりしてきたリュカに、ヴァンが少し驚いた顔をする。しかしすぐに髪用のブラシに持ち替えると「構いませんよ。寝癖がついていたのがちょうど気になってたんで」と手早く梳かしだした。

頭の怪我を避けて、ヴァンはリュカの柔らかい髪に丁寧にブラシを通していく。もとの世界で彼に髪を洗ってもらったことを思い出して、リュカは少しだけ泣きそうになった。

「……俺ね、ヴァンにお世話してもらうの好き」

涙が零れないように瞼《まぶた》を閉じて言えば、ヴァンはしばらく黙ったあと、小さな声で「そうですか」と答えた。それからさっきよりゆっくり、髪を梳かし続けた。


ヴァンがスラムの横領の証拠となる書類を揃えてサーサに提出したのは、彼の怪我が治って任務に復帰する三日前のことだった。

「リュカ様が目星をつけていた役人たちはすべて罷免《ひめん》されました。新たな担当者を配置するそうですが、人員の選考はリュカ様に一任されるとのことです」

その報告を聞いてリュカは飛び上がって喜びそうになったが、まだ足の怪我が完治してないのでばんざいだけに留めておいた。

「ありがとう、ありがとうヴァン!!　きみのおかげだよ！」

「私はあなたの指示通りに動いただけです。それにレイナルド邸に巣食っていた屑《くず》を一掃できたのですから、私のほうこそ感謝しています」

ヴァンは謙遜《けんそん》しているが、彼はリュカが想定していた期間の三分の一ほどで証拠を揃えてしまったのだ。それもひとりで。レイナルド領の役人や貴族の内情に詳しく、方々に伝手《つて》のあるインセングリム家嫡子の彼だからこそ成し得た功績だ。もっと胸を張ってほしい。

「よーし、そうと決まれば急がなくっちゃ。もう人選はできてるんだ、今日中に任命書を全部書くよ。それから第八騎士団を一時的に俺の直属にしてもらって、明日にはスラムの抜き打ち調査に行ってもらう。ザムエルとその手下を一斉に捕獲だ」

ようやくスラムの悪を殲滅《せんめつ》させられると思うと、リュカはやる気に燃えた。もとの世界でもザムエルたちの悪行は許せなかったが、スラムの一員となった今では怒りが倍増だ。早くあの醜悪なカバをぎゃふんと言わせて、スラムの仲間や子供たちを笑顔にしたい。

「これでやっと薬を届けてあげられるよ。本当は直接渡しにいきたかったけど……仕方ないかな」

リュカはまだ包帯の取れていない自分の両足を見て眉尻を下げる。ピートやイカロスの喜ぶ顔が見られないのは残念だけど、代わりに手紙を書こうと思った。

「ヴァン、本当にどうもありがとう。きみが力を貸してくれたから、思っていたよりずっと早くスラムの仲間や子供たちを助けてあげられる。きっとみんなもきみに感謝すると思うよ」

リュカは心からの感謝をヴァンに告げた。しかし意気揚々《いきようよう》としているリュカとは反対に、彼はどことなくスンとした表情をしている。

「……仲間、ですか」

「ん？　う、うん」

レイナルド邸に来る前、リュカがスラムで暮らしていたことはヴァンも知っている。それなのになぜだか彼は不機嫌そうだ。表情こそいつもと変わらずクールだが、尻尾がダランと垂れている。

これはテンションが低いときの状態だ。

ヴァンはひとつ溜息をつくと、意外なことを言いだした。

「明日の抜き打ち調査と物資の配布には私も同行しましょう。自分も関わった件ですから、見届ける義務がある」

「え！　わざわざ現地にも行ってくれるの？」

「三日後から護衛の任務に復帰する予定でしたから、なまっていた腕を慣らすのにちょうどいい」

横領事件の調査に協力してくれただけでなく、現地に赴《おもむ》いて諸悪の根源の捕獲まで手伝ってくれるとは。リュカは興奮気味に頬を染め、右手でヴァンの左手を取って握りしめた。

「ありがとう！　ヴァンが行ってくれるならすっごく安心できるよ！　ああ、よかった。本当によかった！」

ザムエルたちの捕獲にあたる騎士や新たな担当者の人選には慎重を期した。もとの世界の記憶を頼りに信頼できる者たちを選んだが、不安がなかった訳ではない。やはり実際に自分もスラムに赴《おもむ》き、悪が一掃されて支援が適切に行われるのを確かめなければ、安心はできないと感じていた。

けれどヴァンが行ってくれるのならリュカは安心できる。すべての憂いがこれで綺麗さっぱりなくなって、世界が明るくなったみたいだった。

「あ、じゃあさ！　俺の仲間に薬と手紙を届けてもらってもいいかな。大切なものだから一番信頼できるヴァンに預けたいんだ！」

ウキウキとそう言ってから、リュカはすぐさま（あ、ヤバ）と後悔した。薬と手紙をハイエナの屋敷に届けてもらうということは――ヴァンとピートが鉢合わせするということだ。この世界でふたりは面識がないが、それでもなんとなく避けたほうがいいような気がする。

しかし、リュカが「やっぱいいや」と口にする前に、ヴァンが「承知しました」ときっぱり言いきった。なんとなくキャンセルできない圧を感じ、リュカは内心ハラハラしながら礼を言う。

（……け、喧嘩しないよね？　ここでは他人同士だもんね？）

そうしてリュカはスラムの件が解決する安心感と、オオカミとハイエナが睨み合う不安を抱えながら、スラムの仲間への手紙をしたためたのであった。

◇◇◇

その日、ピートとロイとナウスは夜通しの仕事を終えて屋敷に帰るところだった。

すっかり朝日が昇り明るくなった路地を歩きながら、「腹減ったな」などといつもと変わらぬ会話を交わす。しかし大通りへ差しかかったとき、列を成して通過していく何十台もの馬車と遭遇して目を丸くした。

「なんだ？　朝っぱらから」

「おい、ピート。あれ……レイナルド家の家紋じゃないか？」

「本当だ。荷馬車だけじゃないぞ。あっちの馬車には騎士団の旗が立ってる」

三人が驚きに足を止めて見ていると、馬車が進んでいった方角から数人の獣人が何か叫びながら走ってきた。

「大ニュース、大ニュース！　ザムエルの野郎がレイナルドの騎士団に召し捕られたぞ！」

「あいつらの手下もだ！　抜き打ちで調査にきた騎士団が不正の証拠を掴んで、ザムエルに加担してた貴族を片っ端から捕まえてる！」

「食料と流行り病の薬も配布してるぞ！　罹患《りかん》してるやつの家族は早く取りにいけ！」

驚愕の報せに人々は信じ難いとばかりにざわついていたが、やがて縄で括《くく》られて連行されていく貴族の姿や、食料の配布に回る騎士たちの姿を見て町中から歓喜の声が上がった。

「マジか……こんな日が来るなんて……」

ピートは呆然としている。神様でさえも見放すような腐敗しきったスラムに、こんな救いの手が差し伸べられる日が来ようとは夢にも思わなかった。生まれ育った地獄が人々の笑顔で溢れていくのを、ピートは奇跡を見たような眼差しで眺めている。

「なあ、流行り病の薬も配布してるって……もしかして……」

ロイが尻尾の毛をゾワゾワと逆立てながら言う。

「もしかして……だよな……？」

ナウスも興奮で頰を赤くしながら呟《つぶや》いた。三人は顔を見合わせると目を輝かせ、屋敷に向かって全力で駆けだす。

「すっ……げえ!!　マジでやっちまったぜ、おチビのやつ！」

「あいつチビのくせにとんでもねえな！　最高だぜ！」

「急げ！　もう屋敷に戻ってきてるかもしれねえからな！　早く帰らねーとイカロスに一番乗りの抱擁《ほうよう》を奪われちまうぜ！」

三人は喜びの雄叫びを上げて飛んだり跳ねたりしながら帰路を急いだ。愛しい恋人が、大切な仲間が、この町を救うという偉業を成し遂げて戻ってきたのだ。こんなに嬉しくてめでたいことはない。輝く朝日の方角にある屋敷に向かって、ピートたちは人生で一番の笑みを浮かべて走った。

——ところが。

「見ろよ、屋敷の前に馬車が停まってるぜ！　やっぱリュカが戻ってきたんだ！」

ロイがそう叫んで指さした先には、騎士団の旗を立てたレイナルド家の馬車が一台停まっている。三人はあの明るくて無邪気な子ギツネがニコニコとみんなを待っている姿を思い浮かべ、屋敷の門前へ駆けていった。しかしそこにいたのは小さいキツネではなく、厳めしい雰囲気の年若いオオカミの騎士だった。

ピートたちがやって来たことに気づくと、ヴァンは鋭い視線でそちらを見た。はしゃいでいた三人の中に緊張が走る。

「お前たち、ここの住人か。この町の管轄が変わったので、支援が必要な者の戸籍を確認している。ここに住んでいるのが六人、隣の館に住んでいるのが五人。この名前と年齢で間違いないか確認してくれ」

ヴァンは淡々とそう言って名簿を差し出した。それを受け取ったピートが内容を確認し、「間違いねえ」と返す。

切れ長の目を伏せてヴァンは名簿にもう一度視線を落とすと、今度はピートを見据えた。

「……お前がピートか」

「……だったらなんだよ」

レイナルド家の騎士がザムエルたちを捕らえ、物資を配りにきてくれたことはわかっている。本来なら歓迎すべき相手だ。しかしピートはこのクールを気取った騎士に、腹の底から苛立《いらだ》ちを感じる。つい口調がつっけんどんになった。

ヴァンは無遠慮な視線でピートを見定めたあと、意味深な溜息を吐き出す。その態度にロイとナウスも眉尻を吊り上げた。

「リュカ様からお前に渡すよう頼まれている」

そう言ってヴァンが懐《ふところ》から取り出したのは手紙と薬の小瓶だった。リュカの名前を聞いたピートは顔色を変え、ヴァンの肩を勢いよく掴む。

「リュカは……リュカはどこだ!?　本人は来てないのか!?」

ヴァンは煩わしそうに顔をしかめるとピートの手を乱暴に払い、乱れた上着を軽く整え直してから口を開いた。

「リュカ様は怪我をされて療養中だ。だからこれを届けるよう私に託されたのだ」

その言葉を聞いて、ピートもロイもナウスも顔を青ざめさせる。

「怪我だと!?　どういうことだよ!?」

「命に別状はない。両足を骨折されているが、安静にしていれば問題ないとのことだ」

命に別状はないと聞いてホッとしたものの、安心はできない。今度はロイがヴァンに詰め寄る。

「両足骨折って、いったいおチビに何があったんだよ。まさかスラムに薬を配るために、何かとんでもない無茶でもしたのか？」

ヴァンは答えようとして少し迷い、口を噤《つぐ》んだ。「そうだ」と答えることは、リュカにとって彼らが命を懸けるほど大切な仲間だと肯定することになる。けれど「違う」と答えて、彼らの罪悪感を軽くしてやる義理もない。

「レイナルド家の特務に関する情報は口外できない」

冷たい口調でそれだけ言うと、ヴァンは手紙と薬をピートの手に押しつけた。

「なあ、見舞いにいってもいいよな？　俺たちは仲間なんだから構わないだろ？　なんだったらうちで療養させたって……」

心配そうに聞いたのはナウスだった。ロイも「そうだよな」と同意する。しかしピートだけは口を引き結んだままヴァンを見据えていた。ヴァンはもう一度溜息を吐き出すと、教えを説くようにきっぱりと答える。

「リュカ様に会いたいのなら怪我が全快されてから謁見申請をするんだな。リュカ様は領民のための働きがサーサ様に認められ、当主補佐官に就任された。以前はこの町で暮らされたこともあったそうだが、今や立派なレイナルド家の一員だ。昔のようには考えないほうがいい」

その言葉に、ロイもナウスも目を見開いて言葉をなくした。ピートはヴァンを強く見据え、ギリと奥歯を噛みしめる。

ヴァンはくるりと背を向けると、馬車で待機していた騎士らに荷物を運ぶよう命じる。騎士は肉やパンや果物がどっさり入った木箱を五箱もロイとナウスに手渡した。

「これがこの屋敷の今月分の配給だ。来月からも食料と薬が同じだけ配達される。今までは悪辣な者たちに搾取されていたが、これからはリュカ様が直属の担当者や騎士にお任せになる。もう誰かに奪われることはない、よかったな」

そう言い残して、ヴァンは馬車に乗って行ってしまった。

立ち尽くすピートの手には待ち望んでいた薬が、ロイとナウスの手には全員が飢えないほどの食糧が残されたのに、去っていく馬車を見つめる三人の顔からは喜びが消えていた。


「僕のせいだ、僕の薬を手に入れるためにレイナルド邸に行ったからリュカは……」

せっかく治療薬が手に入ったというのに、イカロスはずっと泣きっぱなしだ。グスグスと鼻が真っ赤になるほど泣きながら、薬瓶を握りしめている。

ハイエナの屋敷の食堂では、全員とキャデラが揃って神妙な顔をしていた。テーブルの上にはみんなにあてたリュカの手紙が置いてある。そこには彼の人柄を思わせるような優しい文字で、仲間を心配し思い遣る言葉と、簡単な自分の近況、そして「怪我が治ったら必ず会いにいく」という約束が綴られていた。

「『会いにいく』……か。『帰る』じゃないんだな」

ぽつりとナウスが呟《つぶや》く。その声は落胆一色に染まっていた。みんなが俯いてしまっている中、ロイは嘆息すると自分に発破《はっぱ》をかけるように明るく口を開いた。

「さすがおチビだよな！　サーサ様に認められて当主補佐官になるなんて大出世じゃねえか！　あいつ頭いいって、俺は最初から思ってたんだよ。耳デカくてキツネっぽくなかったけど、やっぱれっきとしたレイナルドの一族だったんだな」

しかし言葉にすると、リュカが遠くへ行ってしまった実感がますます湧く。ロイは無理やり半月型に持ち上げていた唇を閉じてキュッと噛みしめた。

「……リュカはもともとこの町の生まれじゃねえ。どこからともなく現れて、ずっと何かを捜してるみたいだったじゃねえか。帰る場所が見つかったってんなら、喜んでやらなくちゃな」

ピートはみんなを納得させるように言ったが、誰より苦しく思っているだろうことは明白だった。

これ以上口を開けば嘆く言葉が出てしまいそうでみな沈黙し、食堂は静まり返る。

「……俺は午後の仕事まで寝る。せっかく食い物もらったんだ、お前らちゃんと食えよ」

そう言い残してピートは立ち上がると、ひとり二階へ上がっていってしまった。

日が高く昇り始めて町が活気づく時間になっても、ピートは自室のベッドに寝転がったままなかなか眠れないでいた。何度も寝返りを打っては、抑えきれなくなりそうな感情を押し殺す。

（リュカ……）

このベッドで、何度も何度もあの小さな体を抱いた。離れ難くて寄り添って眠り、目が覚めると自分の懐《ふところ》に収まって寝息を立てていたリュカの姿を思い出す。

（……抱きたい……）

ピートは目の奥が熱くなってきたのを感じて、片手で瞼《まぶた》を覆った。抑えても抑えても胸から熱いものが溢れ、たまらなくなって唇を噛んだ。

そうしてどれくらい時間が経っただろうか。日が高く昇り、カーテンの隙間から眩い日差しが漏れる。瞼《まぶた》を覆っていたピートは指の隙間から光が零れていることに気づき、そっと手を退ける。

「眩し……」

掲げた右手が光に包まれる。いつか見た、夜明けの光に照らされて微笑むリュカの姿が脳裏に鮮やかに浮かんで、ピートは口角を微《かす》かに上げた。そして右手を大きく開き、日の光を掴むように強く握りしめる。

「――俺の太陽」

呟《つぶや》いて、ピートはベッドから体を起こした。大切なものを失くして燻《くすぶ》っているなんて、性《しょう》に合わない。取られたら取り返す。欲しいものはどんな手を使ってでも手に入れる。それがこの町のルールだ。

「あれ、もう起きてきたの？」

食堂で昼食の用意をしていたキャデラが、階段を下りてきたピートを見て声をかける。

「ああ。ちょっと出かけてくる」

「どこに？」

「誓いを刻みに」

そう言ってピートは軽く右手を上げ、屋敷を出ていった。

◇　◇　◇

「それで？　それで？　ピートのほかには誰がいた？　ロイは？　ナウスは？　年少組は？」

身を乗り出して尋ねてくるリュカの口に、ヴァンはフォークに刺したチキンを突っ込んで、煩わしそうに眉根を寄せる。

「いちいちどいつが誰かなんて知りませんよ。ガラの悪そうなハイエナが三匹いたから、一番デカいやつに手紙と薬を渡してきた。それだけです。おしまい」

無理やり話を締めたヴァンに、リュカは不満そうに唇を尖《とが》らせながらもチキンをモグモグと咀嚼して飲み込んだ。

「みんなが元気かどうか知りたかったのに〜」

リュカはスラムの仲間のことが気になって仕方ない。みんな元気でやっているのか、薬と食料の支援は喜んでくれたのか、自分のことを何か言っていたか。代わりに屋敷まで手紙を届けてくれたヴァンの報告を心待ちにしていたのに、このそっけなさである。知りたいことが何もわからなくて、リュカは頬を膨らませた。

「あなたが気を揉《も》む必要なんてありませんよ。あの町の者たちは十分逞《たくま》しそうでしたから。それより早く怪我が治るよう療養に専念してください」

ヴァンはふてくされているリュカの口に、今度はちぎったパンを詰め込む。リュカはおとなしくそれを咀嚼して飲み込むと、テーブルの上の牛乳を勝手に取って飲んだ。

「だからってご飯まで食べさせてくれなくてもいいよ。俺、右手使えるし。左手ももうだいぶ動かせるよ。ヴァンに手伝ってもらわなくてもひとりで食べられるよ」

怪我をした当初から利き手の使えるリュカは、食事は自分でしていた。それなのにヴァンの過保護は加速する一方で、ここ数日はついに食事の介助まで始めたのだ。

お皿にあったパンを掴んでパクパクと食べてしまったリュカを見て、今度はヴァンのほうが拗ねたような表情を浮かべる。

「私に世話をされるのが好きだと言ったくせに……」

フォークをトレーに置きながら小声で零した呟《つぶや》きを、フェネックの大きな耳はしっかり捉えてしまう。リュカは頰を赤くしながら、なんともむず痒い気持ちになってソワソワした。

「っていうかさ、ヴァンそろそろ任務の時間じゃない？　今日から護衛騎士復帰でしょ。遅れないようにしないと」

気恥ずかしさを誤魔化そうとしてそう言うと、ヴァンは部屋の置時計を見やり「それもそうですね」と立ち上がる。まだ護衛交代の時間には三十分ほど早いが、任務に忠実で真面目なところはいかにも彼らしい。

「いってらっしゃい。頑張ってね」

ベッドの上から手を振ると、ヴァンは一礼をして部屋から出ていった。ひとりになった部屋でリュカが食事を再開させようとしたとき、扉をノックする音がした。

「リュカ様、お加減いかがですか。クフフッ」

「お見舞いにきましたぞよ。今日は採れたての果物をお持ちしましたぞ」

入ってきたのはふたりの侍従だ。ひとりはパーサッカというオオアリクイ獣人、癖のある笑い方が気になる。もうひとりは癖のある口調のラーテル獣人で、名をゾーイという。どちらも三十代前半だ。

愛想よく微笑んでベッドのそばまでやって来たふたりに、リュカも「お見舞いありがとう」と笑って返す。けれどその心中はちょっぴり複雑だ。

実はこのふたり、もとの世界では侍従を辞めている。どうも揉《も》め事があったらしいのだが詳細は告げず、逃げるように屋敷を出ていったのだ。そのせいでこちらの世界でもパーサッカとゾーイのことをなんとなく注意深く窺ってしまう。しかも。

「リュカ様、例の件考えていただけましたか？　クフッ」

「拙者、絶対お役に立ってみせますぞよ！」

ふたりはリュカの秘書を熱烈に志望しているのだ。リュカはレイナルド邸の正式な官職になったことで、秘書をつけることをサーサに許可された。候補の対象はレイナルド邸の下位文官の者たちだ。秘書ともなれば一日の多くを共に過ごすことを考えると、安易に決められない。どうしようかなとのんびり考えていたリュカだったが、なんと秘書になりたいと熱心に自分を売り込みにきた者が何人もいたのだった。

レイナルド邸に来てまだ日が浅いというのに、リュカの活躍は目覚ましい。その才能に心酔した者、リュカに擦り寄れば出世できると目論《もくろ》んでいる者、はたまた明るく前向きな人柄に惹かれた者、その思惑は様々だ。

そして中でも熱烈に秘書を志願しているのが、このパーサッカとゾーイなのだ。こうして療養中のリュカを見舞いにくるのも度々である。

ただしふたりはヴァンが苦手なようで、彼と鉢合わないように訪ねてくる。もっとも、ヴァンはリュカに秘書がつくことを快く思っていないようなので、秘書候補たちはみな彼が苦手なのかもしれないが。

「今日は柘榴《ざくろ》をお持ちしましたぞよ。甘酸っぱくて美味しいですぞ、さあさあ」

ゾーイは食事の載っているテーブルに柘榴《ざくろ》の実が入った器を置いてくれた。赤紫色の実はおいしそうだが、蜂蜜がたっぷりかかっている。ラーテルは蜂蜜が大の好物なので、彼の持ってきてくれる差し入れは大体こうだ。

「お怪我の具合はいかがですか？　わたくしにできることなら、なんでもお申しつけくださいね。入浴でも排泄でも遠慮しなくて構いませんよ。クフフッ」

パーサッカはニコニコ愛想がよいのだが、笑うと小さな口からチョロチョロ舌を出す癖がある。見ているとなんとなくくすぐったくて、リュカはモゾモゾする。

「ふたりともいつもどうもありがとう。けどごめん、秘書の件はじっくり考えたいんだ」

蜂蜜の味しかしない柘榴《ざくろ》を食べながら、リュカは眉尻を下げて告げる。以前こっそりふたりのステータスを見てみたが、どちらも特出しているものはない。例の退職のことを考えるといまいち信用も足らず、彼らを秘書にするのはためらわれた。しかし遠回しに断るものの、ふたりには通用しない。

「クッフッ、リュカ様はお優しい。即決されたら他の志望者の面子が立ちませんからね。少しは悩むふりをしてみんなに夢を見させてあげないと。クフフフフ」

「拙者たちのことは気になさらないで平気ですぞよ。妬《ねた》まれたところでリュカ様のおそばにいられるなら痛くも痒くもありませんからな！」

パーサッカとゾーイはもうすっかり登用された気でいる。ドヤ顔で胸を張るふたりに気圧され、リュカは心の中で（はわわ）と震える。

（思い込みが激しいなあ。もしかして放置しといたらまずいタイプかな、これ）

「あの、えっと、そうじゃなくてね。本当にまだ全然決めてないんだ。サーサ様やジェトラ侍従長とも相談しようと思ってるし、だから……あんまり期待しないで」

釘を刺すつもりでリュカがそう話すと、さっきまでにこやかだったふたりの表情がスンとしたものに変わった。愛想をなくしたふたりの雰囲気が、なんだか怖い。

「リュカ様。それはあまり感心しませんね。サーサ様もジェトラ様もお忙しい身、ご自身の秘書のことで手を煩わせるのは半人前ではありませんか？」

「その通り。リュカ様も自称成人なら、ご自分の目で見て決めるべきですぞ。そのうえで我々より相応《ふさわ》しい者がいるか、よ～く考えられるといい」

なんで自分のほうが説教されているのだろうと、リュカは頭がおかしくなってきそうだった。もとの世界で彼らが揉《も》め事を起こした理由がなんとなくわかった気がする。

「と、とりあえず今日はもういいかな？　なんか体が痛くなってきたみたいだから休みたいんだ」

ドッと精神が摩耗した気がして、リュカは引きつった笑顔でお引き取り願う。ふたりは「体が痛い？　さすってさしあげましょうか？」などと手を伸ばしてきたが、リュカは慌てて布団にくるまって背を向けた。

「とにかく今日はもうおしまい！　休みたいから出てって！」

そう叫ぶとようやくパーサッカとゾーイは椅子から立ち上がった。

「わがままですな、リュカ様は」

「だがそこがいい。わがままを言うということは我々に甘えてるということですからな」

「ですな、クフッ」

部屋を出ていきながらなんとも気持ちの悪い会話を交わすのを聞いて、リュカはゾワッとした。耳の毛も尻尾も逆立ってるし、鳥肌も立っている。

（ぜっっったい、あのふたりを秘書にするのはやめとこ）

そう固く決意して、リュカは布団からそーっと出てきたのだった。

ヴァンに世話を焼かれ、パーサッカとゾーイの見舞いをかわし、補佐官としてベッドでできる業務に勤しんでいるうちに月日は流れ、年明けも迎え、冬も終わりを迎えようとしている。

ようやく最後の包帯が取れて自力で歩行が可能になり、リュカは約三ヶ月ぶりに健康な体を取り戻した。

「あー、手足が自由に動かせるっていいなあ！」

ボンザールに包帯を取ってもらったあと、リュカは自室でひとりパタパタと踊り、ベッドにダイブした。寝そべったまま両腕と脚を持ち上げ、包帯も湿布もない光景ににっこりと目を細める。療養生活は前世でも慣れっこだったが、回復したときの嬉しさはいつだって変わらない。

ひとしきりはしゃいで興奮が収まってきたリュカは、ふーっと息を吐いて天井を見つめる。そしてこれからのことをゆっくり考えた。

（体も回復したことだし、もとの世界へ戻る方法を探さなくっちゃ）

療養中に集めた情報により、驚くべきことがわかった。リュカがこの並行世界へ飛ばされた直後、魔王らしき影がレイナルド邸の周囲を飛び回っていたという噂があったのだ。おそらく一緒にこの世界に飛ばされたデモリエルがリュカを捜して、レイナルド邸を見にきたのだろう。そのときリュカは西の町にいたので、まさにニアミスである。

きっとデモリエルも方々を捜しているのだろうが、今のリュカには魔力がないので嗅ぎつけることができず難儀しているに違いない。ならばウロチョロせずにレイナルド邸に留まって、彼がもう一度捜しにくるのを待つのが正解かもしれない。

（庭に大きく『ＳＯＳ』って書いておこうかな。『ここにリュカがいるよ！』っていう目印をつけたいな）

考えながら寝返りを打って、ふと窓の外を見る。季節はもう春になろうとしている。レイナルド邸に来たときは晩秋だったのに、随分月日が経ってしまった。

（早くスラムにも行きたいな。ピートに……みんなに会いたい）

スラムのハイエナの屋敷はこの世界のリュカにとって、ふるさとにも等しい。帰るべき場所はどこかと聞かれたら、ハイエナの屋敷とレイナルド邸のふたつを挙げるだろう。しかし今はデモリエルと会う確率を上げるため、スラムでは暮らせない。それに補佐官の仕事もある。

スラム支援の件はリュカに継続的な全権が託された。新米の自分を信用して任せてくれたサーサには感謝しかない。その恩を返すため、今はここで職務を全うする義務がある。

（ちょっと先だけど、夏季休暇が取れたらスラムに帰ろう。……ってなんだか実家に帰省するみたい）

クスクスと笑ってから、リュカは体を起こして窓の外を眺めた。庭のチェリーブロッサムの木は蕾を膨らませ、今か今かと春を待っている。

（……俺はいつ、もとの世界へ帰れるんだろう）

一年後、三年後、もしかしたら今夜か明日にもデモリエルが迎えにくるかもしれない。いつかはわからない。けれど、自分は必ずこの世界を去らねばならないのだ。ピートともヴァンとも別れて。

そんなことは初めからわかっていた。しかし時間が経てば経つほど情は深まっていく。その日が突然来る覚悟は、常に持っていなくてはならない。

（この世界の俺に関する記憶は、デモリエルに全部消してもらうつもりだけど……俺の記憶も消してもらおうかな。覚えていたらきっと淋しくて苦しくなっちゃうと思う）

そのときの胸の痛みを想像してリュカは涙目になった。ゴシゴシと手でそれを拭い、パッとベッドから飛び起きる。

「しんみりしてる場合じゃないや。今はできることをやらなくちゃ！」

気を取り直して執務机に向かおうとしたときだった。ヴァンがノックをして部屋に入ってくる。

「最後の包帯が取れたそうですね、おめでとうございます」

「ヴァン！　どうもありがとう」

わざわざお祝いを言いにきてくれたことが嬉しくて、リュカはニコニコして駆け寄った。すっかり元気な様子のリュカを見てヴァンも目を細めると、懐《ふところ》から上品な装飾のついた封筒を取り出して差し出す。

「これは……招待状？」

「よろしければ今度の安息日、私の屋敷の晩餐《ばんさん》にいらっしゃいませんか。ささやかですが快気祝いのつもりです。父も母もリュカ様に会いたいと言っていました。心ばかりですが精一杯おもてなししますよ」

「い……いいの!?」

リュカは目をまん丸くして叫んだ。気持ちが高揚して頬がどんどん熱くなっていく。

ヴァンの屋敷には、もとの世界で彼の父であるラヴィンに招待されて舞踏会に行ったことがある。しかし家族と一緒に食卓を囲むのは初めてだ。貴族の社交ではなく一家庭に招かれたような気がして、リュカは嬉しくてたまらない。

「俺こういうの初めてなんだ！　わあ、楽しみだなあ」

前世では友達がいなかったし、もとの世界では当主だったので、友人の家族団欒《だんらん》に招かれることなどなかった。生まれて初めての経験だ。

「お伺いさせてもらうね、よろしくね」

リュカは満面の笑みを浮かべて胸を逸《はや》らせながら、ヴァンの手を握った。


その週の安息日。

おめかしの服を持っていないリュカは午前中に町へ買い物にいった。補佐官に就任したおかげで懐《ふところ》はそこそこ温かい。貴族の正装といえばシャツと脚衣、ベストにクラヴァットを巻いたスタイルである。相変わらずサイズには困ったが、なんとかそれなりに見えるものを購入できた。

そして自室へ戻るといつもより念入りに髪と尻尾を梳かし、夕方に迎えにきたヴァンと一緒に馬車で、インセングリム邸へと向かった。

ヴァンの生家であるインセングリム邸は首都の隣の町にある。正確には彼の父の爵位は侯爵で、一族もみな貴族だ。インセングリム家の管轄である隣町は地価が高くて金持ちや貴族の邸宅が多い。まさに上流階級、上級貴族、名門一族なのである。

身分でいえば、もとの世界のリュカは全獣人の頂点なのだが、高貴すぎて少々浮世離れしている部分もある。地に足のついているセレブリティさが逆に新鮮で、インセングリム邸に着いたリュカは（わー、お金持ちだなあ）と素直に感心してしまった。

インセングリム邸はいかにもヴァンの生家らしく、規律正しく整然としていて美しい。優美なロートアイアンの門扉、玄関アプローチを左右対称に囲む薔薇《ばら》の生垣、白亜の外壁。屋敷の中も清潔な絨毯《じゅうたん》が敷かれ、玄関ホールには銀の甲冑《かっちゅう》が飾ってあり、初代家長の大きな肖像画が飾られている。

ラヴィンと妻、そしてベッセルが玄関ホールでリュカを出迎えてくれた。

「はじめまして、リュカ殿。お会いできて光栄です」

「はじめまして。リュカです。本日はお招きありがとうございます」

リュカはひとりひとりと握手を交わしていく。ヴァンの父母にはもとの世界でも会ったことがあり、非常に美男美女だ。ヴァンの容姿はどちらかというと母親似かもしれない。それからヴァンの弟で、もとの世界では黄金麦穂団副団長のベッセル。今の彼はまだ十六歳で、なんだか可愛らしい。

「モンスター討伐の任務で大怪我をされたとか。大変でしたな。本日はささやかながらリュカ殿の快気を祝わせていただこうと、おもてなしの準備をしております。さあ、正餐室のほうへどうぞ」

そう言ってラヴィンは正餐室まで案内してくれた。レイナルド家の一員なので丁重に扱ってくれているが、もとの世界より気さくなのはリュカが当主ではないからだろう。人好きなリュカは畏まりすぎないこの距離のほうが心地いい。

正餐室のリュカの椅子には厚めのクッションが敷かれていた。ヴァンがあらかじめ、リュカが小柄であることを伝えておいたと思われる。普通の椅子では高さが足りないことがあるリュカをよく理解している気遣いだ。

料理はコース形式で運ばれた。上品で見目のよい料理だが、どこか温かみを感じるのはリュカの好物が多いせいだろうか。

「水害対処とモンスター討伐でのご雄姿は聞き及んでおります。大変なご活躍だったそうで」

美味しい料理を食べながら会話も弾んだ。ラヴィンに褒められて、リュカは面映ゆそうに微笑む。

「みんなが俺を信じて力を尽くしてくれたおかげです。俺は魔法も使えないし戦闘も弱いからみんなに守ってもらうしかなくて……。レイナルド邸の騎士と魔法使い、それにサーサ様のお力があってこそです」

謙遜《けんそん》が謙遜《けんそん》にならないのがちょっと虚しいなとリュカは思う。ステータス的には相変わらず雑魚《ざこ》なので仕方ないが。

「確かにリュカ様を見ていると騎士として守りたくなりますね」

ポロリと言葉を零したのはベッセルだ。彼は挨拶《あいさつ》したときからリュカの小ささに内心驚いているのが窺える。小柄とは聞いていたが、思っていたより幼く見えてびっくりしたのだろう。彼の言葉からはそんなリュカに対する庇護欲が感じられて、ヴァンがひとつ咳払いをした。

「へへ、よく言われる。フェネックは年齢より幼く見えるからね。今日も服屋さんで子供に間違われて飴《あめ》もらっちゃった」

明るく返したリュカにベッセルたちも笑い、テーブルが和む。ただしヴァンはムッと眉根を寄せていた。

「小柄だろうが幼く見えようが、リュカ様の能力とレイナルド家の一員としての矜持《きょうじ》は随一です。

己が無力であることを知りながら最前線に立つ勇気は、常人が真似できるものではない。もっと胸を張って威光を示されてもいいと思いますよ」

ヴァンはリュカが当主でなくとも、その実力を知らしめたいようだ。するとラヴィンが肩を揺らし、ククッと笑ってリュカに言った。

「ヴァンはあなたの雄姿にすっかり心酔したようで、我々に会うたびそれはもう熱心に語るのですよ。『リュカ様は稀代の知将だ』『人々を強烈に惹きつける力がある』と。今日の晩餐《ばんさん》もそれはもう楽しみに張りきっていて、料理人に自ら献立を指示していたくらいです」

「ち、父上！」

思わぬ暴露をされてヴァンは顔を真っ赤にして動揺する。すると彼の母が追い打ちをかけた。

「ヴァンが自分から誰かを屋敷に招きたいなんて言ったのも初めてなんですよ。この子は少し潔癖気味なところがあって他人をプライベートな空間に入れたがらないんです。よほどリュカ様には心を開いているのでしょうね」

「は、母上っ！」

ヴァンはさらに赤くなって汗まで掻いている。こんなに狼狽《うろた》えているヴァンは初めて見た。うっかり知れた彼の心の内に、リュカまで顔がみるみる赤くなっていく。

（嬉しい……。もしかしてヴァン、俺を友達だと思ってくれてるのかな）

もとの世界でヴァンがリュカを愛するのは、騎士としての忠誠心が下地にあってこそだと思っていた。いや、それは間違っていないのだろう。けれど当主と護衛騎士という関係ではないこの世界でも、彼はこんなにもリュカを慕ってくれている。

「お、俺も、ヴァンのことが大好きです。強くてカッコよくて頼りになって、厳しいけどすっごく優しくて。だから晩餐《ばんさん》に招いてもらって本当に嬉しくて……」

喜びのままに気持ちを語れば、ヴァンはもう首まで真っ赤になってしまった。リュカもまるで相《そう》思相愛《しそうあい》みたいな宣言をしてしまったと我に返り、顔が熱くなっていく。

「兄上とリュカ様はものすごく仲がよろしいのですね。そんなふうに想い合える友は得難い宝だと聞いたことがあります。素晴らしいですね」

ベッセルが向けてくる純粋な尊敬の眼差しがとどめだった。リュカもヴァンも熟れたトマトのような顔で汗を掻くばかりで、もはや料理の味もわからなくなってしまったのだった。


晩餐《ばんさん》後は居間でヴァンの母がピアノを演奏してくれた。ゆったりと心地いい音を聴きながら、コーヒーを嗜みつつお喋りを楽しむ。

「ヴァンが初めて剣を振ったのは三歳のときでしてね。幼子ながら立派な太刀筋に祖父が感激したものです」

「さすがは兄上、剣の申し子の異名は伊達《だて》ではありませんね」

「父上、私の話はもういいですから……。ベッセルも囃し立てるな」

「ラヴィン殿、もっとお話してください！　子供の頃のヴァンのお話もっと聞きたいです！」

リュカの屈託ない人柄にあてられたのか、場は終始和気あいあいと話が弾んだ。こんな家族の団《だん》欒《らん》に触れたのはいつ以来だろうか、リュカは胸がポカポカする。ずっとこの温かい空間にいたいとさえ思った。

リュカは誰よりヴァンのことを知っていると自負しているが、この夜はたくさんの彼の初めての顔を見た。父母の前では少しだけ子供に戻る顔も、兄弟の兄らしい顔も、とても新鮮だ。

そして夜もすっかり更《ふ》けた頃、リュカはヴァンと共にラヴィンたちに見送られて馬車で屋敷を発った。

「ああ、今日は楽しかった！　ヴァンの家族にも会えて、ご馳走もおいしくて、すっかり元気が出たよ。本当にどうもありがとう」

心もお腹も満たされて、リュカは上機嫌だ。向かいの席でヴァンも穏やかに目を細める。

「喜んでいただけてよかったです。またいつでもいらしてください。父も母も弟も、リュカ様をまた歓迎したいと言っていましたから」

彼の家族に気に入られたようで、リュカはますます嬉しくなる。インセングリム家の人たちは礼儀正しくも温かく、素敵な家族だった。ヴァンが一族に誇りを持ち、立派にあろうと心がけているのも頷《うなず》ける。リュカは彼の家族が大好きになった。ただ――

（……いい人たちだったな。あんな素敵な家族を、もとの世界では俺が原因でゴタゴタさせちゃったんだと思うと申し訳ないや……）

ヴァンの家督相続問題は随分揉《も》めたと聞いた。特にラヴィンはカンカンに激怒し、ヴァンはあわや勘当されかねなかったとか。最終的にはベッセルが家督を継ぐことで落ち着いたが、父子にわだかまりが残っていたら申し訳ないとリュカは改めて思う。

「ヴァンの家族はみんないい人だね。……俺が言うのもなんだけど、家族を大事にしてね。きっとお父上もお母上も、ベッセルも、ヴァンが立派に家を継いでくれることを期待してると思うよ」

我ながらずるいなと自覚しながらリュカは苦笑する。もとの世界での罪悪感を、この世界で拭おうとしている。けれどそれは同時にリュカの胸を苦しくさせるものでもあった。

ヴァンは口を開きかけて一度閉じ、ややしてからためらいがちに話しだす。

「……わかっています。一族の血を引く後継ぎを作り、インセングリム家を繁栄させていくのが私の務めですから。もう結婚相手も決まっております」

「えっ……!? そ、そうなんだ」

思わず驚いた声を出してしまったが、考えてみれば、もとの世界でも彼は成人になると同時に結婚話が進んでいた。リュカとの愛に生きることを決めなければ、この時期に婚約しているのは当然だった。

「……おめでとう。そうならそうと言ってくれればよかったのに。きみのご両親にもお祝いを言いたかったな」

馬車の中が薄暗くてよかったとリュカは思う。無理やり作った笑顔が本当は泣きそうなことは、きっと気づかれない。

それから訪れた沈黙はやけに長く感じた。本当は数秒だったのかもしれないが、リュカにとってはじっくりと胸に痛みが沁みわたるような時間だった。

「……リュカ様は、誰かを愛したことがありますか？」

ポツリと呟《つぶや》かれた声に、リュカは驚いて顔を上げる。ヴァンは項垂《うなだ》れるように背を丸め、脚の上で手を組みながらポツポツと言葉を続けた。

「愛といっても家族愛ではなく、他人に対して情熱的に抱く気持ちのことです。私は……生まれてから今まで、そのような気持ちを抱いたことがありません。結婚を決めた相手に対してもです。もともと家同士の繋がりで決めた結婚ですが、愛を抱けない女性と家庭を作っていいのか……時々疑問に思うのです。私が作る家庭に、きっと私は幸福を覚えられない」

馬車の窓から差し込む月明かりが、ヴァンの銀色の髪を照らす。リュカはその髪に触れたくなる衝動をこらえなければならなかった。

世界線が変わってもピートと同じようにヴァンにも運命を感じる。けれどここで彼を抱きしめることが正解なのかわからない。いずれリュカが消えるこの世界で、彼の人生を変えてしまうことは正しいのだろうか。

「……知ってるよ。俺は愛を知ってる。すごく大切で、きっと俺のすべてだと思う」

リュカにはそれしか答えられなかった。窓の外を眺めるようにして背けた顔には、涙が浮かんでいる。ヴァンに気づかれないように涙を拭うが、次から次に溢れてきてしまう。

ヴァンはずっと無言だった。窓の外を眺め続けていたリュカは知らない。彼が今どんな切ない表情を浮かべていたか。

「今日の月は綺麗だね。銀色でヴァンみたいだ」

涙で滲《にじ》む視界に映った月は遠くにあって、けれど静かに光を湛えていた。その遠い光がやがて雲に覆われるまで、リュカはずっと空を眺め続けた。

「はぁ……」

翌日。リュカは書物を抱えて廊下を歩きながら、重い溜息をついた。せっかく怪我が全快してあちこち動き回れるようになったというのに、足取りはひたすら重い。

(俺は勝手だ。ヴァンが結婚するって知ってこんなに落ち込むなんて。今の俺はもとの世界以上にヴァンに何もしてあげられないのに。俺にヴァンの人生を変える権利はないんだ……)

ヴァンの婚約にも、それにショックを受けてしまう自分のずるさにも、リュカは落ち込んでしまう。つくづくと、もとの世界では、一途な覚悟を持ってヴァンに愛されていた自分は幸せだったのだなと痛感した。

そのとき、尻尾を垂らしてトボトボ歩くリュカの前からちょうどヴァンがやって来た。なんとなく顔を合わせるのが気まずいと思いながらも、リュカは明るく声をかける。

「おはよう、ヴァン。昨日はどうもありがとうね」

「リュカ様……おはようございます」

彼の態度もどこかいつもと違う。気まずいというよりは、どう接していいか戸惑っているみたいだ。しかしリュカの腕に厚い本が数冊抱えられていることに気づくと、すぐに手を伸ばしてきた。

「お持ちしますよ。書庫へ運ぶんですか？」

「い、いいよ。大丈夫！　そんなに重くないし、それにきみだってこれから仕事でしょ。俺は大丈夫だから！」

リュカは本をギュッと抱えると、ヴァンの手をかわすように廊下の奥へ走っていく。そして曲がり角で振り返り、「元気になったから自分の手足で働きたいの！」と言い訳して、そのまま走り去った。

（あ〜下手な避け方しちゃった〜。でも今ヴァンに優しくされるのちょっとつらいし……）

書庫のある地下への階段を下りながら、リュカは自己嫌悪に嘆息する。なんだか彼との適切な距離感がわからなくなってしまった。仲よくしたいのに、これ以上踏み込むのは怖い。

（前世で友達との距離感がわからなくてギクシャクしたことを思い出すな。うう……過去の古傷が）

いらんトラウマまで思い出して胸を痛めつつ、リュカは書庫に入る。地下には大量の書物を納めた書庫が八つもある。どの部屋も古い資料ばかりのせいか人があまり立ち入らず、どことなく埃《ほこり》っぽい。地下なので窓の明かりもなく、入口にある魔石のランプをつけても薄暗かった。

「えーっと、これどこにあったんだっけ」

借りていた本を一冊ずつ本棚に戻していたときだった。誰かが入ってきた気配を感じてリュカは振り返り、息を呑む。

「クフッ。リュカ様、やっとお会いできましたね。クフフフフ」

「まったく、困った子ギツネちゃんですなリュカ様は！　いくら我々の心が広いとはいえ、悪い子にはお仕置きが必要ですぞよ！」

なんとも形容し難い笑みを浮かべて書庫に入ってきたのは、パーサッカとゾーイだった。

実はリュカはあれから、このふたりを避けまくっていた。会えば秘書にするようねちっこく付き纏われ、断れば気味の悪い眼差しで圧をかけてくる。人好きのリュカでもさすがにしんどくなってしまい、彼らが部屋へ来たときにはクローゼットの中やベッドの下に身を隠し、屋敷の廊下でも会いそうになったら物陰に身を潜め、とにかく顔を合わさないようにしていたのだ。

しかしリュカは知らない。この手の者は無視していればあきらめるのではなく、逆恨みしてくるということを。

「はわわわわわわ……あ、あの、ひ、久しぶりだね……はわわ」

ものすごく嫌な雰囲気を察知し、リュカは腕の中の本を抱きしめたまま後ずさる。なぜか鳥肌が立ち、尻尾が勝手に脚の間に丸まった。

「リュカ様。あなたが我々を避けていたのはわかっていますぞよ。純粋に慕う臣下を嫌うなど公正明大なレイナルド家の風上にも置けませんな！」

「我々は傷ついているのですよ、クフフフウゥ……。あなたにお仕えしたいという純粋な気持ちを踏みにじられて、ああ、なんと酷い仕打ちでしょう」

「え……ご、ごめんなさい」

傷ついたと言われると、優しいリュカは反省してしまう。リュカは隠された悪意に疎い。当主のときにずっと周囲が先回りして守ってくれていた弊害だ。そして悪人は善意の隙を見逃さない。

「そうですぞ、あなたは我々を傷つけた！　反省する気持ちがあるなら態度で示していただきたいですぞ！」

ゾーイに両手首を掴まれ、リュカは抱えていた本をドサドサと落とす。

「ちょっちょっと！　本が！」

咄嗟《とっさ》に本の心配をしたがそんな場合ではなく、今度は背後からパーサッカに抱きつかれた。

「クフゥッ！　小さぁい！　あぁ～可愛い、可愛いですね～。ハァハァ、あ～いい匂ぉい！」

「うわキッショ!!」

思いっきり首筋の匂いを嗅がれて、リュカはうっかり本音を叫んでしまった。いや、これはもう言葉を選んでいる場合ではない。かなりのピンチだとリュカは悟る。

「ちょっとちょっと勘弁して！　『純粋に慕う』とか大嘘だよね!?　これもうどう考えてもおかしいよね!?」

ふたりに挟まれて捕らえられる形になり、リュカはジタバタと暴れる。しかしパーサッカもゾーイも当然リュカより体が大きく、案外力も強い。逃げられる訳がなかった。

床に引き倒されたリュカの腕をパーサッカが押さえ、脚の間にゾーイが入り込む。法衣《ほうい》とシャツのボタンを開かれ剥き出しになった上半身に、パーサッカとゾーイが気色悪い歓喜の声を上げた。

「クフフフゥ～、思った通りのツヤツヤな肌！　華奢《きゃしゃ》な体！　ピンクの乳首！　エッチですねぇ！」

「これは絶景なり！　風光明媚《ふうこうめいび》とはまさにこのこと！　ではここで蜂蜜をひと垂らし……っと」

「ひぎゃぁあああああキモイキモイキモイキモイ!!　助けてぇー!!」

ゾーイはどこからか蜂蜜の小瓶を取り出し、中身をたらーりとリュカの腹に垂らす。そして目を爛々《らんらん》とさせて、それをベロベロと舐めだした。パーサッカも長い舌を伸ばし、リュカの顔を舐めまくる。リュカは全身に鳥肌を立てて暴れながら、ふと、もとの世界でのことを思い出した。

(そういえば……前にヴァンが俺の下着を盗んだ従者をこっそり辞めさせたって言ってたけど、もしかてそれってこのふたりじゃないの⁉)

ふたりが最初からリュカをいやらしい目で見ていたド変態だと気づいても、今更である。もとの世界の自分は随分守られていたのだなあとつくづく感謝の念が湧くが、今はそれどころではない。

「ハァハァ……リュカ様、どうかその可愛いお尻で我々を受け入れてください、クフゥン」

「我々を傷つけたリュカ様には、我々の気持ちを受けとめる義務がありますぞ！　ここで乳首にも蜂蜜をひと垂らし……っと」

「絶対やだ‼　やだやだやだやだやだやだ‼」

顔と体を唾液と蜂蜜まみれにされ、リュカはここはゲヘナよりも地獄だと思った。このままでは本気でお尻が危ない。しかし逃げようにも魔法も使えず腕力もないのだから、どうしようもない。

無意味にもがき続けていたとき、リュカはハッと閃《ひらめ》いた。この体勢は以前ピートやロイに体術を教わったときのシチュエーションと似ていると。

リュカはパニックになった頭で必死に記憶を辿《たど》り、指南された通りに体を動かす。

「クフ……あれ？」

手首を捻りながら重心を変えると、押さえつけていたパーサッカの手中からするりと抜けだせた。

そして胸を舐めているゾーイの頭を鷲掴み、眉間めがけて力いっぱい頭突きをする。

「ふんがっ……！」

完全に油断していたゾーイは鼻血を噴き出してその場に倒れた。リュカは彼の体を押し退けて咄嗟《とっさ》に立ち上がろうとしたが、パーサッカに腕を掴まれてしまう。

「逃がしませんよぉ！」

再び床に押し倒されそうになったリュカは意を決すると、覆い被ろうとしてきたパーサッカの股間を思いっきり蹴り上げた。

「ジグウウウウウウウウウウウウッッッッ!?」

断末魔のような雄叫びを上げ蹲《うずくま》ったパーサッカを見て、さすがにちょっとだけ罪悪感が湧く。

「金的こっわ……。でもきみたちが悪いんだからね！　ばーかばーか！」

リュカは身を翻してその場から走りだそうとした。しかし起き上がったゾーイに尻尾を掴まれ引っ張られてしまう。

「うわっ！」

転んだ体を引きずられて呻いたリュカは、顔の下半分を血に染めたゾーイに見下ろされ戦慄した。

「チビギツネがよくもやってくれましたな。許しませんぞ。その生意気な顔と体にたっぷり――」

耳を塞ぎたくなるような下品で残虐な台詞《せりふ》を吐きながら、ゾーイがリュカに馬乗りになる。そしてこぶしを握りしめ、リュカの顔に振り下ろそうとしたときだった。

「まずは拙者と同じ目に遭わせてやりまぐわっ!!」

目の前のゾーイの顔がメキッという音と共にひしゃげる。まん丸に見開かれたリュカの目に、ゾーイの顔に真横から見事な飛び蹴りを食らわすヴァンの姿が映った。

「ヴァン……！」

勢い余って吹っ飛んでいったゾーイの体を、ヴァンはさらに容赦なく蹴り上げる。脇腹を蹴られたゾーイは白目を剝き、そのまま気を失ってしまった。まだ蹲《うずくま》っているパーサッカはそれを見て、「ひっ」と小さく叫ぶ。

「大丈夫ですか、リュカ様」

息ひとつ乱していないが、ヴァンの顔には冷や汗が滲《にじ》んでいる。リュカがコクコクと頷《うなず》いて見せるとようやく強張《こわば》っていた彼の顔が少し緩んだ。ヴァンは蜂蜜まみれの肌を晒しているリュカの姿を見て、何も言わずに法衣《ほうい》の前を留めてくれた。

「助けてくれてありがとう……すっごいピンチだった」

リュカの心臓はまだバクバクいっている。今まで様々な危機をくぐり抜けてきたが、変態に襲われて貞操の危機を迎えたのは初めてだ。ある意味、過去最高の恐怖だったかもしれない。

ヴァンは無言のままリュカの顔をハンカチで拭い、乱れている髪を手で軽く直す。その瞳は強く何かを訴えていて、引き結んだ口もとは何かを言いたそうだ。

「どうして……ここで俺がピンチだってわかったの？」

「……廊下で別れたあと、このふたりがリュカ様と同じ方向に行くのが見えて嫌な予感がしたんです。どこの書庫かわからなかったので少し時間を食ってしまいましたが、間に合ってよかった」

不穏で煩かった心音に、別の高鳴りが混じる。主《あるじ》の危機を報せる騎士の指輪がなくたって、ヴァンはリュカのピンチを察して駆けつけてくれた。抑えていた気持ちが鼓動と共に湧きあがり、たまらず彼に抱きつきたくなる。

しかし、先に腕を伸ばしてきたのはヴァンだった。

「ヴァン……？」

「……リュカ様。私はあなたを――」

その言葉は声ではなく吐息だった。けれどリュカの大きな耳ははっきりと捉えた。『あなたを守りたい』と苦し気に吐き出された、その想いを。

リュカは唇を噛みしめる。言ってはいけない想いが溢れないように、きつく唇を閉じる。ヴァンはサーサの護衛騎士で、婚約者のいる身である。彼に守られることも、愛されることも、望むべきではない。そしてヴァンも、それが当主や婚約者や家族への裏切りになると痛いほどわかっている。

リュカもヴァンも口を噤《つぐ》んだまま時が流れ、やがてヴァンがそっと腕をほどいた。

「部屋までお送りします。侍従に湯を運ぶよう申しつけておきますから、体を綺麗にしたほうがいいでしょう」

まるで今の吐露も抱擁《ほうよう》もなかったかのように、ヴァンは姿勢を正して冷静にそう話す。リュカも一度しっかり瞬きをすると、眉尻を下げながらいつものように明るい笑みを浮かべた。

「ありがと！　でも送ってもらわなくて大丈夫だよ、上の階に行けば人がいっぱいいるから危なくないし。それよりもう任務の時間でしょ、俺は平気だから早く行って」

ヴァンはまだ動けずにいるパーサッカとゾーイをチラリと見やり、リュカの背を押し書庫から出る。

「ではあのふたりの処分はお任せを。サーサ様にも報告しておきます」

「よろしくね」

地下を出て当主の執務室に向かうヴァンの背を見ながら、リュカは自分の胸を片手で押さえる。胸を掻きむしりたくなるのは切ないもどかしさのせいではなく、ベタつく蜂蜜のせいだと思いたい。

パーサッカとゾーイの件は、リュカの体面を慮《おもんぱか》ってひっそりと処理された。レイナルド家の者に対する暴行罪で投獄だそうだ。

リュカとしてもなかなかショッキングな事件だったが、サーサは頭を抱えてしまった。スラムの汚職に続き、またしてもレイナルド邸の従者がやらかしたのだ。組織のトップとしては頭が痛いところである。

「今はみんなが一丸となって魔王を倒さねばならないときなのに、どうしてうちばかりこんなことが起きるのかしら。やはり私が当主では統率力が足りないのだわ。ああ、ああ、お兄様、どうして子供を残してから逝ってくれなかったのですか」

私室のソファに座り顔を覆って項垂《うなだ》れるサーサの背を、リュカはヨシヨシと撫《な》でて慰める。補佐官になってから、リュカはサーサの公務の相談に乗るだけでなく、こうしてふたりきりで愚痴なども聞いてあげているのだ。

「まあまあ、そんなに嘆かないでください。サーサ様のせいじゃありませんって、誰が当主だって内部の不正は防ぎきれませんよ」

実際、スラムの汚職は先代当主グレゴールの頃から続いていたことだし、パーサッカたちももとの世界では大事《おおごと》になる前にヴァンが処分してくれていただけだ。これは当主のカリスマ性には関係ないと思う。

サーサは茶菓子のチョコレートをパクパク食べて渋い紅茶を一気に飲み干すと、フーっと大きく息を吐き出す。多少気持ちが落ち着いたようだが、リュカのほうを向くと唐突なことを言いだした。

「リュカ、あなた側近の護衛をつけなさいな。あなたやたらと可愛くていかにも変態好みされる見た目だから、またこういうことが起きないとも限らないわ。そうよ、それがいいわ」

「え、え～？」

護衛をつけたところで襲われる確率は減るかもしれないが、根本的な内部不正の撲滅《ぼくめつ》には至らないのではないかとリュカは思う。そもそも秘書をつけようとしてこんな事件になったのだ。おかげでリュカの秘書募集は中止になったのに、これではまた新しい変態を招き寄せかねない。

「護衛はいりませんって。これからは気をつけますからあ」

「いいえ、必要よ。今度は募集じゃなく、あなたが信頼できる人を選んでスカウトしなさい。どの騎士団から引き抜いてもいいわ。ちょうど不足していた騎士団の人員補充もしたところだから粒揃いよ」

親切で言ってくれてるのだろうが、リュカは眉が八の字になってしまう。

（じゃあヴァンを俺の護衛にください……なんて言えないよな、さすがに。でもヴァン以外の人を選ぶのはなんか嫌だし……）

「まあ、その話はおいおい……」

リュカがほとほと困り果てたときだった。部屋の扉がノックされ、ジェトラが緊張を滲《にじ》ませた声で報告をしに現れた。

「サーサ様。一階の応接室にお越しくださいませ。勇者様ご一行がいらっしゃいました」

「え……えーっ!!」

思わず叫んだのはサーサではなくリュカだった。吉報は突然訪れる。ついにデモリエルへの手がかりになりそうな人物の登場に、リュカはサーサより早く「今行きます！」と返事してしまった。

勇者パーティーは、屋敷の応接室で振舞われたお茶を飲んでいた。

「お待たせいたしました、勇者殿」

「サーサ様、お久しぶりです」

サーサにくっついて一緒に応接室へ入ったリュカは、内心（本物の勇者だ！）と感激した。もとの世界では勇者の正体はデモリエルだったので、正真正銘、本物を見るのは初めてだ。ただし見た目自体はデモリエルの化けていたネモと変わらない。『トップオブビースト』では主人公のキャラメイクができるが、これはデフォルトの姿だ。仲間の剣士、魔法使い、薬師も同じである。

（そういえば勇者って召喚されたことになってるけど、実際はウルデウス様の残した魔力の具象化

なんだよな。だから魔法使いより色んな魔法が使えるのも納得だ）

色々な感情をこめて勇者をマジマジと見つめてしまう。するとリュカに気づいた勇者とその仲間がこちらに微笑みかけてきた。

「可愛いですね。サーサ様のお子様ですか？」

サーサは既婚者でふたりの子供もいるが、どちらもまだ十四歳と十二歳だ。こんな大きな息子がいるなんて失礼だろうと思ったが、おそらく勇者たちにはリュカが十二、三歳に見えているのだ。下手したら女の子と思われているかもしれない。

リュカはコホンと咳払いをひとつすると、威厳を醸すように胸を張って彼らの前に歩み出た。

「はじめまして、当主補佐官のリュカです。このたびは勇者様ご一行にお会いできて光栄です」

畏まって挨拶《あいさつ》をすると勇者たちは目をパチクリし、感心したように声を上げた。

「レイナルド領では子供でも官職に就けるのですね。実力主義という訳ですか」

「ちがーう！」と叫びそうになるのをリュカはこらえた。背後でサーサとゴズが笑いをこらえている気配がする。

「改めて、はじめまして。勇者のユウです」

とりあえず訂正は後回しにして、ユウが差し出した手を握る。ユウという名前もデフォルトだ。プレイヤーの意思が反映されていない存在なのだろうか。

「ところで本日はどうされたのですか？」

サーサが本題に切り込むと、ユウは少し照れ臭そうに仲間と笑い合った。

「実は道に迷ってレイナルド領に入ってしまって。モンスターは強いし、町の宿屋は高いしで困っていたので、サーサ様に助けていただこうかな、って」

あまりにも意外な理由に、サーサもリュカも目を丸くした。

『トップオブビースト』では、大陸西南のワレンガ領から反時計回りに冒険をしていき、最後に辿《たど》り着くのが大陸北西部にあるレイナルド領になる。モンスターの強さも、その順番にレベルが上がっていく。

しかし今この世界のモンスターは、もとの世界のデモリエルによって激減している。おそらくそのせいでユウたちはうっかり北西へ来てしまったのだろう。本来なら到底敵わないモンスターとエンカウントしまくりで、レイナルド邸まで辿《たど》り着けないはずだ。

（どうりで、レイナルド邸に来るのが早すぎると思ったよ。でも俺としてはラッキーだったな）

しめしめとほくそ笑むリュカはさておき、サーサは「まあ、それは大変でしたね」とユウたちを労う。そして今夜の食事と寝床、明日はワープゲートでワレンガ領まで送ることを約束した。

「それでは晩餐《ばんさん》の支度《したく》が整うまでゆっくりくつろいでください」

そう言ってサーサは部屋から出ようとしたが、リュカは留まって口を開いた。

「あの、ユウ様。ちょっとお尋ねしたいことが……」

「なんですか？　僕らにわかることならなんでも聞いてください」

ユウは気のいい青年のようだ。彼の人柄に安堵《あんど》してリュカは思いきって質問した。

「魔王デモリエルにどこかで会いませんでしたか？　あるいは彼がどこにいるかとか、目撃情報でもいいんですけど」

「魔王？　どこかで？　……いや、僕らにも魔王がどこにいるのかはわからない。おそらく地下にあるという伝説の魔界にいるのだろうけど、それ以上のことは……」

「そうですか……じゃあ今はゲヘナに戻ってるのかな……。あの、もし今後ゲヘナへ行くことがあったら俺も連れていってくれませんか？　もしかしたら世界を平和に――」

話しながらリュカの顔色が変わっていく。ユウとその仲間の、サーサたちの、リュカを見る目が驚愕に見開かれているからだ。

「ゲヘナ？　魔王がいるのはゲヘナというのか？　どうしてそんなことを知っている？　それにゲヘナへ行ってきみは何をするつもりなんだ？　なんだかまるで、魔王と会おうとしてるみたいだけど……」

明らかに不信感を抱いているユウの口調に、リュカは自分の大失態を察した。魔王のいる場所がゲヘナという呼称であることは、ゲームの後半で明かされる。ユウたちはまだその情報に辿《たど》り着いていない。勇者たちでさえ知り得ない情報を零してしまったうえ、魔王に会いにいこうとしているような質問をしてしまったのだ。怪しまれるのも当然だろう。

「ち、違うんです。俺はその、なんていうか事情があって」

慌てて取り繕うがうまい言い訳が浮かんでこない。勇者たちは武器を構えてリュカに対峙《たいじ》し、ゴズとヴァンはサーサを背後に庇った。しかしヴァンは剣を抜くのをためらっている。

「サーサ様、やはり彼は何かおかしい。我々に重大な隠し事をしている」

ゴズは険しい顔でリュカから目を離さずに言う。身元不明で突然現れ、レイナルドの一員を名乗るのに魔法も使えず、さらには困難な問題をまるで見てきたように解決したリュカを、ゴズはずっと訝《いぶか》しんでいたようだ。功績が大きかったので表立って追及できなかったが、魔王と繋がりがある疑惑が浮かんではもう黙っていられない。

「とにかく俺は悪者じゃありません、信じて！」

「ならどうして魔王を捜し求めている？　ゲヘナという場所を知っている？　さてはお前……魔王が地上に寄越した間者じゃないだろうな」

ユウにとんでもない疑惑をかけられ、リュカはブルブルと首を横に振る。しかしその疑いはあまりにもゴズの推測とぴったり一致した。

「なるほど、魔王の間者だというなら、突然現れてレイナルド邸に潜り込んだのも頷《うなず》ける。正体を現せ！　いったいお前は何者なんだ！」

「違うってば！」

剣を向けられてリュカは涙目になって叫んだ。しかし潔白である証拠など何もない。そのうえ、本当に魔王と繋がっているのだ。むしろデモリエルと再会することが何よりの目標である。

「リュカ……。どうか本当のことを言ってちょうだい。私はあなたが領地の問題を解決してくれたことに感謝してるし、とても頼りにしてるの。敵だと思いたくないわ。お願い、あなたは何者なのか教えて」

サーサはリュカを信じたいようだ。その気持ちに応えたいが、この状況で『別の世界線から無害な魔王と一緒に来ました！』と話して、いったい誰が信じるだろうか。ますます怪しまれるだけだ。

「ゲヘナのことはちょっと小耳に挟んだだけで、魔王のことはその……そ、そう！　好奇心！　好奇心で興味があるだけです！」

必死のリュカの言い訳は虚しいだけだった。まったく緩和しない空気にリュカの耳と尻尾は段々垂れさがり、今にも泣きだしそうな顔になってしまう。

（失敗したー……）

リュカへの警戒を解かないまま、ユウがサーサに言葉をかける。

「この者は危険です。正体を現してモンスターになるかもしれない。我々が退治します」

「た、退治は待ってちょうだい。まだモンスターと決まった訳じゃないわ」

「しかしこうなった以上、疑惑が晴れるまで野放しにはできませんよ」

ゴズに言われてサーサは眉間に皺を刻む。そして堅牢な地下牢に閉じ込め、ひとまず様子を見ることを決めたのだった。


（あー俺の馬鹿馬鹿馬鹿。ここまで来てこんなドジを踏むなんて……）

地下牢でリュカは膝を抱えて蹲《うずくま》る。苦労して信頼を積み重ねてきたのに、たったあれだけの失言で一気に窮地に追い込まれてしまった。こんな地下の奥深くに閉じ込められていたら当然デモリエルに見つけてもらえないし、下手をしたら何年……いや、死ぬまで出られない可能性だってある。

（なんとか、なんとかここから出る手段を考えなくちゃ）

泣きたい気持ちをこらえてリュカは必死に頭を働かせる。地下牢にいると以前ガルドマン邸で捕まったときのことを思い出すが、あのときは魔法も使えたし、何より仲間がいた。孤立無援だということが身に沁みて、途方に暮れてしまう。

そうして何時間が経っただろうか。ふと、リュカの大きな耳が小さな物音を捉えた。見張りの騎士が様子を見にきた音……ではない。打撃音と小さな呻き声。そして忍ばせた足音が聞こえる。

「……な、何？」

リュカは立ち上がって身構えた。まさか業を煮やした勇者が自分をやっつけにきたのではないかとハラハラする。しかし――

「静かに。リュカ様、私です」

「リュカ、助けにきてやったぜ」

暗い色のマントに身を包んで現れたふたりの姿を見て、リュカは大きな目をもっと大きく見開く。

「ヴァン！　ピート……!?」

そこには、いつだってリュカの危機に駆けつけて必ず守り抜いてくれた、ふたりの男がいた。

第七章　終わらない物語

今から遡《さかのぼ》ること六時間前――

レイナルド邸ではリュカの処置について喧々《けんけん》諤々《がくがく》と話し合いが行われていた。やっぱりあいつは怪しかったと言う者、どうしていいかわからないから勇者に預けようと提案する者、領地の危機を命懸けで救ったリュカが魔王の手先であるはずがないと主張する者、様々だ。サーサはリュカを疑いたくないが、勇者たちがどうにも懐疑的なので庇いきれないでいる。

長い会議の末、リュカの身柄を勇者たちに預けることで決着がついた。話し合いが終わったのは夜更けで、サーサも官僚もみな自室へ戻るとすぐ床に着いた。今夜はレイナルド邸に宿泊する勇者たちもだ。

業務を終えたヴァンは屋敷中が寝静まったのを確認してから、息を潜めて外へ出る。やって来たのは騎士の馬が繋いである馬房だ。

(馬……よりは小型の馬車のほうがいいか？　リュカ様の耳と尻尾は目立つ。荷馬車に偽装したほうが検問や追っ手を欺きやすい。だが馬車を用意するには時間がかかるな……)

考えながら体格のいい馬を二頭選び、轡《くつわ》を着けているときだった。足音が聞こえ、ヴァンは腰の剣を抜いて勢いよく振り返る。しかしヴァンのひと太刀は何かに跳ね返され、両者は間合いを取って対峙《たいじ》した。

『……っ、貴様は……！』

ヴァンは目を瞠る。なんとそこにいたのは剣を構えたピートだったのだから。

『なぜ貴様がここにいる!?　どういうつもりだ！』

吠えたヴァンをピートはきつく睨みつけながら、片方の口角を上げた。

『うるせえ、怒鳴んなよ。ちょっと馬を借りにきただけだ』

『何を馬鹿なことを……』

言いかけてヴァンは気づく。ピートがレイナルドの騎士団の制服を着ていることに。まだ真新しいそれを見て、つい先日いくつかの騎士団が新しい人員を補充していたのを思い出した。

当主や屋敷の護衛騎士に就けるのはインセングリム一族が中心で厳しい審査もあるが、遠征部隊や首都の警備隊などの入団条件はそこまで難しくない。身元と経歴さえきちんとしていれば、剣の腕次第で平民でも採用される。だからといってスラムのハイエナが採用されるとは到底思えないが、おそらく少々よくない手段で入団してきたのだろう。

こんなときに厄介な輩《やから》と出会い、ヴァンは苛立《いらだ》ちに眉を吊り上げる。……しかし、あることに気がついて、喜ぶべきか否定すべきか葛藤した。

（こいつがレイナルド邸に潜り込んできた理由など……ひとつしかないじゃないか）

ヴァンはピートのことをほとんど知らない。わかっていることと言えば、彼がスラム暮らしで素行が悪そうだということ。そして――リュカに並々ならぬ感情を抱いていること。

リュカを救出するために動いたヴァンだが、仲間はいない。リュカの無罪を唱える者はいるが、自分を犠牲にしてでも彼を救う覚悟のある者はそうそういないからだ。もしいたとしても、今はひとりひとりにそれを確認している時間はない。夜が明ければリュカは勇者たちに連れていかれてしまう。懐疑的な目を向けていた勇者たちがリュカに剣を向ける可能性は高い。そうなる前にリュカを救出せねばならなかった。

しかし、ひとりではできることに限りがあるのも確かだ。時間がない中、脱出に長《た》けた仲間がいたならどんなに頼りになるだろう。

(いや、こんなチンピラと手を組むなんてどうかしている。あり得ない。……だが)

ヴァンが逡巡したまま剣を構え続けていると、馬房の屋根から誰かが身軽に飛び降りてきた。

『ピート、馬車の準備できたぜ！　あとは馬を拝借して……って、うわっ、なんだよ、もう見つかっちまったのかよ』

それはスラムでピートと共にいたハイエナの仲間だった。ハイエナがひとり増えたことにヴァンは一瞬顔を険しくさせたが、『馬車』と聞いてハッとした。

『……お前、まさかリュカ様を逃がすつもりなのか』

企みを見抜かれたピートは腹を括《くく》ったようにニヤッとする。

『苦労して騎士なんかになったってのに、顔も合わせないうちに勇者に攫《さら》われるなんて冗談じゃねーんだよ。っつーかあんたら馬鹿じゃねーの。水害だのモンスターだのスラムだの、全部リュカが解決してくれたんだろ？　少なくともレイナルド領にとっちゃ、勇者より役に立ってるリュカを勇者の意見で処分しようだなんて、どうかしてるぜ』

葛藤していたヴァンは、己の中の答えが出たことを感じて奥歯を噛みしめる。自分とまったく同じ考えを持った者がここにいた。緊急事態の今、手を組むしか選択はない。だがなぜ、よりにもよってこいつなのかと神を恨みたくなる。

『さ、そこを退きな。手荒な真似はしたくねえ。馬をちょっと借りてリュカを逃がしてやるだけだ。あんたらにとっちゃ大した損害でもねーだろ』

ピートはヴァンに飛びかかれるように剣を構え直す。その隣でロイもナイフを構えた。ヴァンは最後にピートをひと睨みすると息を吐き、構えていた剣を鞘《さや》に収めた。そしてふたりに向かってまっすぐに頭を下げる。

『……力を貸してくれ。私もリュカ様を助けたい』


レイナルド邸の内部に詳しいヴァンと、侵入や脱出の手段に長《た》けているピート。ふたりが手を組めばリュカを連れ出すのは難しくなかった。

ロイが馬車に馬を繋いでいる間、ヴァンが地下牢まで案内してピートが鍵を開け、ふたりで門番を倒す。リュカは助けにきたふたりを、奇跡を目の当たりにしたような感激の眼差しで見つめた。

「ははっ、なんて顔してんだよ。チンピラ王子サマが囚われのお姫サマを助けにきてやったぜ」

牢の扉をピッキングで開けたピートが、リュカに向かって手を差し伸べる。リュカは目を潤ませながら彼に向かって手を伸ばした。

「ど、どうしてピートがここにいるの……？」

「ハイエナっつーのは執念深いんだぜ。一度捕まえた獲物は絶対あきらめねえんだよ」

そう言って得意げな笑みを見せる彼が、真新しい騎士団の制服を着ているのを見てリュカはすべてを理解する。そして。

「……太陽……」

差し伸べられた彼の右手の甲に太陽のタトゥーが入っていることに気づいた途端、リュカの両目から涙が溢れた。もとの世界で彼が何度もリュカを『太陽』と呼んでいた意味、愛おしげにタトゥーを眺めていた眼差し。そこにこめられていた想いを知って、胸が震える。

「なんだよ、俺がカッコよすぎて泣けてきちゃったか？」

ベソベソに泣いているリュカの目尻を、ピートの指が優しく拭う。リュカはますます泣けてきてしまって、ただコクコクと頷《うなず》いた。

「おい、急げ！　巡回の騎士が来るぞ」

地下の入口に目を配っていたヴァンが小声で叫ぶ。ピートはリュカの体を腕に抱きあげ、三人は地下牢から走り去った。

屋敷の窓から外へ出て庭の裏手へ回り、壁を乗り越えてレイナルド邸の敷地から脱出する。壁を越えた向こうには幌《ほろ》付きの小さな荷馬車が用意されていて、ロイとナウスが手招きしていた。

「ロイ、ナウス！　きみたちも来てくれたの!?」

「おう！　ピートからおチビがピンチだから来いって伝言鳥が来てな、こうして駆けつけてやったってワケよ」

「仲間のピンチはほっとけないのがハイエナさ。それにチビには返しきれない恩があるからな。あんたのおかげでイカロスの病気もよくなったし、スラムは平和になった。どいつもこいつもみんな腹いっぱいで笑ってて、リュカに感謝してるよ」

自分の目では確かめられなかったスラムの現状を聞けて、リュカは深い安堵《あんど》と喜びを覚える。思いきり腕を伸ばし、小さな体でピートとロイとナウスをギュッと抱きしめた。

「ありがとう。みんな大好き」

リュカは、ピートたちに抱きしめ返されたり頭を撫《な》で繰り回されたりしてもみくちゃになってから、馬車へと乗り込んだ。偽装のために荷台には水樽やら豆袋やらが大量に積んであり、人がギリギリふたり乗れるくらいだ。

「北の山に隠れた人里がある。ひとまずそこにリュカを匿うつもりだ」

御者台に飛び乗りながらピートが言う。ロイとナウスは馬車に乗らないようだ。

「俺たちゃ屋敷のチビや女たちの世話があるからな。ピートのいないスラムを守らなくちゃならねーし」

「元気でな、リュカ。生きてりゃまたどっかで会えるさ」

「うん……またね、ロイ、ナウス。イカロスたちにもまた会おうって伝えておいて」

再会したばかりですぐに別れとはつらいが、状況が状況なので仕方ない。ふたりと別れの握手を交わしたリュカが顔を上げると、神妙な顔で立ち尽くしているヴァンの姿が目に映った。

「ヴァン……。こんな危険を犯してまで俺を助けてくれて、本当にありがとう。きみもどうか気をつけて戻ってね。……立派な側近騎士に、インセングリム家の統領になってね」

これからどうなるかわからないが、ヴァンともしばしの別れだ。もしかしたらもう会えないかと思うと、言い尽くせぬ気持ちが溢れてくる。リュカは彼に縋《すが》りついて泣いてしまわないうちに、馬車の奥へ引っ込もうと思った。そのとき。

「……っ！」

覚悟を決めた眼差しで、ヴァンが馬車の荷台に飛び乗った。目を丸くしたのはリュカだけではない、ロイたちもだ。

「ヴァ、ヴァン？」

「私も行く。リュカ様、あなたとどこまでも一緒だ」

当主側近護衛騎士、黄金麦穂団団長、インセングリム家家督後継者、父母、弟、婚約者……ヴァンの背負っているものは多い。多いだけでなくそのひとつひとつが深く重く、彼という人物を作り上げていると言っても過言じゃない。今ここでリュカと共に逃げるということは、己の人生すべてをなくすのも同然だった。

「駄目だよ、きみはサーサ様の護衛騎士だろ？　レイナルド家に仕えるのがきみの何よりの誇りじゃないのか？」

ヴァンの選択を嬉しく思う反面、リュカは複雑にも思う。この世界での彼の人生を乱したくないという気持ちがもちろんあるし、何よりヴァンにはレイナルド家の騎士であってほしいと願う。

もとの世界でリュカは彼の忠誠心に何度も救われ、騎士としての誇り高さを尊敬さえしてきた。騎士としての忠誠こそがヴァンがヴァンたる所以《ゆえん》で、たとえ主《あるじ》が変わったとしても彼の核がブレないでほしいと望んでしまう。

「俺なんかのためにレイナルド家への忠誠を捨てるなんて、きみらしくないよ」

するとヴァンは狭い馬車の中で跪《ひざまず》き、リュカの手を取って甲に口づけた。

「私にとってのレイナルド家は、あなたです。リュカ様」

ためらいのない金色の瞳がリュカを映す。その眼差しに、リュカは覚えがあった。脳裏によぎるのはもとの世界でのヴァンの叙任式。騎士の指輪を授かり、当主リュカに生涯の忠誠を誓った、誇り高いあの瞳だ。

「民を思い、民に尽くし、雄姿を以て人々に勇気を授ける。あなた以上にレイナルド家の魂を体現している者はいない。私はあなたに仕えたい。リュカ・ド・レイナルド。この身も心も命も、あなたに捧げさせてください」

ヴァンは腰の剣を抜き、両手で恭《うやうや》しく差し出す。リュカは頭がジンジンと痺れるのを感じながらそれを受け取り、刃をヴァンの肩にあてた。

（――ああ、これは運命だ）

運命なのは、ヴァンがリュカに仕えることではない。

彼の嗅覚が己のすべてを捧げるに相応《ふさわ》しい魂を嗅ぎ分け、追い求め、全身全霊で守る悦びに打ち震えることが運命なのだ。彼は選んだ。己の意思で、思考で。誰よりも崇高な騎士は敷かれたレールに抗《あらが》い、己の選択でリュカを主《あるじ》と認めた。

「これからどんな道を辿《たど》るかわからない。きみから見て至らなく感じることも多々あると思う。けど——俺についてきて、ヴァン。俺の騎士になって、俺を守って」

渡された剣を佩剣《はいけん》してヴァンはこうべを垂れる。そして立ち上がると、リュカに向かって満たされた笑みを浮かべた。やっと正しい道を歩きだせる悦びに満ちているように。

「おい、マジで騎士サマもついてくんのかよ！　あとで帰りたいって泣いても知らねーからな！」

御者台で叫んだピートが馬に鞭を打ち、馬車を出発させる。リュカはロイとナウスにいつまでも手を振り、その姿がやがて見えなくなると荷物の隙間に腰を下ろした。狭いのでヴァンと身を寄せ合って座るような形になり、リュカはなんとなく照れ笑いを浮かべる。

「助けにきてくれてありがとう。これからよろしくね」

忠誠を誓われたばかりだというのに、威厳のないはにかんだ顔で肩を竦《すく》める。しかしヴァンは呆れるでもなく、乱れていたリュカの髪をそっと撫《な》でて目を細めた。

「私がいなければあなたの世話を焼く者がいないでしょう？　あなたの隣に私がいるのは必然です」

「そうかも。俺、やっぱヴァンに世話焼かれるの好き」

素直に認めれば、ヴァンの頬が微《かす》かに赤く染まって尻尾が左右に揺れた。リュカはしばらくニコニコしていたが、やがて笑みを消すと隣に座るヴァンの尻尾に自分の尻尾を重ねた。

「俺のこと、信じてくれてありがとうね。……俺は前にも言った通り悪者じゃないよ。この世界の誰のことも害したくない。……襲ってくる変態はともかく」

リュカはポツリ、ポツリと喋りだす。ヴァンは今までの人生を捨ててまでついてきてくれたのだ、彼にはすべてを打ち明ける義務があると思った。

「ただ……魔王を捜してるのは本当なんだ。でも魔王はきみたちが思ってる姿と違う。夏頃に大陸中のモンスターが激減したでしょ？　あれは魔王が制御したんだよ。彼は積極的に獣人を傷つけようとしていない。面倒くさくてモンスターを放置してるだけなんだ」

ヴァンは驚愕に目を見開いて話を聞いている。仕方がない、想定通りの反応だ。

「……なぜあなたは魔王のことをそんなに知っているのですか？」

至極当然の質問に、リュカは正直に答える。

「俺は魔王デモリエルの友達だから。はぐれてしまった彼のことをずっと捜してたんだ。あ、でも俺はモンスターじゃないからね。れっきとしたキツネ族の獣人」

ヴァンは何かを言おうとして大きく口を開けたが言葉が出てこず、口をパクパクとさせていた。にわかには信じ難い話だが、リュカがまったくの身元不明の存在だったことやゲヘナを知っていたことを思うと辻褄《つじつま》が合うので、混乱しているのだろう。

「何度も言うけど、俺も魔王もこの世界を害そうとはしてないよ。俺たちはただ再会しなくちゃいけないだけなんだ。……ごめん、先に話しておくべきだったね。やっぱ失望したならさっきの誓い、なかったことにしてもいいよ……」

申し訳なく思い、最後のほうはゴニョゴニョと小声になってしまう。するとヴァンはムッとした様子で眉を吊り上げ、俯きそうになっているリュカの顔を手挟んで上げさせた。

「私の覚悟をなんだと思ってるんですか。あなたの正体がなんであろうと、私はあなたの魂に忠誠を誓ったんだ。ボロボロになって死にかけてみっともなく泣きながら、それでも『領民を守りたい心は嘘じゃない』と言ったあの日から、私はあなたの魂に失望したことなど一度もない」

険しい形相《ぎょうそう》で返され、今度はリュカのほうがポカンとしてしまう。そしてへへっと鼻を赤くして笑うと、頬を包んでいるヴァンの手に自分の手を重ねた。

「やっぱヴァンはヴァンだ。俺のこと世界で一番信じてくれてる」

リュカは自分の中が温かいもので満たされていくのを感じる。たとえ世界中が敵になったとしても、ヴァンは最後まで味方でいてくれるだろう。騎士の忠誠心こそがヴァンをヴァンたらしめる核ならば、その彼に信じてもらえることこそがリュカをリュカたらしめる理由なのかもしれない。

幌《ほろ》の隙間から漏れる月明かりが、リュカの大きな瞳に光を宿す。宝石のように美しいそれをヴァンは魅入るように見つめ、顔を近づけた。小さな幌《ほろ》馬車の荷台で、ふたりは唇を重ねる。何もかもを捨てたヴァンが選んだたったひとつの宝物。大切なそれを壊れないように優しく両手で包み、ありったけの愛おしさをこめて口づける。

「……もう戻れない。あなたは私に教えすぎた。本当の忠誠心も……愛も。私はもうあなたのそばを離れられない」

「うん。愛してるよ、ヴァン」

絡まっていた赤い糸がようやくほどけた気がする。何度も口づけてくる唇を受けとめ、リュカは懐かしい切なさに酔いしれる。彼との恋はいつだって少し痛くて、泣きたくなる。

——そのときだった。

外が一瞬光ったかと思うと、大地を揺らす衝撃音と共に馬車が激しく揺れて傾いた。

「わぁあああっ⁉」

馬の嘶《いなな》きが聞こえ、馬車は斜めになりながら止まる。ヴァンが咄嗟《とっさ》に身を挺して庇ってくれたが、リュカは水樽に頭をぶつけ「いて」と呻いた。

「ど、どうしたんだろう」

体を起こしたリュカが幌《ほろ》の隙間から外を窺う。辺りは荒野のようだ。馬車の片側の車輪からは煙の筋が立っていて、四つの人影がこちらに近づいてくるのが見えた。

「ゆ、勇者……⁉　もう追ってきたの⁉」

リュカもヴァンも目を瞠る。どうやらさっきの衝撃は、ユウが魔法で馬車に雷を落としたようだ。

(見つけるのが早すぎる。どうやって俺たちの馬車を突きとめたんだ？　空飛ぶアイテムはまだ入手できてないはずだし……)

こっそりとユウたちのステータスをオープンし、リュカはアイテム欄に『魔法の地図』があるのを見つけて（これか〜！）と歯噛みした。

『魔法の地図』は探しているアイテムの位置が表示されるマップだ。情報を集めるなど条件が揃えば、どのアイテムでも位置が表示される。ユウはおそらく何かしらのリュカの身につけている物を〝探しているアイテム〟として認識させ、マップにその位置を表示させたのだろう。

（そんな器用な使い方あり？　こんなの裏技じゃん！）

心の中でツッコミつつ、リュカは緊張に顔を強張《こわば》らせてゴクリと唾を呑み込む。

「その馬車にリュカが乗っているだろう。こちらへ寄越すんだ」

剣を構えて近づいてくるユウに、御者台から飛び降りたピートも剣とナイフを構える。

「おい、オオカミ！　リュカを連れてさっさと逃げろ！」

ピートは体を張ってここを食い止めてくれるようだ。リュカは彼を置いて逃げることに躊躇したが、ヴァンはリュカを肩に担ぎあげると荷台から飛び出し、一目散に勇者たちから遠ざかっていく。

「ま、待って！　ピートが！」

米俵のように担がれリュカはジタバタするが、ヴァンは「暴れるな！」と叱って足を止めない。しかしヴァンの行く手に魔法の火が放たれ、それはあっという間にリュカたち三人を囲ってしまった。

「オオカミの騎士……？　あなた、サーサ様の側近ですよね？　まさかあなたも魔王の手先だったとは……。危うくレイナルド領が乗っ取られるところだった」

ユウはもう頑なにリュカが魔王の手先だと信じ込んでいるようだ。ゲームの勇者は魔王と不倶戴天《ふぐたいてん》の敵同士なので仕方ないが、もう少し聞く耳を持ってほしい。

地面に下ろされたリュカの前に、ヴァンとピートが剣を構えて立ち塞がる。その正面に勇者たちが対峙《たいじ》し、まさしくパーティーバトル開戦だ。

「まさか勇者サマとやり合う日が来るなんてな。ったく、リュカといると人生退屈しねーよ」

「相手が勇者だろうと神だろうと構わない。私が守る正義はただひとつ、リュカ様だけだ」

戦う気満々のふたりの後ろで、リュカは青ざめる。

レベルはヴァンとピートのほうがやや高い。しかし相手は勇者だ。レベルが低くても、もとのステータスが高いうえ、魔法も使える。しかも仲間もいてバフのかかるアイテムや装備も身につけている。

正直なところ、こちらの勝ち目は薄い。

「相手が誰だろうと、魔王の手先なら容赦しないのはこちらも同じ！　いくぞ！」

ユウが咆哮《ほうこう》を上げヴァンに飛びかかる。魔法使いの魔法で炎を帯びた刃をヴァンは剣で打ち払い、後ろに飛びすさった。ピートのナイフを受けた剣士が腕に傷を負うが、薬師がすぐにそれを治してしまう。

（あぁ～、始まっちゃった！　どうしようどうしよう）

魔力なし、攻撃力8のリュカの出る幕はない。どう考えても足を引っ張るだけなので、ふたりの背後でオロオロするしかなかった。

頭の中では『トップオブビースト』の戦闘ＢＧＭが流れて焦燥が募る。息つく暇もない激しい戦闘が続き、徐々にヴァンとピートの消耗が激しくなってきた。こちらには回復の手立てがないので、ヴァンの腕の火傷も、ピートの顔の傷も、そのままだ。

（このままじゃ俺のせいでふたりが死んじゃう……！）

リュカの目の前で勇者の剣がヴァンの肩を貫く。魔法使いの放った氷の矢がピートの背に刺さり、鮮血が噴き出した。

「やめて！　もうやめて！　俺のこと退治してもいいからふたりは許して！」

間違った正義に屈したくはないが、リュカはたまらずふたりの前に躍り出て腕を広げる。しかし左右から肩を掴まれ、後ろに引き戻されてしまった。

「退治していい訳ないでしょう。なんのために私が戦ってると思ってるんですか」

「リュカはすっこんでな。大丈夫、刺し違えてでもあんたにゃ手出しさせねーよ」

満身創痍《まんしんそうい》で勇者たちに向かっていくヴァンとピートを、リュカは見ていることしかできない。こんなはずじゃなかった。ふたりを死なせるために、間違った正義の刃に討たれるために、この世界に来たのだと思いたくない。

「嫌だ！　こんな終わり方は嫌だ！　助けて！　デモリエル、助けてー!!」

リュカの絶叫が夜空に木霊《こだま》する。荒野に、森に、川に、悲痛な願いが響き渡る。――すると。

「――いた」

満月に六枚の翼を持った人影が浮かび上がったかと思うと、それは黒い風を引き連れてリュカたちのもとへ急転直下してきた。

「うわあああああ!?」

そこにいた誰もが何が起きたかわからなかっただろう。一陣の黒い風が拭き抜けたかと思うと、地上には勇者パーティーしか残されておらず、上空には満月を背にリュカとヴァンとピートを腕に抱えたデモリエルが羽ばたいていた。

「あ。オオカミとハイエナも持ってきちゃった。……まあいいか」

唖然《あぜん》としているのはヴァンとピートだけではない。地上ではユウたちがデモリエルを見上げて、滑稽なほど目と口を大きく開けている。

「ま、ま、ま、魔王……だと……」

立ち尽くしている勇者たちを見て、デモリエルは「うわ」と微《かす》かに眉根を寄せた。

「デ……デモリエルー!!」

リュカは背後から抱きかかえられたまま彼の腕に抱きつく。感激で溢れた涙がデモリエルの袖にくっきり跡を作ってしまった。

「ありがとう、ありがとう！　ナイスタイミングだよ、ありがとう！」

「リュカ、無事でよかった。……あーやっぱ魔力全然ないね。どうりで見つかんない訳だ」

リュカがデモリエルと会話しているのを見て、ヴァンとピートは驚愕のあまり力なく笑う。

「本当に……魔王の友達だったのか……。いや信じてはいたが……思った以上に友達だな……」

「は、ははは。ったく今日はどうなってんだよ、勇者と戦って魔王に助けられて。変な夢でも見てんのか？」

やがて我を取り戻したユウがデモリエルに向かって魔法を撃つ体勢を構える。それに気づいたデモリエルがチッと舌打ちをしてからリュカに尋ねた。

「僕としてはあれ嫌いだから消しときたいんだけど、いい？」

「駄目だよ。この世界のデモリエルは別にいるんでしょ？　だったらそっちに任せよう」

「ちぇ。まあいいや。リュカも見つかったことだし、あとは帰るだけだしね」

ユウが火魔法を放った瞬間、デモリエルは宙高く舞い上がり流星のようなスピードで飛び去る。

地上に残されたままのユウたちはそれをポカンと見上げるしかなく、魔王たちの去った空には銀色の大きな満月が浮かんでいるだけだった。


デモリエルが降り立ったのはとある山頂の平原だった。

月の光がよく当たり、独特の神秘的な空気に包まれている。

「ここ。ここがこの世界で次元の壁が一番薄いとこ。異次元スポット」

「そんなのあるんだ……」

デモリエルの腕から下ろしてもらったリュカは辺りをきょろきょろと見回す。ヴァンとピートは投げ捨てるようにポイと落とされたが、飛行中にデモリエルに怪我を治してもらったので文句は言えなかった。

「もとの世界に繋がるように調整しといたからすぐ帰ろう。朝になると僕の魔力が弱まってうまくコントロールできなくなる」

そう言ってデモリエルが手をかざすと、目の前に亜空間の渦ができた。ここをくぐればもとの世界へ戻れるのだ。ずっと希《こいねが》ってきた帰郷の道が突然目の前に訪れ、リュカはドキリとする。それは喜びでもあり、そして……

「……リュカ様？　もとの世界へ帰る、とは……」

「おい、言っとくけど、俺はあんたの行くとこならどこへだってついていくぞ。だからちゃんと話せ」

リュカは戸惑いを浮かべる。いつ突然の別れが来てもいいように覚悟はしていた。けれどふたりがリュカを選び救い出してくれた途端に別れが訪れるのは、さすがにどんな顔をしていいかわからない。

「何言ってんの。魔力も加護もないくせに、お前たちはここ通れないよ。亜空間で塵になりたいの」

デモリエルがリュカの肩を抱き寄せながら、ふたりに向かってシッシと手を振る。ヴァンとピートは驚きに顔をしかめ、それから悪い予感に曇った表情でリュカを見た。

「……デモリエル。お願い。この世界から俺に関する記憶をすべて消して」

リュカは震える声で告げる。それを聞いたヴァンとピートが強くリュカの肩を掴んだ。

「なっ……何を言ってるんですか⁉」

「あんたを忘れろってことか⁉　ふざけんな！　そんなの絶対許さねえぞ！」

泣きそうな笑顔を浮かべたリュカはふたりの手を肩からはがすと、そのまま手を握り続けた。

「……あのね。俺、この世界の獣人じゃないんだ。すごくよく似た違う世界から来たの。そこでは大切な人たちが俺を待ってる。俺が世界を守らなくちゃいけない。だから……帰らなくちゃ」

言葉をなくして固まっているヴァンとピートを、リュカは腕を広げて抱きしめる。

「今までありがとう。きみたちと出会えてよかった。きみたちと恋ができて……よかった」

「だ……駄目だ！　行かせない！　私はリュカ様と共にいると誓ったばかりじゃないか！」

ヴァンが声を震わせる。リュカを抱きしめる腕には力がこもりすぎて、抱擁《ほうよう》ではなく逃がすまいとしている捕獲のようだった。

「『今までありがとう』じゃねえよ。勝手に別れの挨拶《あいさつ》すんな。俺は許さねーぞ。ついていけないんなら、あんたをもとの世界とやらに帰すつもりはねえ」

ピートは訪れる別れに全力で抗《あらが》っている。言葉は乱暴なのにしかめた顔は今にも泣きだしそうで、リュカの背を掴む手が震えていた。

「リュカ。そろそろ日が昇る。行くよ」

デモリエルが亜空間の渦を広げる。遠くの稜線が段々明るくなってきてるのが見えた。

「みんなの記憶が消えれば、ふたりが俺を庇った出来事もなくなる。だから安心して戻って大丈夫だよ」

「そういう問題じゃない！」

「んなこたぁどうでもいいんだよ！」

激高するふたりの目は潤んでいる。昂《たかぶ》った感情を抑えきれない。ヴァンもピートも縋《すが》りつくようにリュカを抱きしめ、「行くな……」と呻く。リュカは大きな目にいっぱいの涙を浮かべながらも、それを零さないようにこらえて微笑んだ。

「あのね」

山並みの合間から朝日の閃光が漏れだす。デモリエルは眉をしかめ、リュカを後ろから抱きかかえた。遠くで咲いているチェリーブロッサムの花びらが風に乗って、リュカたちの上に降り注ぐ。

「また会える。だから泣かないで。気の遠くなるような運命の果てで、俺たちはまた会って恋をするんだよ。何度も生まれて、生きて、どんな世界でも。ヴァンとピートは俺を見つけてくれる。だから大丈夫。運命の果てで、また会おう」

リュカはふたりを腕に抱きよせ、それぞれに口づけた。そしてデモリエルに抱えられて亜空間の渦に入っていく。

「「リュカ……!!」」

縋《すが》りつくふたりの手から、リュカの体がすり抜ける。

「嫌だ！　行くな！　ずっと私といてくれ！」

「リュカ！　行くな！」

最後にリュカは手を伸ばし、ふたりの手を握りしめた。

「愛してるよ。どんな世界でも、何度生まれ変わっても」

眩しい暁光がリュカの笑顔を照らす。それはあまりにも鮮烈で、輝いていて、けれども煌めきと共に薄れていって。

ヴァンとピートの網膜に光のような笑顔を残し、リュカは消えていった。黎明の緑野には花びらと共に魔力の名残《なごり》がキラキラと舞っていたが、一陣の風がそれを吹き飛ばすと、この世界のリュカの記憶と共にすべてが消えてなくなった。

「うっ、う……ぅあ～～あ～」

亜空間の道でリュカはデモリエルに抱きかかえられながら号泣した。モノクロームとサイケデリックな色彩が混在する空間を羽ばたきながら、デモリエルはその小さな背中をポンポンと叩いて慰める。

「そんなに悲しいならリュカの記憶も消してあげようか。必要ないでしょ」

そう言ってくれたデモリエルの胸に顔を押しつけながら、リュカはフルフルと頭を振る。

「消さないで……忘れたくない。ずっと覚えてる。絶対、絶対忘れない」

どんなに悲しくても、どんなに胸が痛くても、リュカはこの恋を忘れない。ピートと愛し合った蜜月を、ヴァンが人生ごと捧げてくれた誓いを、決して忘れない。

「うっ、うぅ、うぅ～……」

止まらない涙を流し続けるリュカの背を撫《な》でながら、デモリエルはゆらゆらと亜空間を飛ぶ。

「獣人は大変だね、感情が忙しくて。ほら、もうすぐ着くよ。またオオカミとハイエナに会えるよ、よかったね」

亜空間の先に光が漏れている裂け目を見つけ、デモリエルはそこへ向かって加速する。光を抜けた先は——まごうことなきもとの世界、リュカ・ド・レイナルドが王として君臨する世界だった。

「ルーチェ！」

「ユア！」

リュカの予想した通り、もとの世界で時間は経過していなかった。亜空間に呑み込まれたときと同じ、ゲヘナ城の廊下に出ると、ルーチェが目の前に立っているところだった。

「ルーチェ、ルーチェ！　ああ～無事でよかった！」

いきなりギュッと抱きしめてきたリュカに、ルーチェは「や！」と高い声を上げ、ジタバタと腕の中から逃げようとする。

「リュカの魔力、空っぽになったままだね。まあすぐ戻るけど、とりあえず臭くなくなってよかった」

鼻をヒクヒクさせながら言ったデモリエルの話を聞いて、リュカは「どういうこと？」と小首を傾げる。

「僕もそうだけど、魔力爆発を起こしたときに全部出ちゃったんだ。そのあと異世界で僕はすぐに回復したけど、リュカはなんかの手違いで魔力が溜められない体になってたっぽいね。今はもうもとの体に戻ってるから、そのうち回復するよ」

「……つまり、あの異常に増えすぎた魔力は消えたってこと？」

「そ。ほら、モンスターも湧かなくなってる」

「～っ、よかったあ～！」

世界を破滅に導く危機が去り、リュカは大きく息を吐いて胸を撫《な》で下ろす。あちらの世界では魔力がなくて散々苦労したが、結果オーライと言えるだろう。念のためステータスを確認してみたが、最大マジックポイント９９９に対し現在のマジックポイントが０になっているだけで、魔法欄にはぎっちり魔法が詰まっていた。確かにすべてもと通りだ。

「ずっと泣いてたから疲れたでしょ。おやつ食べる？」

デモリエルが気遣ってくれたが、リュカは眉尻を下げると首を横に振った。

「今日は帰ろうかな。ちょっとひとりで落ち着きたい気持ち。ごめんね、また来るよ」

「……うん」

デモリエルは少し淋しそうだったが駄々は捏ねなかった。こちらの世界では一秒も経っていないとはいえ、リュカの魂は数ケ月も旅をしていたのだ。つらい別れも乗り越え、精神的に疲れていることぐらいデモリエルでも察せられた。

ルーチェは来たばかりなのにおやつをもらえないまま帰ることになって怒っていたが、デモリエルがお土産《みやげ》にクッキーをあげるとニコニコとおとなしくなった。

「じゃあ、またね。デモリエル」

「うん。また来てね」

城を出てワープゲートをくぐり、レイナルド邸の敷地にある祠《ほこら》へと出る。階段を上がって外へ出れば、そこは当主リュカの帰る場所、レイナルドの屋敷が目の前だった。

「……ただいま」

ポツリと、呟《つぶや》く。数時間前までいた場所と同じなのに、リュカの目にはまったく違って見える。

見張りの騎士が早々にリュカが戻ってきたことに驚いていると、屋敷へ続く道からヴァンとピートが駆けてくるのが見えた。

「リュカ様！　もうお戻りになったんですか？」

「どうしたんだ？　どこか具合でも悪いのか？」

当主護衛騎士団団長の制服を着たふたり。その右手の薬指には、当主リュカへの忠誠の証の指輪が嵌まっている。

十三年前に出会い、長い月日を経て愛を誓い、永遠の絆を結んだ、心の底からよく見知ったヴァンとピートだ。

「……」

リュカの目にあっという間に涙が溜まり、ポロポロと零れだす。もう泣かないつもりだったのに、胸が痛くて、切なくて、けれども温かくて嬉しくて、感情が溢れるのが止められない。

「ど、どうしたのですか!?」

「何があったんだ!?　やっぱどこか痛いのか？　魔王になんかされたのか？」

「違う……なんでもないよ」

ヴァンとピートは狼狽《うろた》えたが、リュカはゴシゴシと涙を拭うと柔らかに笑みを浮かべた。

「……ただいま」

――魂は巡る。時間の果て、輪廻の果て、枝分かれした世界の果てまで。

気の遠くなるような数の人生を歩き、巡り合って絆を結ぶ。握り合った手がほどけても、魂に刻まれた誓いは忘れない。

新しい姿形に生まれても、世界がゼロから始まっても、きっときみを見つけられる――

◇　◇　◇

「……よお」

「ふん、まともな挨拶《あいさつ》ぐらいできんのか貴様は」

「てめーこそな」

レイナルド当主サーサの側近騎士ヴァンは、廊下ですれ違いざまに不躾《ぶしつけ》な挨拶《あいさつ》をしてきた新人騎士のピートを軽く睨む。厳格で口うるさいヴァンに、ピートは肩を竦《すく》めてウンザリした表情を浮かべた。

このふたりの性格は真逆で、誰がどう見ても相性が悪かった。本人たちもそう思っている。それなのになぜかふたりは互いを無視できなかった。まるで、決して癒えない同じ淋しさを抱えた同士のように。

そのまま大股で立ち去ろうとしたピートだったが、ふと足を止めて窓の外を見る。ヴァンも同じように窓越しに広がる空に目を向けた。

いつからか空を見上げる癖がついた。

太陽を、月を、気がつくといつも探している。

春を迎えたレイナルド邸の庭には、チェリーブロッサムの花が咲き乱れている。薄桃色の花吹雪が風に舞い空へ消えていくのを見届け、ヴァンは、ピートは、歩きだした。

胸に抱えた形のない何かの名を、きっと一生知ることはできないだろう。けれどそれでも、ふたりにとってそれは間違いなく〝光〟だった。

第八章　ルーチェの長い一日

リュカの休暇から四ヶ月が経った。連休でせっかく英気を養ったのに、どことなくセンチメンタルな当主に周囲は小首を傾げた。だが、五月にウルデウス王国建国一周年という大行事を迎え多忙な日々を過ごすうちに、リュカはいつもの元気さを取り戻していった。

そうして季節は夏、八月。レイナルド領にとって、これまためでたい行事がやって来た。次期当主ルーチェの二歳の誕生日である。

「おめでとうございます、ルーチェ様！」

レイナルド邸の謁見室には国中から贈られてきたプレゼントが山積みになっている。玉座でリュカに抱かれているルーチェにお祝いを述べようと、領地中の貴族が列を成していた。

「いやあ、リュカ様にそっくりで本当に愛らしい！」

「将来が楽しみですなあ！」

「どうもありがとう」

とはいえ、相手をするのは実質リュカだ。そして二歳児がおとなしく謁見させてくれるはずもなく、身を捩ってリュカの腕から抜けだすとトコトコと走りだしていってしまった。

「あ、ルーチェ！　勝手に行かないで！」

「や！　あっちいく！」

元気いっぱいのルーチェはわんぱく盛りだ。しかも最近はイヤイヤ期の兆候が出てきて、扱いがなかなか難しい。チョコチョコと走るルーチェをヴァンが咄嗟《とっさ》に捕まえたが、「や！　や！　アンいやっ！」と全力拒否されてしまった。謁見に集まっていた貴族たちは「元気がいい」「自己主張がはっきりしている」と褒めそやしたが、当事者たちは苦笑するばかりだ。

「すみません。ルーチェがジッとしていられないので、謁見はここまでで……。あとは水晶でルーチェの様子を映しますので、みなさんは大広間のほうへどうぞ」

大広間には立食形式でパーティーの用意がされている。祝いに駆けつけてくれた客人をもてなすためのものだが、主役は在席していないのがいかにも王侯貴族の祝宴らしい。要人を祝っているという体面が大事なのだ。

「カーエーユーのうーたーがーケヨケヨクワクワー♪」

ルーチェはご機嫌で歌を歌いながら、自室で遊んでいる。最近は玉を転がす知育玩具がお気に入りで、放っておくと延々と玉を転がし続けている。そして満足するとトコトコと走りだしてどこかへ行ってしまうのだ。

リュカとヴァンとピートは、歌いながら玉を転がすルーチェを囲んで虚無の顔を浮かべている。ルーチェの様子を水晶に映すために、リュカはこの場を離れられないのだ。テレビ中継のような水晶投影はリュカの魔力でしかできないので、誰かに頼む訳にもいかない。

「これお客さん飽きないかな……。ずーっと玉転がしてるだけなんだけど」

「いいんじゃねーの、みんな次期当主サマを拝めるだけでありがたいだろ」

「しかしキリがないですね。適当なところで切り上げていいんじゃないですか」

子供の果てしない好奇心に大人が付き合うのは、なかなか骨が折れる。三人の顔に疲れの色が少々滲《にじ》んだときだった。ノックのあとに部屋の扉が開き、ルーチェに届いたプレゼントを侍従たちが運んできた。

「こちらに置いておいてよろしいですか？」

「うん、ありがとう。なるべく壁際にお願い」

百を超えるプレゼントはすべて侍従が開封し、贈り主と内容の目録を作成してある。運ばれてきたのは中身だけだ。木製のおもちゃ、絵本、ぬいぐるみ、ブリキ人形、模造剣、オルゴール、洋服、靴、帽子等々。木の苗やルーチェの名を冠した曲を贈ってきた者もいる。

「今年もすげー量だな」

どんどん積まれていくプレゼントを見て、ピートが感嘆の声を上げる。当主や次期当主への贈り物はいつだって桁外れの数だ。

「ひと通りルーチェに見てもらってお気に入りを選んだら、あとは孤児院へ贈るよ」

当然すべての贈り物で遊べるはずもないし、置き場にも困ってしまう。無用の長物にするのはもったいないので、ほとんどは孤児院に寄付するのが慣例だ。貴族たちもそれをわかっているが、中にはあえてよそへ回せないような品を選ぶ者もいたりする。

「ん？　このパズル、木製に見えるがクッキーでできていますね。置いておくと蟻《あり》が来ますよ」

積まれたおもちゃを見ていたヴァンが気づいてリュカを呼ぶ。

「本当だ。凝ってるなあ」

「お、こっちの模型は飴《あめ》細工だぞ。なんだ、こーいうのが流行ってんのか？」

三人が揃っておもちゃを囲みながらワイワイ言っている後ろで、ルーチェは玉遊びに満足し、辺りを見回した。そしていつの間にか部屋がおもちゃだらけなことに気づいて、パァッと目を輝かせる。

「珍しい木彫り人形だと思ったら、ガルドマン領の貴族からですね」

「あっちのほうの貴族の贈り物も増えてきたな。それだけ反発感情が薄れていったってことか」

大陸がウルデウス王国の統治になって一年が経つが、建国当初は他領からの反発の声もあった。特にガルドマン領はシュンシュを神のように崇《あが》めていたので、リュカを受け入れられない者が多かった。リュカの日々の奮闘のおかげで大きな反発の声はなくなったが、こうして少しずつ歩み寄ってもらえたら嬉しいと思う。

「そうだね。ルーチェが大きくなる前にもっと——あ！」

しみじみしていたリュカは、視界の端を小さな毛玉が走り抜けていったことに気づき、思わず叫んだ。

「あしょぶ！　ルー、こえであしょぶ！」

大量のおもちゃに興奮したルーチェは、プレゼントの積まれている山に突進していく。リュカとヴァンとピートが驚愕に目を見開いて手を伸ばすも遅く、おもちゃの山は雪崩《なだれ》を起こし、豪快な音を立てながらルーチェを生き埋めにした。

「ふぎゃあーーー!!」

「「ルーチェ!!」」

頭に本があたったルーチェの号泣と、リュカたちの叫び声が響き渡った、そのときだった。帳《とばり》を下ろしたように部屋の中が一瞬で暗くなる。

「えっ!?」

窓の外は真昼の晴天だったはずなのに雷鳴が轟《とどろ》き、急速に周囲の気温が下がっていく。何事かと身構えたリュカたちの目の前で、なんとおもちゃの雪崩の中から青い光に包まれたルーチェが浮かび上がった。

「ル、ルーチェ!?」

ルーチェは表紙に魔法陣の描かれた一冊の大きな本を抱えている。嫌な予感がしたリュカが「ルーチェ!　その本ないないして!」と叫ぶが、ルーチェは好奇心いっぱいの目で皮表紙を開いてしまった。その途端、屋敷に雷が落ち、一瞬室内が目も眩むような光に包まれる。そして――

「は……わあああ!?　ルーチェが、ルーチェが悪魔になっちゃった!」

なんと目の前のルーチェには小さな角とコウモリの羽が生えており、パタパタとそれを動かして飛んでいた。まるでミニデビルのようで可愛いが、当然それどころではない。

ルーチェは自分が飛べることに気がつくと満面の笑みを浮かべ、怪しい本を抱きかかえたまま「きゃははは!」と笑って飛んでいってしまった。

「何何何何!? どういうこと!?」

リュカは完全にパニックになって目を回す。ヴァンとピートも唖然《あぜん》としていたが、ハッとして
リュカの手を掴み、「「追いかけるぞ！」」とルーチェを追って走りだした。

「呪いの本、ってやつじゃねえか？ 小耳に挟んだことがある。悪魔を呼び出すだとか悪魔の力を得るだとか、そんな内容らしい」

「悪意のある者が贈り物に忍び込ませた可能性があるな。くそっ、よりによってルーチェ様に呪いがかかってしまうなんて」

リュカを引きずって走りながら、ピートとヴァンは原因と現状をそう分析した。パニくっていたリュカもようやく我を取り戻すと自分の足で走りだし「なら元凶の本を浄化すればルーチェが戻るかも！」とまともな意見を述べた。

「いた！」

曲がり角を曲がった先の廊下に、ルーチェは浮いていた。辺りには驚愕で立ち尽くしている侍従もいる。ルーチェはキャッキャと笑い声を上げると、手に持っていた陳腐なステッキを振った。すると、侍従たちがボン！ と音を立てて、なんとコウモリや黒ネコになってしまったではないか。あり得ない現象に、リュカは目をまん丸くして声にならない叫びをあげる。

「ルーチェ様が魔法を!?」

「ま、魔法なのか？ 人を動物に変えちまうなんて、リュカだってやったことねえぞ」

これはもうレイナルド一族の有する魔法や魔力とは別物だ。ルーチェはあの本を通して不思議な

力を得ているに違いない。悪魔の力を無邪気に振るうルーチェに、その場にいた者たちが戦慄して尻尾の毛を逆立てた。

「うわあー！　逃げろー！」

クモの子を散らすように逃げていった従者たちを、ルーチェは飛んで追いかけて片っ端から動物へ変えていく。コウモリに黒ネコにトカゲ、ハエになってしまった者もいた。

「げっ！」

「おいおいおい。まずいぜ、これは！」

さすがにヴァンとピートも顔を引きつらせる。リュカはこの惨状に白目を剥いて倒れそうになったが、ルーチェに向かって駆けだすと大きな声で叫んだ。

「ルーチェ、めっ！　人を動物や虫にしちゃいけません！　その本ないないしなさい！」

叱られたルーチェは一瞬動きを止めたが、次の瞬間顔をクシャクシャにさせると「やっ！　ユアきやい！」と怒ってステッキを振りかざした。

「「リュカ！」」

目に見えない何かが放たれる前に、ヴァンとピートがリュカの前に躍り出る。そしてボン！　と大きな音と煙を立て、ふたりは動物に――ならなかった。

「「ん？」」

「あれ？」

三人は目を丸くする。そして煙が消えて全身が見えたとき、揃って「「「なんだこれは!?」」」と目を剥いた。

ヴァンの頭にもピートの頭にも湾曲した黒い二本の角と、背中にコウモリのような羽が生えている。さらに驚くのはふたりの服装が妙に露出の高い黒い服になっていたことだ。ピッチピチに張りついている上衣は逞《たくま》しい胸筋のシルエットをくっきり映しだし、腹部は大きく開いて臍《へそ》と内腹斜筋が丸見えだ。下生えが見えるほどの股上の浅い脚衣もこれまたピッチピチで、引き締まった尻も腿《もも》も股間の立派なモノのラインまで浮き出ている。

「なんつー恰好だ。俺も悪魔になっちまったってことなのか？」

ピートは自分の全身を見て困惑している。潔癖で謹厳なヴァンは自分が悪魔になったうえ、こんな破廉恥な恰好をしていることに大ショックを受けて、顔面蒼白になりながら震えていた。

「あえ〜？」

動物にならなかったふたりを見て、ルーチェは不思議そうにしている。もう一度ヴァンとピートに向かってステッキを振ったが、同じ人物に二度は効かないのか変化はない。ピートはそれを見てニヤリとする。

「悪魔になったってことは、条件は同じ……ってワケだな。ルーチェ、お遊びの時間はおしまいだぜ！」

ピートはルーチェに向かって飛びかかる。ルーチェは慌てて飛んで逃げたが、ピートもコウモリの翼を器用に動かして宙を自在に舞った。ふたりは四方八方を飛び回って追いかけっこをし、ルーチェは階段の吹き抜けまで来ると、そのまま一階まで滑空した。ピートもそのあとを追っていく。

「ま、待って！」

慌ててリュカが追いかけると、呆然としていたヴァンが我を取り戻し、翼を使って猛スピードであとを追った。

「あいつにできて私にできないはずがない！」

謎の対抗意識で翼を使いこなしたヴァンは一階に直滑降し、あっという間にルーチェに追いつく。

一階の広間に集まっていた客人たちは超パニックだ。突然屋敷が真っ暗になったと思ったら、悪魔になった次期当主と当主の側近が宙を飛んで追いかけっこをしているのだから。

「や！　や！　あっちいって！」

ルーチェは逃げ回りながらステッキを振り回す。そのせいで被弾した客人たちが次々に動物に変えられていった。場は混乱を極め、リュカは「走り回らないで！　トカゲとかハエになった人踏んじゃうから走らないで！」と一生懸命みんなを宥《なだ》める。

「アンきやい！　イーオきやい！」

散々パーティー会場を逃げ回ったルーチェは広間から飛び出すと、そのまま廊下の突き当たりまで進んで扉の開いていた謁見室へ飛び込んだ。扉が勝手に閉まり、誰も中へ入れなくなる。ヴァンとピートが飛んできた勢いのまま扉を蹴破ろうとしたが、なぜか異常に強固でビクともしなかった。

「ちっ、立てこもられたか」

「だが袋小路だ、逃げ場はない。ここから逃がさなければ捕まえられる」

着地したヴァンとピートは扉を押したり引いたりしたが開く様子がなく、考えあぐねてしまった。

「物理的なものではないな。恐らくこれは悪魔の魔法だ」

「ならこっちも魔法で対抗するっきゃねーな」

耳を澄ませてみたが中は静かだ。ルーチェが泣いている様子はない。危険な目には遭っていなさそうでひとまず安心するが、呪いの本が他に何をしでかすかわからない。ルーチェのためにも、レイナルド邸のパニックを治めるためにも、なるべく早い解決が望ましかった。

「おーい、どうなった？」

動物に変えられた者を安全な場所に移し、残った者を二階へ避難させ終えたリュカが、廊下の向こうから走ってくる。ヴァンとピートは、ルーチェが立てこもってしまったことを端的に伝えた。

「扉を開くにはこちらも魔法で対抗したいが、ルーチェ様の魔法のほうが強いようだ。このように」

ヴァンはそう言って、両手にパチパチと弾ける黒い魔力の玉を生み出した。それを手に纏わせて扉を押すと微《かす》かに軋んだが、押し返される感触がしてパァンと魔力が弾ける。実践して見せたヴァンに、リュカは心底感心して「ほへー」と声を上げた。

「なんできみたちこの短時間で悪魔の力使いこなせてるの？　天才？　きみたちがキツネ族だったらさぞかし優秀な魔法使いになってたと思うよ」

「嬉しくないお褒めの言葉をどうも。で、大陸筆頭の魔法使いとして何かいい案はありませんか」

「あんたの魔力を俺たちに転換とかできねーのか？」

感心してる場合ではないと思い、リュカも色々と試してみた。しかし性質が異なるので魔力の転換はできず、当然リュカの魔法では扉はウンともスンとも動かなかった。

「どうすればきみたちの魔力を底上げできるかな……」

行き詰まったリュカが腕を組んで頭を悩ませていたときだった。

「……腹減った……」

ポツリと、ピートが呟《つぶや》いた。なぜこんなときにと思ったが、慣れない力を使って体力を消耗したのかもしれない。すると、ヴァンまでグ～とお腹を鳴らすではないか。緊張感のない音に、ヴァンは恥じたように腹をさする。

「厨房にまだ料理が残ってたよ。ふたりとも食べてきなよ」

しかしその勧めにふたりは頷《うなず》かず、揃ってジッとリュカを見つめた。

「……何？」

リュカの第六感が働く。とても嫌な予感がする。思わずジリジリと後ずさったリュカの肩を、先に掴んで捕まえたのはピートだった。

「リュカ。精液くれ」

「せいえき」

予想外すぎる単語にリュカは目が点になり、思わず反復してしまった。するとヴァンまでその場に膝をつき、なんとリュカの脚衣を脱がそうとするではないか。

「何してんの？　え、本当に何？」

ヴァンは頭がおかしくなってしまったのだろうかとリュカは思った。しかし彼は真剣な様相でリュカを見上げ、少し恥じ入るように言った。

「リュカ、お前の精をくれ。空腹で力が出ないんだ。腹を満たせば強い魔力を生み出せる気がする」

それを聞いてリュカは完全に理解する。（ああ、なるほどなるほど）とひとりで頷《うなず》いた。

「きみたち、悪魔は悪魔でも、インキュバスだったんだね……」

妙に服がセクシーな理由も合点がいった。ただし、なぜよりにもよってこのふたりだけがインキュバスにされたのかは、まったくもって不明だが。

あきらめの境地で凪いでいるリュカの脚衣を下ろし、ヴァンとピートはどちらが先にご馳走にありつくかで揉《も》めている。人のちんちんの前で争うのはやめてほしいなとリュカは思った。そしてこの日は珍しくじゃんけんで決着がつき、ピートが念願の精液を先にいただけることになった。

「ていうかここでするの？　めちゃくちゃ廊下なんだけど」

「寝室まで待てねえよ。どうせ全員二階に避難してるんだから誰もいねーし、ちょうどいいじゃねーか」

そう言ってピートはパクっとリュカのモノを口に含む。こんな状態で興奮する訳がなく、まったくのソフトな状態だったが、いつにもましてすさまじい舌技にリュカのソレはみるみる硬くなった。

「ちょ……！　すごっ……、何これっ、インキュバスすごぉい！」

淫魔の名は伊達《だて》じゃないことを痛感し、リュカはあっという間に全身が熱くなって息を乱した。

すると、じゃんけんに負けてお預け中のヴァンが、後ろからリュカの法衣《ほうい》と尻尾を捲って尻に顔をうずめてくるではないか。

「ひゃ！　あ……、はっ、ぁ……な、何して……」

後ろから尻の孔《あな》を舐められ、リュカは背をしならせる。順番を待っている間、手持ち無沙汰なのだろうか。だからといって尻を悪戯《いたずら》するのはやめてほしいが。

「あ、あ〜……」

前も超絶舌技だが、後ろもなかなかすごい。縁をグリグリと舐められ、舌で窄《すぼ》まりをこじ開けられ、中をくすぐるように舐め回される。なまめかしく、けれどもどかしい刺激に甘ったるい嬌声が抑えられない。

「あ……もうイク、出る……」

ふたりのインキュバステクニックに、リュカがあっさり屈しそうになったときだった。ヴァンが尻から舌を抜いて立ち上がったかと思うと、ほぐれたリュカの孔《あな》に陰茎を突き立てた。

「あぁぁあぁッ⁉」

まさか挿入されるとは思っていなかったリュカは、衝撃と快感で全身を痺れさせながら達してしまった。勢いよく出た精液を、ピートが喉を鳴らして飲んでいるのが伝わる。

「なんで、入れたの……っ」

リュカがピクピクと体を震わせて尋ねれば、ヴァンはリュカの腰をかかえ、体を持ち上げて突きながら答えた。

「摂取できるのは精液だけじゃない。精そのものが餌だから、お前が快感を得るだけでも多少腹は満たされる」

ようはつまみ食いらしい。ヴァンはリュカの顔に手を添えて振り返らせると、四十センチ以上ある身長差を無理やり屈めて口づけた。悪魔化した舌が余すことなくリュカの口腔をねぶり、舐め尽くし、唾液を奪っていく。

「んぁ、あぁ……」

「……美味い。今まで飲んだどんなワインよりも甘露《かんろ》だ……」

インキュバスになると五感も変わるようで、ヴァンはうっとりとしながらリュカの唾液を舐めて啜った。また、ヴァンの唾液には催淫効果があるようで、リュカも快楽に酩酊《めいてい》していく。ふたりがキスに夢中になっている間にピートは再び口淫を開始し、おかわりを飲み干していた。

「おい、勝手に二発も飲むな。私の分がなくなるだろうが！」

「あんたがつまみ食いに夢中になってるからだろ。ほら、変わってやるからケツに挿してるモンさっさと抜け」

ヴァンは不服そうな顔でリュカの中にうずめていた屹立を抜く。何気に射精していたので、抜くと同時に窄《すぼ》まりからは大量の白濁液が零れた。淫魔の精液は濃く多いようで、床にボタボタと小さな白い水たまりを作る。

「は、あ……ッ、ま、待って……休憩……」

ヴァンとピートはお食事気分だが、リュカはクタクタだ。前から二発搾精され、後ろに一発注ぎ込まれのだ。ふたりの淫魔を相手にするのは非常にきつい。しかし当然、ヴァンとピートはまだまだ止まらない。
「休ませてやりたいとこだけどよ、今は時間がねーからな」
そう言って、今度はピートが後ろから挿入しようとする。しかし身長差で不自由な立ちバックに
彼は眉根を寄せると、突然ハッとして右手に出力した魔力を放った。黒い魔力は太い触手に姿を変
え、リュカの脚や腕に絡みついて開脚状態で宙に固定する。
「ひぃぃぃいいい！　何これ！」
「ははっ、こりゃいいや。悪魔の力ってのも悪くねーな」
「全然よくない！　下ろしてー！」
下半身のアレやソレが丸見えの状態で宙に固定されるとは、かなりの羞恥プレイだ。しかも得体
の知れない触手に絡め捕られて、まったく抵抗ができない。
「これで存分にリュカを味わえるぜ」
ピートは浮遊して後ろからリュカを抱きかかえるように挿入する。そのうえ、触手を器用に操っ
て法衣《ほうい》を脱がせただけでなく、臍《へそ》や乳首にも這わせた。まるで人の指のように蠢く触手はピートの
指使いとそっくりで、リュカは複数のピートに嬲《なぶ》られている感覚に喘《あえ》ぎ続けた。
「確かにこれは便利だ」
ヴァンも同じように触手を放ち、リュカの口の中に滑り込ませる。ヴァンの舌遣いと同じ動きを
する触手に口腔をねぶられながら、リュカは萎えることを許されない陰茎をヴァンに咥えられた。
「うう、んーっ、んぅう……！」

ふたりを相手にするだけでもいっぱいいっぱいなのに、これでは疑似複数プレイだ。口や性感帯だけでなく、耳や脇や足の裏にまで触手が這う。

「あんたの体、本当に極上だよ。どんどん力が漲《みなぎ》ってくる。今なら魔王だって余裕で倒せそうだ」

リュカの首筋に伝う汗をおいしく舐め取りながら、ピートが吐息交じりに言う。

「美味い……永遠に啜っていたいくらいだ。リュカ、すべて出し尽くしてくれ」

ようやく精液にありつけたヴァンが感動に打ち震えている。リュカの可愛らしい睾丸《こうがん》を手と触手で優しく揉《も》み、その中身に恍惚《こうこつ》と思いを馳せる。

こうして、リュカはふたりのインキュバスに精をとことん搾り取られた。いったい何度射精させられたかわからないが、もう塵も出ないことは確かだ。しかもインキュバスにとっては体液すべてが美味で、リュカは唾液も汗も涙も、尿までも啜り尽くされ、体がカラカラになったところでようやく解放してもらえたのだった。

「待たせたな、ルーチェ！　鬼ごっこの再開だ！」

「充填完了。手加減しませんよ、ルーチェ様！」

満腹になったふたりはツヤツヤした顔でこぶしを握りしめる。服を着せられて水を飲まされたリュカは廊下の壁に凭《もた》れかかったまま半分気を失っていて、「よろしく〜……」と掠れた声であとを託した。

「「いくぞ！」」

ヴァンとピートは先ほどとは桁違いに大きくて濃い魔力を放出すると、それを扉に向かってぶっ放した。さっきまでビクともしなかった扉が木っ端みじんになり、謁見室への入口を大きく開く。

「どこだルーチェ！」

「逃がしませんよ！」

張りきり勇んで部屋へ飛び込んだヴァンとピートだったが――

「「――え？」」

玉座の上で本を抱えたまま、丸まってスヤスヤ寝息を立てているルーチェを見つけ、静かに翼をはばたかせながら着地した。

「……熟睡している……」

「そーいやもう昼寝の時間だったな……」

ふたりはルーチェを抱きかかえ、腕からそっと呪いの本を抜き取る。リュカが魔法でそれを浄化すると本は塵になって消え、屋敷は闇から解放され、ヴァンとピート、それにルーチェももとの姿に戻ったのだった。


「ハッピーバースデ～、ルーチェ～……」

翌日。とことん搾り取られたせいで枯渇した精気がまだ戻らないリュカは、フラフラしながらルーチェを祝った。

あのあと当然パーティーを続けるどころではなく、悪魔の追いかけっこで滅茶苦茶になった屋敷の後始末に追われた。せっかくの誕生日が台無しになってしまったことを気の毒に思い、リュカとヴァンとピートはささやかながら改めてルーチェを祝ってあげることにしたのだが……

「リュ、リュカ様。大丈夫ですか……？」

「悪かったな、ちょっと搾り取りすぎた。反省してる」

痩せこけてしまい、枯れたもやしのようになってしまったリュカに、ヴァンとピートは平謝りするしかない。膝の上に乗ってキャッキャとはしゃいでいたルーチェの手がペチンと頬にあたると、リュカはそのまま椅子ごと倒れてしまった。

「「リュカ様！」」

あまりに貧弱になってしまったリュカを抱え起こし、ふたりは罪悪感に眉を下げる。

「無理せず、今日は休まれていたほうがよいのでは……」

しかしその提案に、リュカはプルプルと震えながらも首を横に振った。

「大丈夫。それよりルーチェのお祝いをしてあげたいんだ。この世界に生まれてきてくれてありがとうって、いっぱい伝えてあげたくて」

ふたりに支えられながらリュカは椅子に座り直す。目の前のテーブルには小さなケーキ。そこには二本のろうそくが立っている。

「さあ、ルーチェ」

再びルーチェを抱っこしたリュカは、ろうそくの火を吹き消すよう教える。ルーチェはテーブルに身を乗り出し、一生懸命息を吹きかけて火を消すと、大喜びでキャッキャと手を打った。わんぱくで手がかかるし、挙句昨日は悪魔にまでなってしまったルーチェだけど、笑った顔はやはり天使のように愛らしい。純真無垢で無邪気な笑顔は何より尊く思えて、リュカは万感の思いでルーチェを抱きしめた。

「お誕生日おめでとう、ルーチェ。大好きだよ。俺と家族になってくれてありがとうね」

そんなリュカを見つめ、ヴァンとピートも胸を温かくして目を細める。するとリュカは顔を上げ、ふたりに微笑みながら言った。

「きみたちもだよ。ルーチェのお父さんに、俺の家族になってくれて、ありがとう。これからも四人で幸せに生きていこうね」

ルーチェの誕生日は、同時にリュカとヴァンとピートが家族になった日でもある。リュカはこの日を一生大切にしていきたいと思った。

「……私も、リュカの家族になったことを何より誇りに思う」

「こっちこそ、俺に初めての家族をくれてありがとうな」

ヴァンとピートが頬を染めて礼を告げる。その顔は少し照れくさいながらも、偽りのない幸福に満ち溢れていた。

「さあ、ケーキ食べよう。ルーチェの大好きなバナナも入ってるんだよ」

「ばにゃにゃ！」

おやつが大好きなルーチェはケーキに大はしゃぎだ。普段はご飯が食べられなくなるからと量を制限されているが、今日ばかりはお腹いっぱいケーキを食べても構わない。

「ルー、ケーキだいしゅき！」

まだぎこちないフォーク使いで、ルーチェは皿に取り分けられたケーキを夢中で食べる。膝に抱っこしているリュカの法衣《ほうい》はクリームだらけになったが、今日は大目に見たい。

するとフォークにケーキの欠片《かけら》を刺したルーチェが、振り返ってそれをリュカに向けた。

「ユア、あーん」

「え、くれるの？」

大好物をおすそ分けしてくれたルーチェの優しさに感激しつつ、フォークを口で受けとめれば、ルーチェは手を伸ばしてリュカの顔を撫《な》でてくれた。

「いいこ、いいこ。ルー、ユアだいしゅき」

イヤイヤ期ルーチェの突然のデレに、リュカは頬を薔薇《ばら》色に染めて目を潤ませる。

「はわわ……ルーチェ可愛いっ！　大好き！　世界一天使！」

思わずギュッと抱きしめてしまうと、ルーチェは抱きしめられたまま今度はヴァンとピートに向かって満面の笑みを見せた。

「アンもー、イーオもー、だいしゅき！」

美麗で男らしいふたりの顔が、親馬鹿丸出しにとろけていく。大陸一の屈強な騎士も、我が子の『だいしゅき』には敵わない。

「かっ、かわっ……！　ルーチェ様、可愛すぎます……！」

「かっっっわいいなあ、ああ、もう！　天使すぎるだろ！」

三人はクリームまみれのルーチェを囲んでデレデレになる。その光景はまごうことなき家族の団《だん》欒《らん》で、幸福な姿そのものだった。

「来年も再来年も、ルーチェが大人になっても、こうやってお祝いしようね」

幸せな未来の約束を、リュカは紡ぐ。移ろいゆく日々は脆くて、時々何かが壊れることもあるけれど、変わらないものがあることをリュカは知っている。

だからきっと、リュカは明日も笑顔だ。

番外編　History Archive

淋しさを孕んだ秋の風が、長い黒髪をなびかせる。もうすぐ沈みゆく夕陽を映して金色の眼は琥珀色に染まり、ただあてもなく黄昏の空を眺めていた。

「ルーチェ様。またここにいらしたのですか」

屋根の上で佇んでいた少年はそう声をかけられ、顔にかかる髪を手で除けながら足の下を見る。するとベランダに身を乗り出したオオカミ族の青年が、こちらに向かって大きく手招きをしているところだった。

「今日は風が強いから危ないですよ。下りましょう」

「落ちたっていいよ。浮遊魔法くらい使えるから」

「……よくないでしょう」

騎士団の制服を着たオオカミ族の青年は息をひとつ吐くと手すりに飛び乗り、屋根によじ登ってこようとする。それを見てルーチェは唇を尖《とが》らせると、屋根の上からぴょんと飛んで軽やかにベランダに着地した。

「やめな。きみのほうが落ちて怪我するよ」

ルーチェは手すりの上でグラグラしている青年にそう言うと、そのまま背を向けて部屋の中へ入っていく。青年は慌ててベランダに着地し苦笑を浮かべると、大股でルーチェのあとを追っていった。

ルーチェ・ド・レイナルド。十三歳。神の子でありレイナルド家次期当主でもある彼は、思春期真っただ中のちょっと難しいお年頃だ。美少女と見間違えるほど髪を長くしているのも、父親であるリュカに対するささやかな反抗である。

リュカは今年で三十四歳になったが、見た目はずっと若々しいどころか幼いままだ。ウルデウスの命を授かったせいで、肉体の老化がそこから止まってしまったのである。ヴァンとピートも同じで、三人の見た目と体力と筋力は永遠に二十代前半のままなのだ。

おかげでルーチェが成長すればするほど、リュカとルーチェは瓜ふたつになっていく。瞳と耳と尾の色は違えど、それ以外はあと三年もすれば見分けがつかなくなるだろう。だからせめて髪型だけでも大きく変えようと思い、ルーチェは去年辺りから髪を伸ばし始めた。短髪にしてもよかったが、女顔のルーチェには絶望的に似合わない。なので伸ばすほうを選択したという訳だ。

長い髪を靡《なび》かせルーチェが屋敷の廊下を歩いていると、先ほどのオオカミ族の青年が追いついてきた。

名はメンディ、年齢は十八歳。インセングリム家の傍系の長男で、ルーチェの未来の側近騎士候補だ。

リュカはルーチェが二十歳になったらレイナルド公爵家当主の座を譲り、自分は国王のみを担う予定でいる。そうなればルーチェにもふたりの側近騎士がつくようになり、うちひとりはインセングリム家の者が就任することとなる。その座に収まるのは本家嫡子ベッセルの子供の予定だ。

しかしベッセルは八年前に結婚し、息子ユグはまだ六歳だ。ルーチェの当主継承のときには間に合わない。そこでインセングリム本家に近い血筋で年齢的にちょうどいいメンディが、ユグが十八歳になるまで側近騎士代理を務めるという訳である。

メンディはルーチェが五歳のときに、側近騎士見習いとしてリュカから紹介された。五つ年上のメンディは真面目だが温和な性格をしており、小さなルーチェをとても可愛がった。優しい兄のようなメンディにルーチェはべったり甘えるようになり、ふたりはまるで磁石のようにくっついて四六時中一緒に過ごすほどだった。どんなにわがままを言っても『しょうがないですね、ルーチェ様は』と優しく受けとめてくれるメンディは、ルーチェにとって初めての友達で幼なじみで兄代わりで、一番の理解者なのである。……しかし。

「ついてこないで。これから僕、読書の時間だから」

「しかし……」

「メンディがそばにいると集中できないの。いいからあっち行って。これは命令」

ルーチェはツンと鼻を上げると、振り返りもせずに足早に廊下の奥へ進んでいく。メンディは二、三歩ついていったが結局足を止め、頭を掻いてルーチェの去っていく姿を見送った。

（難しいお年頃だ……）

眉尻を下げ、メンディはほんの半年ほど前の日々を思い出す。あの頃はまだルーチェはメンディにべったりで、どこへ行くにも『メンディ、一緒に来て！』が口癖だった。幼少期と変わらずの甘えん坊で、疲れれば人目を憚らずメンディの膝枕で眠り、小柄なのをいいことにしょっちゅうおんぶまでしてもらっていた。おやつは必ず半分こし、朝は彼が来るのをドアの前で待ち、夜は彼が帰るのを嫌がって毎日ぐずっていた。

それがどうしたことだろう、今ではこの変わりようである。磁石のようにくっついて離れたがらなかった日々が嘘のように、ルーチェはメンディがそばにいることを嫌がり、つっけんどんな態度を取るようになった。

なぜこうなったのか、メンディは心当たりがない訳ではない。けれどそれが理由と考えるには、いまひとつ納得がいかなかった。

メンディは年明けから長期の外遊に出る。側近騎士の任務にあたる前にもっと視野と見識を広げ、多くを学ぶためだ。大陸中を隅から隅まで旅し、あらゆる学問を勉強してくるため、帰郷は七年後――ルーチェの当主継承に合わせて戻るつもりでいる。

そのことをルーチェに告げたとき、彼は当然断固反対した。泣いてわめいて、自分のそばから離れるなとメンディにしがみついて三日は離れなかった。しかし半年に一度はルーチェのもとに帰ってくること、手紙を週に一度は出すことを条件にしぶしぶながら納得してくれた。……はずだったが、どういう訳か、ここ二ヶ月ぐらい態度がおかしくなってきたのである。

ルーチェなりに色々と思うことがあるとはわかっている。しかし、その胸の内を話してくれなければどうにもできない。ルーチェはもともと拗ねると頑固になるところがあって、思春期以降はそれが顕著だ。こうなると解決まで時間がかかることを、メンディは誰より熟知している。

(私が外遊に出るまであと二ヶ月……それまでに機嫌を直していただけるといいのだけど)

メンディとてルーチェのことは誰より大切だ。将来の主《あるじ》であり、家族以上に絆の深い弟のようでもあり、長年の友人なのだから。そんな大切な人と、ギクシャクしたまま別れを迎えたくない。

メンディはルーチェの去っていった廊下を見つめ、どうしたものか考えあぐねながら尻尾を垂らした。


翌日の昼。

「やった！　ルーチェすごいよ！　さすが！」

屋敷の裏庭に出現した氷柱を見て、リュカは手を打ってルーチェを褒め称える。その周囲ではヴァンとピートも「お見事です」「やるじゃん」と手を打ち、ジェトラやサーサも拍手で称えていた。

レイナルド家の者は十二歳になると魔法の実地訓練が始まる。これは魔法を司る者として越えなければならない過酷な試練だ。魔法は失敗すると効果が己へ跳ね返ってきてしまうので負傷は避けられない、ましてや本家嫡子は扱う魔法が大きいので命にかかわる大怪我をすることもあるほどだ。

一年前から始まったルーチェの魔法訓練を、リュカはハラハラした気持ちで迎えた。ルーチェは正確にはリュカの子供ではない、クローンだ。果たしてクローンがどれほどの魔力を受け継ぎ、どれくらいそれを扱えるのか、まったくの未知だった。公爵家を継ぐ存在としては高度な魔法が扱えるといいなと思う反面、何より失敗しないでほしいという親心が湧く。反動を食らったときのダメージは、誰よりもリュカが身をもって知っている。あんな痛くてつらい思いをルーチェにしてほしくない。

しかしリュカの心配とは裏腹に、ルーチェは失敗しなかった。……というより、失敗する前に訓練をやめてしまうのだ。自分の不調がわかるのだろうか、気分が乗らなければ『今日はやりたくない』とテコでもやらない。そして気まぐれのように訓練を受けては、見事に成功させてしまう。おかげで失敗したことはないものの、一年経った今でも使える魔法は少なく、訓練が長引いている。

ルーチェの気まぐれに周囲は大いに気を揉《も》んだが、リュカがそれを咎めなかった。『魔法は精神的な部分がすごく重要なんだ。嫌がってる人に無理やりやらせたら失敗する確率が高いよ』と。正直なところ、ルーチェの気まぐれやわがままにはリュカも頭を悩ませることが多い。しかしこと魔法に関しては、本人の意思を尊重したかった。ルーチェはできない訳ではない、自分でできるタイミングを計っているだけなのだ。この年齢でそこまで己の魔力を把握しているのは、なかなか優秀である。それに自分が嫌なことはきっぱり嫌と言える強さが、押しに弱いリュカの目には立派なものに映った。……しかし。

「じゃあ今度は上級の氷魔法に挑戦してみようか」

庭にできたばかりの氷柱を消しながらリュカが言えば、ルーチェは深く息を吐いてから首を横に振った。

「もう僕できない。今日はおしまい」

不機嫌そうな顔で言って、ルーチェは近くにいたメンディに錫杖《しゃくじょう》を押しつけると、そのまま中庭から去っていってしまった。咄嗟《とっさ》にヴァンが呼び止めようとしたが、リュカがそれを宥《なだ》める。さっさと屋敷に戻ってしまったルーチェと追いかけていったメンディを見て、ヴァンが眉間に皺を寄せて溜息をついた。

「今日は調子がいいように見えたのですが……」

「まあ、中級の氷魔法が成功しただけでも十分だよ。のんびりやろう」

「ここ最近は訓練自体嫌がってたもんな。やっただけマシか」

ヴァンは魔法訓練の過酷さをリュカのときに目の当たりにしているし、ピートも話は聞いている。だからふたりもルーチェに無理強いはしない。

しかし魔法に精通していない外部からは、なんやかんやという声がちらほら聞こえてきているのも事実だ。『ルーチェ様は甘やかされすぎではないのか』『あんな状態で偉大なリュカ様の跡を継げるのだろうか』『次期当主の器としてあまりにも未熟ではないだろうか』等々……

「俺、ルーチェを甘やかしすぎかなあ」

自室へ戻ったリュカは、いつもように書類の決裁をしながら呟《つぶや》く。「今更」と笑ったのは書類の整理を手伝うピートだった。

もともと自由奔放で甘えん坊でわがままなところのあるルーチェだったが、思春期特有の不安定さのせいなのか、ここ最近はそれが加速している。イライラしていることも多く、リュカに対しても『もー父上は口うるさいなあ！』などと反抗する始末だ。それ自体は成長過程の一環として問題がある訳ではないが、親としてはやはり頭の痛いところである。

「でもさ、ルーチェの気持ちもちょっとわかるんだよね」

リュカはサインし終えた書類の束をトントンと机の上で整えながら、話を続ける。

「俺の力はウルデウス様のものじゃん？　言い方は悪いけど、努力でも資質でもなくラッキーパワーみたいなものだし。そんなラッキーパワーの親と比べて次期当主の器がどうこう言われたら、誰だってやる気なくすし腹も立つよね。だからルーチェが魔法訓練に積極的になれないのも、俺とか周囲にイライラしてるのも、なんか厳しく言えなくて」

リュカの言葉に眉根を寄せてしまったのは、資料の調査の手伝いをしているヴァンだった。

「命と引き換えに神から託された力をラッキーとはなんですか。そもそもウルデウス様から託される人格、扱える資質、責任を負える器は、すべてリュカ様の努力の賜物だと思いますけどね」

「だから『言い方は悪いけど』って言ったじゃん。……でも向上心のある魔法使いから見れば、やっぱラッキーパワーだと思うよ。だってどんなに努力したって手に入れることは叶わないんだから」

書類にサインをしながら言えば、別の書類をまとめていたピートが少し考えてから口を開く。

「そこまで心配してやることないと思うぜ。あれはあの年齢特有のもんだろ。しばらくすりゃ落ち着くって」

「そうかな。そうだといいんだけど」

「それにルーチェは案外賢いぜ？　森羅万象《しんらばんしょう》の力と比べて自分を無力だと思って拗ねるほど馬鹿

じゃねーよ。あんたの息子を信じてやれ」

なんとも心強い言葉を、ピートはさらっと言ってくれる。ずっと八の字になっていたリュカの眉が、ようやくいつもの弓なりを描いた。

「そうだね、俺が信じてあげなくちゃ」

ルーチェには父親が三人いてよかったと、リュカはつくづく思う。もし自分ひとりだったら悩みすぎて行き詰まっていたかもしれない。厳格なヴァン、柔軟なピート、そして包容力のリュカ、三人揃ってこそのルーチェの父親なのだ。

「思春期というのは心が過敏な時期ですからね。反抗は一種の防御反応でしょう。ルーチェ様は魔法訓練はボイコットしても、座学は真面目に受けている。次期当主の自覚があるということです。私もつい口うるさくなってしまいますが……なるべく見守りに徹するように心がけたいですね」

リュカに対しては一から十まで世話を焼いて口を出さないと気の済まないヴァンも、ルーチェになると一歩下がって考えられるようだ。やはり父と子という自覚があるのだろう。

「……それに」

ヴァンは言葉を付け加えて、チラリとリュカを見やる。

「……ここ最近、ルーチェ様が苛立《いらだ》っている原因は他にあると思います」

「え？　俺？」

ヴァンの視線が気になってリュカが自分を指させば、ピートが「ははっ」と苦笑した。

「あんたが原因じゃねーよ。けど俺にもわかるぜ、ルーチェが情緒不安定な理由」

「え、何々？　教えてよ」

リュカはふたりをキョロキョロと見回すが、ヴァンもピートもなんとも言えない苦笑を浮かべるばかりだ。

「これぱっかはな、多分あんたにゃわかんねーよ」

「だな」

珍しくヴァンとピートが同調し合うのを、リュカは不思議そうな顔で見ていた。愛を与え続けられる者は知らないのだ。思春期のままならない片思いがどんなに苦しいかということを。


「メンディ。僕とキスしようよ」

ルーチェはそう言って、立ち尽くすメンディに一歩近づき、踵を浮かせて顔を上げる。しかし小さなルーチェの唇は身長百八十センチ近くあるメンディにはこれっぽっちも届かず、彼が屈んでくれるのを待つしかない。そしてメンディは屈むことなく、一歩後ずさった。

「いけませんよ、ルーチェ様。こういうことは戯《たわむ》れでいたしてはなりません。大切な人とだけされるべきことです」

叱るでもなく優しく諭すメンディに、ルーチェは頬を膨らませると小さな手で彼の胸をドンと押した。もっとも、逞《たくま》しいメンディにとっては小鳥に羽で叩かれるような非力なものだったけれど。

「メンディにとって僕は大切じゃないって言いたいの!?」

「そうではありません。けど、私たちは主従です。ルーチェ様に戯《たわむ》れで口づけるなどできません」

「もういい、メンディの馬鹿！　キスできないならあっち行って！」

ルーチェはすっかり癇癪《かんしゃく》を起こしてしまった。どうしたものかとメンディが戸惑っていると、痺れを切らしたのかルーチェのほうが部屋から出ていってしまう。すぐに追おうとしたが、尻尾の毛を逆立てた後ろ姿を見て、追うのは逆効果かもしれないと思ってやめた。

メンディはすっかり眉尻を下げ、唇を引き結んだまま頭を掻く。ルーチェがキスをせがむのは、これが初めてではない。実は一年くらい前から何度かあった。

ルーチェは愛情に恵まれた環境にいるとメンディは思う。父親のリュカはもちろん、リュカの側近騎士のふたりもまるで本当の親のように心を尽くして面倒を見ていると感じるし、もちろん屋敷の者はみんなルーチェを愛している。しかし、一番そばにある愛情はきっとちょっと普通じゃない。

当主リュカと側近騎士のふたりが尋常ではない忠誠心で結ばれていることは、もはやレイナルド邸の常識だ。そして彼らに近しい者ほど、その忠誠心が特殊であることに薄々気づいている。それに間近で接して成長してきたルーチェは、忠誠の果てに特殊な愛があると無意識に思い込んでしまっているのかもしれない。

（ルーチェ様はご自身でさえ、まだ自分の心がどこを向いているのか、わかっていないのだ。きっと私は試されている。口づけに応えることで誰より忠誠心があると、ルーチェ様は証明してほしいのだろう）

応えることは簡単だ。しかしそれはルーチェへの裏切り以外の何ものでもない。間違った認識につけ込んで主《あるじ》の純潔を奪うなど、忠誠とは真逆だとメンディは考えるのだ。

部屋を飛び出したルーチェは廊下をズンズン歩き、リュカの執務室へ飛び込む。そして「わ、どうしたの？」と目を丸くしているリュカにまっすぐ向かったかと思うと、そのまま勢いよく飛びついた。

「わぁあ！」

大きな音を立てて、ふたりはそのまま床に倒れる。突然の出来事にヴァンとピートは目を剥いて驚き、慌ててふたりのもとへ駆けつけた。

「いでででで。ルーチェ大丈夫？　どこかぶつけなかった？」

頭にこぶを作って涙目になりながらもリュカが心配してくれているというのに、ルーチェはリュカに馬乗りになって眉を吊り上げながら顔を近づける。

「リュカ、キスしよう」

「え？　は？」

唖然《あぜん》としているリュカがあわや唇を重ねられそうになった瞬間、ヴァンとピートが「こらこらこら！」と体を引き剥がした。

「何をしているんですか、ルーチェ様！　落ち着いてください」

「思春期の暴走にしちゃやりすぎだ。リュカはあんたの父親だぞ」

「じゃあヴァンでもピートでもいいよ！　僕とキスして！」

ふたりに取り押さえられながら叫ぶルーチェに、リュカたちは顔を見合わせて呆気にとられる。

「何言ってるのルーチェ。キスってそんな無闇にすることじゃないよ。いつか大切な人とするために、粗末に扱わ――」

「リュカはヴァンとピートといっぱいしてるくせに！」

困り果てながら宥《なだ》めるリュカに、ルーチェがとんだ爆弾発言を落とした。あまりの衝撃に三人はしばらく固まったあと、顔を赤くしたり青くしたりしながら動揺する。キスをするときは、もちろんルーチェの目の届かない場所でしていたつもりだが、どこかで見られていたのだろうか。それとも噂で何か聞いたのだろうか。

リュカがアワアワしていると、ルーチェの金色の瞳にはみるみる涙が浮かび、捕まえられていた手から抜けだしてリュカにしがみついた。

「僕のことみんな嫌いなんだ。リュカだって、ヴァンとピートだって。……メンディだって」

大きな尻尾を丸めてグスグス泣きだしてしまったルーチェに、三人は再び唖然《あぜん》とする。やがてリュカは、ルーチェの小さな背中を慰めるようにポンポンと叩いた。

「みんなルーチェのこと大好きなのに、なんでそんなこと言うの？」

「嘘つき。キスしてくれないくせに」

「キスは違うよ。本当はルーチェだってわかってるんでしょ。親や主従の愛情とそれは違うって」

「……」

沈黙がルーチェの答えだった。わかっている、自分が無理を言って駄々を捏ねて手に入らないものを求めていると。けれど、抱えた苦しさを小さな体に留めておくことができず、未熟さゆえに暴走する気持ちのまま動くことしかできなかった。

「ルーチェ。きみはもう小さな子供じゃないよ。ちょっとずつでいい、思ってることは言葉で伝えよう。ね？」

「……伝えるのは怖い。上手に言葉にする自信がないもん。うまく伝わらなかったら、全部壊れちゃうかもしんない」

「そんなことないよ。きみを好きな人のことをもっと信じてあげて。うまく伝わらなかったとしても、きっときみの心を知ろうとすることをやめないはずだから」

「本当？」

「本当」

リュカに頭を撫《な》でられて、ルーチェは手の甲でゴシゴシと涙を拭いながら体を起こした。

「……ん」

小さく頷《うなず》いてルーチェは立ち上がり、倒れたままのリュカに手を差し伸べる。

「父上、ごめんね。痛かった？」

「ううん、大丈夫だよ」

リュカはその手を取ってゆっくり立ち上がった。自分も大人のわりに小さい手だが、ルーチェのそれはもっと小さい。この小さな手が一生懸命もがいて未熟な心の行く先を開いているのだと思うと、胸が締めつけられるような愛おしさが湧いた。

「ルーチェ、俺は何があってもきみのことが大好きだからね。愛してるよ」

リュカはギュッと息子のことを抱きしめる。少しでも彼の不安や迷いが癒せたらいいなと思いながら。

少し落ち着きを取り戻したルーチェは、リュカのこぶを回復魔法で治してから部屋を出ていった。その後ろ姿を、リュカとヴァンとピートが見守る。

「不安定だな、ルーチェは。昔から思ってたけど、見た目はリュカの生き写しなのに中身はあんま似てねーよな」

「だが芯はリュカ様と同じで優しい子だ。いずれ落ち着けば心を乱すこともなくなるだろう。それまで私たちは親として見守り、導くしかあるまい」

「だな。どんな滅茶苦茶したって、ルーチェが俺たちの息子だってことは変わんねーからな」

ヴァンとピートの会話を聞きながらリュカはただ、大きな白い尾を携えた小さな後ろ姿を見つめていた。

騎士宿舎の部屋へルーチェがやって来たのは、メンディがいよいよ翌月に迫った外遊の支度《したく》をしていたときだった。

「ルーチェ様……」

「入っていい？」

部屋に招き入れられたルーチェは、彼の部屋が以前訪れたときより随分寂しくなっているのを見て、微《かす》かに尻尾を下げた。

「どうぞ、おかけください」

メンディに椅子を勧められたが、ルーチェは首を横に振って立ったまま部屋の中を眺める。

「本当にもう行っちゃうんだね」

「はい。……けど、お約束通り、半年ごとに必ずルーチェ様にお会いするために戻りますから」

「……はは」

小さく笑ってルーチェは俯く。そして短い静寂のあとに顔を上げ、メンディの琥珀色の瞳を見つめた。

「本当のこと言って。メンディは僕のこと嫌い？」

あまりに突拍子のない質問をされて、メンディは零れ落ちそうなほど大きく目を見開く。その瞳には今にも泣きだしそうなルーチェの顔が映っていた。

「まさか！　私がルーチェ様を嫌うなどあり得ないでしょう。神に誓ってそれはありません。……八年も共にいてそう思われたのなら、少し心外です」

「でも僕はすごくわがままだよ。僕の面倒を見るのが嫌になっちゃったんじゃないの？」

「そう思っているのなら、私はとっくに尻尾を巻いて逃げ出し、将来の側近騎士の座も辞退しているでしょうね」

「でも、でも……メンディは僕から離れて友達をいっぱい作って、それから結婚相手も見つけてくるんでしょう？　僕より大切な人ができて、僕が一番じゃなくなる……」

大きな金色の瞳が潤んでいくのを見て、ルーチェが荒れていた理由をメンディはようやく理解する。誰からどのように聞いたかはわからないが、ルーチェはメンディに外遊先で自分以上に大切な人ができると思い、突き放されたような気持ちになったのだろう。旅立つことは我慢できても、心が離れることは耐えられなかったのだ。そんな彼の淋しさに気づいてあげられなかったことを、メンディは悔いる。

「ルーチェ様」

メンディはその場に跪《ひざまず》く。そしてルーチェの左手を取って自分の両手で包み、口づけるように唇を寄せた。

「質問を返すことをお許しください。ならばなぜ、私が大切なあなたのもとを七年も離れるかわかりますか？　もちろんあなたが嫌いだからではありません」

「……いっぱい外の世界を知るためでしょ」

「そうです。私はこの国で誰よりも強く、賢く、見識を広げなければなりません。そのために死に物狂いで学んでまいります。すべてはあなたのおそばにいるために」

「僕の？」

泣きそうだったルーチェが、キョトンとした表情に変わる。

「私はあくまでユグ様が側近騎士になられるまでの代理です。ユグ様が十八歳になられると同時に、あなたの一番おそばにはいられなくなる運命です」

メンディは小さな手を大切に包んだまま、目を優しく和らげて言葉を続けた。

「しかし当主にとって必要な人材であれば、可能な限りおそばで力添えができるでしょう。私はあなたの剣となり、盾となり、冠になります。当主ルーチェ様が偉大なお力を存分に発揮できるよう、そのときはどうぞこのメンディをおそばに置き、私の培ってきた力と知恵をお使いください」

それを聞いたルーチェの瞳がみるみる輝きを取り戻す。彼の言葉は生涯の忠誠を誓ったも同然だった。

側近騎士を退いたとしても、メンディはルーチェの一番そばにいることをあきらめない。そのために彼は七年もの歳月をかけて己を鍛え、この国で誰よりも優秀な力と頭脳を携えて戻ってくるのだ。

「……これでもルーチェ様は、私の〝一番〟があなたではないとお思いですか？」

その質問に、ルーチェは花開くような笑顔を浮かべる。メンディが数ヶ月ぶりに見た、無垢で眩しくて愛おしい笑顔だった。

「強く賢くなって戻ってきて、メンディ。僕はきみのための居場所を必ず作る。だから誰にも文句を言わせないように、この国で一番優秀な獣人になって僕の右腕になるんだよ。約束」

言いながらルーチェは、あやふやだった自分の心が輪郭をかたどっていくのを感じる。自分がリュカに、ヴァンとピートに、屋敷の者たちに、みんなに愛されていることはわかっていた。けれど欲しかったのは、誰かの――メンディの一番の愛だったのだ。

「必ずお約束します。この命に代えてでも」

手の甲に口づけたメンディに、ルーチェは気持ちを抑えられず勢いよく抱きつく。跪《ひざまず》いた不安定な姿勢でも逞《たくま》しい体は揺らぐことなく、しっかりと小さな主《あるじ》を受けとめた。

「メンディ、大好き！　僕の一番はメンディだよ。ずっとずっと大好き」

ギュウギュウと抱きついてくるルーチェの背に優しく手を回し、メンディは頬を染めて微笑む。八年前に出会ったときからルーチェは無邪気で自由で、彼に振り回されるのが日常だった。けれども『メンディ大好き』と甘えてくる笑顔はほかに比べようもないほど愛おしくて、人生を捧げてでもこの小さな主《あるじ》の隣を死守したいと思った。

その気持ちに名前をつけることを、今はまだしないでおこうとメンディは思う。いつの日かルーチェが大人になり自分の心に迷わなくなったとき、彼が求める形で差し出せるように。忠誠かもしれない、友情かもしれない、あるいは——

（ルーチェ様、あなたの一番は永遠に私です。たとえどんな未来が待ち受けていようとも）

遠くない未来にレイナルド家当主とその特別補佐官になる男は、この日久々に笑い合い、子供の頃のように無邪気にくっつき合っていつまでも離れなかった。


三ケ月後。

ゲヘナ城の地下、水晶に閉じ込められた数多《あまた》のモンスターを改造しているデモリエルのもとへ、ひとりの客人が訪れた。

「……また来たの」

そちらを見向きもせず、デモリエルは水晶に手を入れてグリフォンの遺伝子をいじり続ける。その異常な光景に驚きも怯みもせず、客人は水晶の青い光に顔を照らされながら手を頭の後ろに組んで淡々と口を開く。

「別にいいじゃん、ここが僕の生まれ故郷なんだから。こういうの里帰りっていうんだよ」

「……変なの」

デモリエルは水晶から腕を抜くと、何かの雫《しずく》を払うように軽く手を振る。そして客人の隣を通り過ぎながら声をかけた。

「どうせはおやつが食べたいんでしょ、ルーチェは。上行こ」

その言葉にルーチェは小さな牙を見せて微笑み、「やった」と弾むような足取りでデモリエルのあとをついていった。

ルーチェがリュカたちの目を盗んでデモリエルに会いにくるようになったのは、今から約一年半前。魔法の実地訓練が始まった頃だった。

体が成長し魔力の高まりを感じるにつれ、いつからかルーチェは己の中に違和感を覚えるようになってきた。どうにも落ち着かないそれはルーチェを苛《さいな》んだが、どう理解して説明すればいいかもわからないまま月日が流れ、その正体に気づいたのは初めて魔法を使ったときだった。

――魔力がふたつある。

生まれたときから体中を温かく巡っていた白い魔力。リュカから受け継いだレイナルド家の力。その白い魔力の中に黒い靄《もや》がときどき流れ、それは年齢を重ねるごとに濃くはっきりとしていった。黒い靄《もや》のような魔力がなんなのか、ルーチェにはすぐわかった。赤子の頃から何度も会っている
デモリエルが発しているものと同じだったのだから。ルーチェは人目を盗み、すぐにゲヘナへ向

かった。リュカたちに相談しなかったのは真実が知りたかったからだ。優しいリュカはきっとルーチェが大人になるまで本当のことを伏せるだろう。けれどルーチェは今すぐに、たとえショックなことでもすべてを詳《つまび》らかに知りたかったのだ。

人を気遣うなどという神経を持ち合わせていないデモリエルは、あっさりと真実を教えてくれた。ルーチェは思ったよりショックを受けなかった。もともと神の子というあやふやな出生だったうえに、黒い魔力の存在に気づいたときからなんとなくそんな気はしていたのだ。

ルーチェの話を聞き、デモリエルは無表情のまま少しだけ困ったように頭を掻いた。ルーチェを作るときに自分の魔力をこめたつもりはなかったらしい。ただリュカの遺伝子はレイナルド家の魔力が強くて扱いにくかったので、それに抗《あらが》うため使った黒い魔力が結果的にルーチェの体内に残ってしまったということらしかった。とんだ医療事故だ。

魔法の実地訓練を重ねて白い魔力が高まっていくごとに、黒い魔力も大きくなっていった。やがて黒い魔力はルーチェの意思に反して体内で暴れるようになり、制御するのが難しくなっていく。黒い魔力の暴走の気配を感じるたびに、ルーチェは白い魔力ごと魔法を封じるしかなく、実地訓練をこなすのも難しくなっていった。

今はデモリエルの協力のもと、黒い魔力を制御できるように訓練している。白い魔力と黒い魔力は本来反発し合うもので、ひとつの体に入れてコントロールするのは至難の業《わざ》なのだ。ルーチェが精神を摩耗させながら大きなふたつの魔力を抑え込み続けていることを、デモリエル以外は誰も知らない。

魔力は増え続けている。白と黒、ふたつの魔力を持つということは、単純に常人の二倍の量の魔力を有しているということだ。しかも、常人とはいっても本家嫡子の遺伝子は魔力量が多い。つまりルーチェは、リュカが十三歳だった頃の二倍の魔力を体内に閉じ込めているに等しい。

このままどこまで増え続けるのか。いつか暴走してしまうのか。そのときこの体はどうなるのか。不安は尽きない。

しかし何より怖いのは、黒い魔力を持っていることが人々に知られたら迫害される可能性があることだ。だからルーチェはリュカにさえ相談できないでいる。

リュカやヴァンやピートが迫害することはないと信じている……信じたい。けれど王としては、いつ暴走するかもわからない半魔族のルーチェを放っておくことはできないだろう。

真実が発覚したときに、リュカは王と父どちらの立場を取るのだろうか。〝もしも〟の不安はルーチェの精神を酷く乱し、リュカの愛を確かめたくて暴走することもあった。

ルーチェは戦っている。増え続ける黒い魔力と、底知れぬ不安と。小さな体でたったひとり、夜の寝床で隠れるように泣いていることは誰も知らない。

「僕、いつか魔力を抑えきれなくなって死んじゃうのかな。嫌だな。メンディが帰ってくるまでは無事でいたいんだけど」

ルーチェはデモリエルの用意してくれたクッキーを食べながら、独り言のようにぼやく。デモリエルはソファに座ったルーチェの背に手をあてて魔力の調整をしながら、渋い表情で鼻をヒクヒクさせた。

「変な匂い。黒と白が混じって気持ち悪い。よくこんな魔力、体に入れておけるね」

「誰のせいだと思ってんのさ。責任取ってちゃんと黒いほう抑えといてよね」

「あーあ。これリュカに見つかったら怒られるだろうな。作り直したい」

「水晶入ってゴニョゴニョするやつ失敗したじゃん。あやうく死ぬとこだったんだから、もうやめてよね。僕が死んだらリュカもっと怒るよ」

「わかってる。やらない」

デモリエルが魔力の調整をしている間、ルーチェは暇つぶしに近くの水晶に向かって手を掲げる。すると水晶に、この世界と異なる風景が映し出された。

この能力はルーチェ特有のものだ。異次元への道を開ける黒い魔力と、水晶を通して世界を覗ける白い魔力。そのどちらも有するルーチェは異次元の世界を覗くことができる。ただし、見るだけで精通している訳ではないので、詳しいことは何もわからない。映るのは毎回違う世界だが、この大陸とよく似た光景で、自分やリュカたちらしき人物の姿も時々あった。

一番よく見るのはリュカも自分もおらず、勇者を名乗る人物がデモリエルを倒す世界だ。そのあと平和が続くこともあれば、新たな戦禍に見舞われていることもある。また、リュカらしき人物はいるが、何者かの手によって殺《あや》められる場面も見た。かと思えば、まるで過去か未来を見ているように、この世界と瓜ふたつの光景もあった。

リュカがヴァンやピートとこっそりキスをしているのを目撃してしまったのも、この水晶を通してのことだ。気まずいと思うより先に、幸福そうなリュカの姿がとてもうらやましいと思った。

水晶を通して映る様々な世界が何を意味しているのかはわからない。けれどルーチェはここで膨大な世界の記録を見た。旅に出たメンディが遠い地で妻を娶《めと》り、帰ってこなかった世界もあった。それが自分に訪れる未来なのかどうかもわからないけれど、枝分かれする可能性を示唆されたような気分だった。

不安になることがあっても、ルーチェは異次元の世界を覗くことをやめない。なぜなら、そこに自分の未来の姿を探し求めているからだ。白と黒の魔力を持っていても無事に大人になり、当主として立派に領地を治めている姿を。

「ねえ、ルーチェ。やっぱリュカに話したほうがいいかも。僕だけじゃ魔力の調整が難しくなってきた。白い魔力が邪魔すぎるんだよ」

ルーチェの背中から手を離し、デモリエルがくたびれたように言う。ルーチェは振り返ることなく、水晶を眺めながら答えた。

「何それ、頼りないなあ」

「……っていうか、多分リュカ気づいてるよ。リュカって僕とは違う方法で魔力を測るすべを持ってる気がするんだよね。まあどちらにしろ、バレても怒られるのは僕だけだし。ルーチェの敵になることはないから白状したら？」

水晶にはレイナルド邸によく似た光景が映し出される。ここはどこだろう。よく似た異世界、枝分かれした並行世界、それとも過去か未来。

「……うん。そうかもね」

ルーチェは前を向いたまま、微《かす》かに口もとを緩ませて呟《つぶや》く。

金色の瞳に映るのは、悪魔の角を生やした幼少期の自分。そしてそれを囲むリュカとヴァンとピート。スヤスヤと眠る悪魔のルーチェを見つめる三人の眼差しは、とても優しい。

――どんな世界でもどんな未来でも、きっと変わらない愛がある。

そう強く感じられたルーチェは心に希望を灯す。

だからきっと、明日の笑顔は自分次第だ。

※トップオブビースト機能解説【ヒストリーアーカイブ】……冒険の記録にアクセスし、見たい場面を再生できる機能。なお、オンライン機能を使えばほかのプレイヤーとアーカイブを共有することも可能。

この作品に対する皆様のご意見・ご感想をお待ちしております。

おハガキ・お手紙は以下の宛先にお送りください。

【宛先】

〒150-6008 東京都渋谷区恵比寿4-20-3 恵比寿ｶﾞｰﾃﾞﾝﾌﾟﾚｲｽﾀﾜｰ 8F
（株）アルファポリス　書籍感想係

メールフォームでのご意見・ご感想は右のＱＲコードから、
あるいは以下のワードで検索をかけてください。

アルファポリス　書籍の感想　検索

ご感想はこちらから

本書は、「アルファポリス」（https://www.alphapolis.co.jp/）に掲載されていたものを
改稿、加筆のうえ、書籍化したものです。

モフモフ異世界《いせかい》のモブ当主《とうしゅ》になったら
側近《そっきん》騎士《きし》からの愛《あい》がすごい３

柿家猫緒（かきや ねこお）

2023年 12月 20日初版発行

編集－境田 陽・森 順子
編集長－倉持真理
発行者－梶本雄介
発行所－株式会社アルファポリス
〒150-6008 東京都渋谷区恵比寿4-20-3 恵比寿ｶﾞｰﾃﾞﾝﾌﾟﾚｲｽﾀﾜｰ8F
TEL 03-6277-1601（営業） 03-6277-1602（編集）
URL https://www.alphapolis.co.jp/
発売元－株式会社星雲社（共同出版社・流通責任出版社）
〒112-0005 東京都文京区水道1-3-30
TEL 03-3868-3275
装丁・本文イラスト－LINO
装丁デザイン－円と球
印刷－中央精版印刷株式会社

価格はカバーに表示されてあります。

落丁乱丁の場合はアルファポリスまでご連絡ください。

送料は小社負担でお取り替えします。


ISBN978-4-434-33076-6 C0093